婚約破棄の次は偽装婚約。

さて、その次は……。

3

セイン・マーヴェリット
公爵。国一番の名門貴族の当主で、政の長である宰相。温和で清廉だが、怒らせると怖い。
ジャン・アビントン
マーヴェリット公爵の縁戚でありセインの側近。頭の切れる有能な男だが、無類の女好き。
きゅきゅ
♀。絶滅危惧種の飛竜。心が通じ合った者の禍を払う聖獣として尊重されている。
アナベル・グローシア
（旧姓・カウリー）
元伯爵令嬢で上級白黒魔法使い。婚約破棄の際にブルーノが仕掛けた死の呪いが、セインのおかげで解ける。その恩を返すため、セインの偽装婚約者として手助けをする。
プリシラ・レイン
アナベルの友人で男爵令嬢。優秀な薔薇の育種家でもある。
登場人物
紹介

アルフレッド・フィラム
ベリルの国王。セインの従兄で幼馴染。病弱で床に臥せることも多い。
グレアム・ターナー
クラークの息子。冷酷で人を苦しめる闇の黒魔法を好むが、家族には情がある。
クラーク・ターナー
王宮魔法使いの長官。セインの命を狙うがアナベルの返り討ちにあった。
オリヴィア・ラッセル
デニスの娘。華やかな美貌と社交界でも大きな影響力を持つ。王妃の地位を狙っている。
デニス・ラッセル
外務大臣を務める侯爵。セインの地位を奪うため、手段は選ばない野心家。
ブルーノ・カウリー
アナベルの元婚約者。セインたちに復讐を目論む。

CONTENTS

第一話　偽装婚約者は、一歩も退《ひ》かない

「ん？」

目覚めると、知らない男がすぐ近くにいた。

王宮魔法使いの長官たちから大切な人を守るためにおこなった、魔法戦。その疲れが癒えた上級白黒魔法使いアナベル・グローシアは、己の置かれている状況に愕然《がくぜん》とした。

まるで芸術家が筆で描いたような美しい眉。涼しげな目元に、高くてすっと伸びた鼻梁《びりょう》。薄い唇。余分な肉のないスッキリとしたあごのライン……。

自身の隣で横になりこちらを見ている、恐怖さえ感じるほどの玲瓏《れいろう》たる美貌の男に、アナベルは慄《おのの》いた。

「アナベル。目が覚めたのかい？」

誰だと問うより先に、嬉しそうに目を細めた男の手が、こちらに向かって伸ばされる。その手は、アナベルの頭をやんわりと撫でた。

「あなたは、誰？　どうして私に触るのですかっ！」

なぜ、自分は見知らぬ男と寝台にいるのだ。

しかも、男が当たり前に自分の頭を撫でるなど、とんでもない。訳がわからない。アナベルはシーツを跳ね除けて飛び起きる。一瞬で寝台の端まで下がり、男との間に距離を取った。

「誰って……私だよ、アナベル。いったい、どうしたのだ？」

警戒して睨むアナベルに、男が困り顔で問うてくる。不思議と心に沁みる声だったが、警戒は解けなかった。

「声は、セインによく似ているわ。でも、あなたは違う……」

自分の傍《そば》で眠るのは、ぽよふわおでぶさん。偽装婚約者のセイン・マーヴェリット公爵だけなのに……。痩身の見知らぬ男に添い寝されて寝顔を眺められるなど、最悪過ぎて顔が強張《こわば》るばかりだった。

とにかくこの場にいるのは精神衛生上、非常によろしくない。アナベルは寝台から足を下ろし、部屋を出ようとするも、男に腕を掴《つか》まれた。

「何を言っているのだ、私がセインだ。もしや、長官から私を守ってくれたことで無理をしすぎて、疲れが取れないのかい？」

「触らないでっ！」

魔法で男の手を弾いて離させようとした時、何かが飛んできてアナベルの眼前に静止した。

【おはよう、副隊長。あなたは今、何を見てるの？　ずいぶん激しく寝ぼけてるのね】

パタパタと軽快な音を立てて緑の翼が羽ばたく。アナベルの顔に向かって清々《すがすが》しい風が送られてきた。頭の中が、とてもすっきりする。

「……隊長」

目の前にいるのは、心を通わせた者を禍《わざわい》から守るとされる、希少な生き物。絶滅危惧種として世界中で大切に保護されている聖獣飛竜。アナベルと二人だけで結成している、セイン守り隊の同志でもある隊長、きゅきゅだった。

そして、ここはベリル王国一の名門貴族、マーヴェリット公爵邸で、いつも使わせてもらっている寝室であることも思い出した。

もちろん、自分の手を掴んでいる人も、見知らぬ男などではなく……。

心配そうにこちらを見ている姿は、アナベルがよく見知っているまんまるおでぶさん体型の偽装婚約者。ベリル王国の宰相公爵、セイン・マーヴェリットその人だった。

「す、すみません！　いつもいつもおかしな起き方ばかりして……」

己の極悪な起床に、血の気が一気に引いたアナベルは、背中を丸めて謝罪する。

先日は寝ぼけて彼をお肉扱いし、噛みついて食べようとした。今朝は、見知らぬ男扱いして暴言を吐くなど、自分は最低を通り越している。

「眠っても、疲れは取れないのかい？」

青緑の鱗《うろこ》に覆われた四足の小さな身体に、長いしっぽ。透き通る緑色の瞳と翼を持つきゅきゅを右肩に乗せたセインは、アナベルの無礼極まりない目覚め方を叱るどころか、身を案じてくれた。

「いえ、何も問題はありません」

セインの排除を目論《もくろ》み魔法で襲ってきた王宮魔法使いの長官を、アナベルは撃退した。その際、アナベルは強力な魔法を連続使用し、疲労が頂点に達して眠りに落ちてしまったのだ。

こうして目覚めた今、その疲労は完全に回復している。身体に障《さわ》りはまったくない。それが、セインの姿に別人の幻影を見てしまうなど、我がことながら理由は解き明かせなかった。

「そうかい。疲れが取れているならいいのだ。……触っても、いいかな？」

セインに、どこか不安げに問われた。こちらを見る美しい黄金の瞳も陰りを帯びていて、アナベルの暴言を気にしているのがよくわかる。本当に、申し訳ない気持ちでいっぱいになった。

「ひどいことを言ってごめんなさい。できれば、忘れていただけるとありがたいです。私は、セインが触れてくださると、とてもあたたかい気持ちになります」

アナベルは先日、自分をきらう元婚約者のブルーノに、死の呪いが発動する腕輪を填《は》められた。呪いを解呪するには魔法ではなく創造神の恵みとされる特別な品、月の欠片《かけら》が必要であり、手に入れる伝手《つて》を持たないアナベルは途方に暮れた。それを、偶然知り合ったセインが助けてくれたのだ。マーヴェリット家に保管されていた欠片を無償で譲ってくれたのである。アナベルはその心優しさに胸を打たれ、恩返しを申し出た。そして、セインの女性除けの盾となる、偽装婚約の契約を交わしたのだ。

そのままマーヴェリット公爵家の屋敷で暮らすことも決まった。偽装の契約とは知らない公爵家の使用人たちは、長年結婚の意思を示さずにきたセインの婚約成立をとても喜んだ。

彼らは、公爵家の後継者の誕生を心より待ち望んでいた。そこでアナベルを、婚約者なのだから構わないだろうと考え、セインの寝室に案内した。驚きの展開だったが、下手に拒めば偽装婚約であることを皆に知らせてしまう。そう判断したアナベルは現在、偽装婚約でありながらも、こうしてセインと同じ部屋で休んでいる。

とは言うものの、命を救ってくれた上に立派な人柄のセインは、アナベルにとって今では契約以上に大切な人である。

「それは、嬉しいな」

セインが満開の笑みを浮かべて、丁寧《ていねい》に頭を撫でてくれた。柔らかく心地よい手に、アナベルの口元がほころんだ。

「あ……」

唐突に、先ほど見ていた幻影と、目の前にいるセインが重なった。

「どうしたのだ？」

「い、いえ……なにも……」

美男子の幻影を見た理由は、いまだにわからない。それでも、あの幻影はセインが痩せた姿であるとアナベルは気がついた。

降嫁した王女を母とするセインは、王位継承の可能性がある。それを理由に、フィラム王家の権威を揺るがす存在として、王の実母たる王太后に憎まれている。それが高じて肥満の呪いをかけられたため、現在はとってもぽっちゃりさんである。

セインと長年共にある親友のきゅきゅは、その呪いさえ解ければ物凄い美男子になると、アナベルに太鼓判を押している。

確かに、幻影は物凄い美男子だった。

でも、それを見てしまったアナベルは、喜びよりも戸惑いを多く感じていた。

「もう寝ていなくていいのなら、食事にしよう。今は朝だよ」

「食事……」

誘いの言葉を鸚鵡《おうむ》返しすると、今度は戸惑いよりも強く、空腹感がアナベルの全身を支配した。


朝食の席に着くと、ふっくらとしてとても香りのよい、焼きたてのパンが運ばれてきた。

それを見たセインときゅきゅが、揃《そろ》って目を輝かせる。

「アナベル、クリームパンだよ。昨日、君は食べられなかっただろう。その分を食べてもらいたくて……屋敷の料理人に再現させたのだ」

にこにこ笑うセインから、食べるように勧められた。

「再現？」

【私とセインが一生懸命味を伝えて、ちゃんとあれと同じ……いいえ、もっと美味しい物を焼いてもらったの。パンは、焼きたてが一番美味しいのよ！】

きゅきゅが胸を張って教えてくれる。セインもその言葉に頷いていた。

「セイン。隊長……」

アナベルは、目の前に置かれたクリームパンがとても大事な物に思えた。

【なかなかうまくいかなくて試作品をたくさん食べたから、おなかがぱんぱんになっちゃったわ】

悪戯《いたずら》っぽく言ったきゅきゅの背を、セインが少し手を伸ばしてちょんちょんとつついた。

「完成しているのに……何度も何度も焼かせて料理人を困らせたのは、君のほうだろうに……」

【それは言わない約束だったでしょ！　だって、とっても美味しかったのだもの】

セインを詰《なじ》り、拗《す》ねた顔をしたきゅきゅに、アナベルは目を細めて微笑んだ。

「ありがとう。とっても美味しく再現してくれて」

昨日、セインとアナベルは王宮からの帰りに、パン工房一押しの新作として売られ始めたクリームパンを購入した。

ところが、食べる前に長官の襲撃にあってしまい、アナベルはパンを食べられなかった。とはいえアナベルは、今の今までクリームパンのことは正直忘れていた。それなのに、二人はアナベルが食べられなかったことを気にしてくれていたのだ。

しかも、より美味しいパンとして朝食に出してくれるなど、感激するばかりだった。

もし、ここで口に入れたクリームパンが砂でできていたとしても、自分は美味しいと言うだろう。アナベルは半ば本気でそう思いつつ、これまで食べた中で最も美味しいパンを堪能させてもらった。

【美味しいでしょう！　一つじゃなく、もっと食べて……】

「ええ。……セインも、ありがとうございます」

きゅきゅに頷き、あったかい目でアナベルを見守ってくれるセインにもお礼を述べた。

「君が喜んでくれるのが、何よりだよ。そちらは、チョコレートを入れて焼かせた物だ。先日珍しいチョコレートを食べさせてくれただろう。だから、こういうのも好きなのではないかと思ってね」

「チョコレートパン……」

中に入っているのはカスタードクリームだけではない。アナベルの好みを考えて作ったパンもあるのだと教えられて、ますます胸が熱くなった。

セインは現在、偽装婚約をやめて本当に結婚したい、とアナベルに求婚している。

彼の呪いは王太后の問題さえ解決すれば解ける類《たぐい》のものであるから、求婚をアナベルが受ければ、今のぽっちゃりさんではなく、あの幻影……痩せた殿方の傍に生涯いることになる。

どうしてもそれを考えてしまい、美男子にいい思い出がないからと、セインが痩せることに戸惑い尻込みしそうになった自分が、とても愚かに思えた。

「公爵様、お食事中失礼いたします。王宮魔法使いの長官様が急遽《きゅうきょ》引退なされたそうでして、新長官となられた方が、ごあいさつに見えております」

「引退……新長官……」

パンも料理も充分堪能し、食事も終盤となった頃だった。執事のダニエルからの報せ《しら》にセインが呟《つぶや》き、アナベルを見る。

「昨日の今日で素直に引退とは、魔獣の角のことをセインから陛下に伝えられるより先に、と考えたのでしょうか？」

アナベルはセインを襲ってきた長官親子を撃退する際、彼らが誰にも所持を許されていない魔獣の角を所有し、それで配下の王宮魔法使いたちを中毒状態にして操っていたことを突き止めた。

この事実をセインが王に伝えれば、高位の長官といえど解任は免れない。

だから、それよりも早く自分のほうから別の理由を作って引退することで、王に職を解かれずに済む道を選んだとしか、アナベルには思えなかった。

自分の意思で引退するのと、罪を断罪されて解任されるのでは大違いである。

「それももちろんあるだろうが、君の蛙《かえる》が最も効いているのだと思うよ」

セインが、面白そうに笑った。

「蛙……」

アナベルは長官親子にセイン襲撃の報復措置として、今後彼に悪意を抱けば蛙になる変身魔法をかけた。魔法に蛙を選んだのは、精神的ダメージを考慮してのことである。

「何にせよ、新長官には会っておくとするかな。……ここに呼んでもいいかい？」

「はい。食事は充分いただきました。私にも、新長官様のお話を聞かせていただけるなら、ありがたいです」

アナベルが笑顔で応《こた》えると、セインはダニエルにこの部屋に通すようにと返した。途端に、慌てた様子のきゅきゅが傍に飛んできた。

【まだ、パンが残ってるわ！　お客が来る前に食べきるのよ。私も手伝ってあげるから！】

「でも、それはセインの……私が触っていい物ではないわ」

きゅきゅの言うとおり、食卓には三つパンが残っていた。しかし、それはセインの前に置かれている、彼の分として用意された物だ。

【セインは食べないからいいのよ！　早く、早く残りのパンを食べて。もたもたしてると片づけら

れちゃうわ！】

「そうは言っても……」

セインの食べ物に手をつけるのは、いくら何でも失礼だ。きゅきゅにどんなに急《せ》かされても、アナベルは素直に従えなかった。

「アナベル。おなかに入るようなら構わないよ。遠慮なくお食べ」

セイン本人がにこやかに勧めてくれる。

「よろしいのですか？　では、お言葉に甘えてありがたく頂戴《ちょうだい》します」

アナベルは頬が緩《ゆる》む。セインに感謝しながら、入室した召使たちがパンを下げるより先に、素早く二つ胃袋に収めた。残り一つは、もちろんお手伝い様の胃袋に……。

セインがそんなアナベルときゅきゅを楽しそうに見て、笑みを浮かべていた。


「突然お訪ねしたにもかかわらず、お時間を取っていただき、ありがたく存じます公爵様」

現れた新長官は、セインに深く腰を折って礼をした。年の頃は四十代半ばといったところだろうか。中肉中背の、前長官と同じ水属性の魂の持ち主だった。

「このたび、急遽ターナー長官が職を辞して地方に下がると決められましたので、私がそのお役目を引き継ぐこととなりました。先ほど、二人で陛下の御前にてその報告をおこない……私は宰相公爵様のほうにも、とこちらにごあいさつに伺《うかが》いました」

新長官の気配にも柔らかな声にも、セインに対する鬱屈《うっくつ》や敵意は微塵《みじん》も感じられない。アナベルはそのことに、胸を撫で下ろす。

「あなたはターナー前長官とその息子殿に次ぐ力の持ち主と聞いているが……それでも、力比べもなしに長官が替わることに、他の王宮魔法使いたちの同意は得られたのか？」

セインが新長官に席を示しながら問うた。

「前触れもなく、昨夜いきなり前長官がお決めになられたことではありますが……私は、前回の力比べにて前長官とそのご子息に次ぐ力があると、皆に認められております。ですから、この決定に反対する者はいません」

席に着いた新長官は、セインの日をまっすぐに見て答えた。

「そうか。昨日の襲撃……長官の傍にあなたはいなかったな……」

「ですが弟はおりました。軽い気持ちで誘われるまま吸ってしまい、やめられなくなっていたのです。その依存からお救いくださり、誠にありがとうございます。弟から聞きました。公爵様の婚約者たるあなた様は、とても素晴らしい魔法使いであると……兄として、お礼はなんなりと……」

新長官は自身の弟の罪を苦しげに語ると、アナベルのほうを向いて深々と頭をさげた。

「私が魔法使いたちを癒《いや》したのは、二度とセインを襲わないでほしかったからです。それをお約束いただけたので充分です。私に、気遣いは必要ありません」

礼をしてもらおうなどまったく考えてもいないので、アナベルは笑顔で断りを述べた。

「もちろん、公爵様に対する無礼のお詫びはいかようにも致します。角の所持は罪と知りながらも、中毒となった弟を公に晒《さら》されるのを恐れ、前長官の言う通りに口を噤《つぐ》んでいました。私も同罪です」

「私に詫びは必要ない。彼らがアナベルに誓った言葉を守るのであれば、私からは魔法使いたちに何もしないよ。陛下に、さらなる忠節を尽くしてくれることを願うだけだ」

セインが柔らかい声で伝えると、新長官は心より安堵《あんど》した様子で息を吐《は》いた。

「恩情、心より感謝いたします。国政の場においても影響力を欲したターナー前長官は、公爵様の忠誠を疑っておりましたが、私はそうは思いません。あなた様こそが、陛下の最大の守りとなられるのではないかと見ております」

「ずいぶんと耳に心地よい言葉だな。何が欲しいのだ？」

その口元は楽しげに笑っているが、目は笑っていないセインに見つめられた新長官は、緊張した面持ちで居住まいを正した。

「私は今の暮らしに満足しております。前長官のように、援助を欲したりなどしません。王宮魔法使いとは陛下をお守りする存在であり、国政に関与を求めたり、過剰な財力を欲するのは違う、と私は思っております」

毅然《きぜん》としている新長官の言葉に、嘘はないとアナベルは感じた。

「前長官とは違うのだな」

どこかからかうように呟いたセインもそう感じたのだろう。気配が元のように穏やかなものとなっていた。その呟きに、新長官が小さく笑った。

「あの方は、とにかくお金と女性が好きで……最近は、外国の女性まで別宅に住まわせています」

「愛人が複数いるのは知っていたが、外国人までとは初耳だな……」

新長官の語る内容に、セインの目が険しいものとなった。アナベルも、とてもいやな話に、眉を顰《ひそ》めてしまう。

「ベリルよりはるか遠き……北の国の女性を好んで侍《はべ》らせています。この大陸全土で見ると、ベリルの民も肌の色は白い。ですが、北の国の人間はもっと白いのです。血管が透けて青い肌のごとく見える。そこが、気に入りの理由です」

「ベリルより、はるか遠き北の国……」

アナベルが呟くと、新長官がこちらを見た。

「アナベル殿。女性が自ら好き好み、この《この》自国を遠く離れた外国に、前長官の慰《なぐさ》み者となるために来ると思いますか？」

新長官は殊更《ことさら》にゆっくりと、アナベルの心に深く浸透する口調で語った。その内容を噛みしめたアナベルは、最悪なことに思い至り背筋が震えた。

「まさか……前長官は、北の国から無理矢理女性たちを我が国に連れてきているのですか？」

「私の知るところ、前長官はその女性たちを奴隷として購入しています。それともう一つ。こちらは、確たる証拠は掴めていないのですが、ラッセル侯爵も前長官の特権を利用して、南国から人間を買っている節があります」

「なんて、こと……」

淡々とした新長官の説明に、アナベルは目の前が真っ暗になりそうだった。固く禁じられている奴隷買いを、王宮魔法使いの前長官と外務大臣がおこなっているなど、とんでもないことだ。

「ベリル国内において、奴隷買いの取り締まりはとても厳しいものです。たとえ裏取引で購入し、運搬に外務大臣の名を使おうとも、必ずどこかの検問で引っかかります。ですが、前長官の名を使えばどこにも引っかかることはないのです」

「魔法で隠して誤魔化《ごまか》すからですか？」

アナベルが問うと、新長官は顔が強張っているセインに目を向けた。

「もちろん、誤魔化すための魔法も使っているでしょうが……前長官は検問を抜けるにあたって、それ以上の特権を持っているのです。公爵様には私がご説明申しあげなくとも、すでにおわかりかと……」

「王宮魔法使いの長官。その交易の荷は、宰相権限を使っても検《あらた》められない。だから、ラッセル侯爵だけをいくら調べても何も出なかったのだ。あの二人が組んで奴隷買いをしていたとは……」

セインが低い声で呻《うめ》いた。眉間に皺《しわ》を寄せ、膝の上で強く手を握りしめている。アナベルは、彼の全身を途轍もない怒りが取り巻くのを、ひしひしと感じた。

「どうして、宰相閣下の権限を使っても、前長官の荷は検めてはいけないのですか？　宰相権限とは、王命に次ぐ力を持つのではありませんか？」

「君の言う通りなのだが……これは、私の父が宰相であった頃の話だ。当時王太子であられた陛下は、その時にも一度、生死の境を彷徨《さまよ》う事態に陥《おちい》られたことがある。医官たちが、救う術《すべ》がないと前王様と王太后様に詫びる最中……陛下のお命を救ったのが前長官の魔法だったのだ」

そこまで聞けば、ピンとくる。

「宰相権限よりも強い、前長官の荷は検めないとする特権とは、その褒美ですか？」

「もともと魔法使いが敬われる我が国で……前長官は、医官たちが匙《さじ》を投げるよりほかなかった陛下のお命をお救いしたのだ。彼に対する尊敬はさらに高まり……彼が褒美にそれを求めても、どこからも異論の声はあがらなかった」

「その特権を使って、前長官は自身の欲望を満たすために、悪事に手を染めていたのですね」

魔獣の角の所持だけでは飽き足らず、女性が欲しいからと奴隷買いをおこなうなど腹立たしい。蛙ではなく女性に変身する魔法をかけて、意思に反して異国に売られるのがどれほど恐ろしいことか、体験させたほうがよかったのだろうか……。

憤《いきどお》りが胸に渦巻くアナベルは、そこまで考えてしまう。

「公爵様。前長官の奴隷買いの証拠につきましては、私のほうから陛下にお伝えしておきます」

ラッセル侯爵のほうの証拠がないことを詫びる新長官に、セインが小さく息を吐いた。

「私は、引退して地方に下がる程度のことで角の所持を誤魔化すなど、そんなものを許すつもりはなかった。それが、もっと許せなくなるとはな……。この後すぐにでもターナー侯爵家は潰し、前長官の資産は没収する。その際に女性たちも保護できるだろう。早々に国に戻れるよう手配する」

「前長官の没収した物から、ラッセル侯爵と組んで奴隷買いをしていた、決定的な証拠が出るといいのですが……」

セインの苦悩を取り除くため、アナベルはそれを強く期待する。

「そうだね」

セインが頷くと、新長官が席を立とうとした。

「それでは……私はこの辺で」

「新長官様。少しお訊《たず》ねしてもよろしいでしょうか？」

答えてほしいことがあり、アナベルは彼を引き留めた。

「私に答えられるものであれば」

新長官は席に座り直し、アナベルの願いに鷹揚《おうよう》に頷いてくれた。

「ありがとうございます。新長官様は、王太后様が填めておられる腕輪のことをご存じでしょうか？」

「あの腕輪ですか……。王太后様は大層お気に入りのご様子ですが、私には気持ちが悪くて正直よい物とは思えません。それに、周囲の人間の生気を吸っているような気もするのです。王太后様とお話しさせていただいた折、私も力が抜けてめまいがしましたし……」

新長官は眉根を寄せ、心底いやそうに語った。

「めまい、ですか……」

「ここだけの話でお願いしますね。陛下に治癒魔法が効きにくいのも、あの腕輪に原因があるのではないか、と思うこともあるくらいです。ですが、外すことを勧めた者たちは、ことごとく王宮から追放されました。今では王太后様の勘気を恐れ、何か言う者などおりません」

最後には、新長官は寂しげに苦笑していた。

「よい物とは思えない……上級魔法使いである、あなた様のそのお言葉に勝《まさ》る評価はありません。質問にお答えいただき、ありがとうございました」

「お役に立てたなら、幸いです。では、こちらからも一つ……あなたは、王宮魔法使いになるつもりはないのですか？　もしお望みであれば、私は長官位を返上し、あなたを長官として陛下に推薦いたします」

新長官が、表情を柔らかなものに戻して問うてきた。

「まったくありません」

アナベルはきっぱり返事をしてにっこり笑う。

「国政の長はマーヴェリット公爵。その妻となる人が王宮魔法使いの長官であれば、フィラム王家を完全な飾りものとしてしまえるだろうに……それを、まったくないとは……」

新長官は不思議そうに瞬《まばた》きし、欲はないのですか、と囁《ささや》いてきた。アナベルは、顔を顰めてしまう。

「新長官様。王家を飾りものにするのは、いつの時代も悪者です。悪者には、最後は成敗されての惨めな暮らしが待っています。そんな者になりたい欲など、持ち合わせておりません」

王家を飾りものとする悪役人生など、たとえ大恩人セインに頼まれたとしてもいやである。

「くくっ……確かに、悪者として成敗されるなどお断りだな」

新長官が何か言う前に、セインがとても楽しそうにのどを鳴らして笑っていた。

「ですよね！」

アナベルの気持ちに賛同してくれたのが嬉しくて、満面の笑みで大きく頷いた。

「あなたの言葉通り、私は誰よりも陛下をお守りする臣として、生きていきたいと思っているよ」

セインが、新長官に向けて静かな声で語った。尊い誓いのように聞こえるその言葉に、アナベルは深く感じ入った。

「失礼いたしました」

体裁の悪そうな顔をした新長官は、今度こそ席を立つ。セインとアナベルそれぞれに礼をして、部屋を去った。

「王太后様の腕輪を破壊できれば、陛下に治癒魔法をかけるのは問題なさそうです。陛下の体質の問題ではなく、人間の生気を吸う腕輪が治療の阻害となっているようですので……。おそらく、セインに呪いをかける代償なのでしょう」

「まったく、困った腕輪を手に入れたものだ……」

ぼやいたセインにアナベルは手を伸ばし、その背をぽんぽんと軽く叩いた。

「魔法屋で令嬢方から聞き出すよりも、王宮魔法使いのほうがよくご存じですね」

運よく王宮魔法使いから話を聞く機会を得られた。とても有意義な時間を過ごすことのできたアナベルは、大満足だった。

「これで、情報を得るために君が魔法屋で無理をせずにすむと思うと、それに関しては、嬉しいよ」

セインが少しアナベルのほうに身を寄せ、頬にそっとキスをした。柔らかいそれに、アナベルは機嫌よく笑う。

「無理はしません。ですが、セインにお気にかけてもらえるのは嬉しいです」

セインは、自然体でアナベルを幸せな気持ちにしてくれる人だ。優しい言葉をたくさん惜しみなく贈ってくれる彼にお返しのキスをしながら、出逢えた喜びをアナベルは今日も噛みしめた。

セインは馬車に乗って王宮へ。アナベルは彼のお見送りをして、空間移動魔法で西区の魔法屋へ。

中級白魔法使いの祖母が経営している店にて、アナベルは貴族令嬢に美容魔法をかけることで、少しでもセインの助けになればと、社交界の情報を集めているのだ。

お客の令嬢たちは、髪つやつや以外の高度な美容魔法を目当てに、今日も情報を持参してくれた。

主なものは、アナベルの恋のライバルになると彼女たちが思い込んでいる、オリヴィア・ラッセル侯爵令嬢に関する事柄だったが、特別関心を寄せる内容はなかった。

誰か持っていないかな、と期待していたラッセル侯爵やその他の悪徳貴族の内情を知る者はなく、王家の情報に関しても、新長官よりも詳しく知る者はやはり皆無だった。

「……そんなに都合よく、欲しい情報は集まらないわね」

今日の令嬢、十人すべてに魔法をかけ終えたアナベルは、座ったまま大きく伸びをする。

「すみません。よろしいでしょうか?」

外扉が開いた音がして、衝立《ついたて》の向こうから男性の声が聞こえた。

「いいですよ、どうぞこちらに」

「アナベル・グローシア様でございますね。当家のお嬢様より、お話がしたいと言《こと》づかっております。お時間を割いてはいただけないでしょうか?」

気軽に招いたアナベルに、こちら側に来た中年の男性は丁寧に礼をした。どうやら、魔法を求めるお客ではないようだ。

「どちらのお嬢様でしょうか?」

「ラッセル侯爵家令嬢、オリヴィア様です」

「………」

アナベルが病弱な王に快癒《かいゆ》を促す魔法をかけ終えるまで、王妃の地位を狙う彼女は静観すると思っていた。その予想が外れ、少し驚く。

「魔法使いのあなた様に無理を強いてはならぬことは、重々承知しております。必ずご満足いただける品をご用意しておりますので、突然のお招きになってしまいますが、なにとぞよろしくお願いいたします」

ベリルでは常に尊重される魔法使いは、たとえ上級貴族の大領主であろうとも、契約を結ばない限り、気軽に自身の許《もと》に呼びつけることはできない。国法にてそう定められているので、男性の腰はとても低いものだった。

それでも主の命令は果たさなければならないと、必死の目をしてこちらの機嫌を窺《うかが》っている。

その姿に、無下に突っぱねる理由もないので、アナベルは笑顔で承諾《しょうだく》した。

「ちょうど時間があきましたから、構いませんよ」

祖母に断りを入れ、アナベルは魔法屋を後にした。


男性がアナベルを馬車に乗せて案内した先は、中央区の大通りに面する瀟洒《しょうしゃ》な建物だった。

てっきり、ラッセル侯爵邸に行くものとばかり思っていたアナベルは、少しぽかんとしてあめ色に輝く柱と、大きなガラス張りの扉が特徴的な入り口を眺めた。

カフェを併設している、ベリルで最も有名な高級菓子店の本店だった。

高価すぎて購入できる機会は滅多にない。それでも、この店の販売するお菓子はどれを食べてもとても美味しいので、アナベルも大好きである。

案内役の男性は、店に入るとまっすぐに奥へと進んだ。売り場やカフェスペースのほうには、まったく目も向けなかった。

「こちらへ、どうぞ。上階を貸し切りにしてお待ちでございます」

「貸し切り……」

菓子売り場の人込みから離れた場所には、木目の美しい螺旋《らせん》階段があった。この店は一階だけでなく、上階にもカフェやサロンスペースを持っている。人気店のそこをすべて貸し切りにするとは、さすがは今を時めく財産家の令嬢様である。

アナベルは、男性に促されるまま階段を上った。人々の賑わいの声は遠くなり、辺りは静寂に包まれる。そのまま三階まで上り、人気のまったくない廊下を進む。薔薇模様の彫刻が美しい、茶色の扉の前まで案内された。

「お嬢様。アナベル様をご案内いたしました」

「入ってもらって」

男性が扉の内へ入室許可を求めると、確かにオリヴィアの声が返ってきた。

すぐに扉が開かれ、アナベルだけが中へと通される。大通りの景色がよく見える大きな窓の傍に、可憐な花の飾られた丸テーブルが置かれていた。オリヴィアともう一人、見知らぬ女性が席に着いてこちらを見ている。

「お久しぶりね。アナベル」

席に着くことを促されたアナベルは、その通りに座り、二人の顔を正面に見た。

「お久しぶりです、オリヴィア嬢。今日は、どのようなご用件でしょうか?」

正直なところオリヴィアの用件よりも、目を吊り上げて射殺《いころ》さんばかりにこちらを見ている、もう一人の令嬢が気になった。

まったく癖のない、腰までまっすぐに伸びた金髪。青い瞳の持ち主である。目鼻立ちのはっきりした美人だが、少し神経質なものを感じた。

「私は大した用はないわ。こちらの彼女が、どうしてもマーヴェリット公爵の婚約者に会いたいと言うので、つきそいよ。彼女は公爵の誕生祝賀会には出席していないの」

オリヴィアは面白そうに、今日も美しく紅の引かれた唇を微笑ませた。

「！」

アナベルはそれがあったと、令嬢に殺気を込めて睨まれている理由に合点がいった。

ベリル王国一の名門貴族の当主。地位も権力も財産も申し分ないセインの、偽装婚約者である今の自分は、彼との結婚を望む令嬢から憎まれて当然の立場にいるのだ。見知らぬ相手であっても、油断は禁物である。気を引き締めて、こちらを睨んでいる目を見つめ返した。

「私は、オリヴィアが公爵様と結婚すると思ったから諦めたのよ。それが、なによ。魔法使いという理由一つで公爵様の妻になるなんて、一般市民の身で図々しいにも程《ほど》があるわ！」

令嬢は叫ぶと同時に、自身の前に置かれていたグラスを掴んだ。大きく腕を振り、アナベルに向けて思い切りその中身を浴びせかけてきた。

「なっ！」

結果は、令嬢から驚愕《きょうがく》の声があがるのみだった。グラスを満たしていた水は、アナベルに一滴も触れることはなかった。無数の丸い球になり、アナベルの周囲をふわふわと浮いて舞う。

「魔法使いに、そう簡単に水はかけられませんよ」

アナベルは苦笑しつつ、軽く右手を上げる。周囲を舞う水球すべてが集まり、そのまま令嬢の持つグラスへと戻っていった。

「生意気な……では、お父様とお兄様にお願いして、その顔を焼いてやるわ。あなたがいくら魔法使いでも、私のお父様とお兄様には敵《かな》わないわよ！」

どんなに泣いても許さないのだから、と令嬢は喚きたてた。

「あなた様の父君と兄君は、魔法使いなのですか？」

「そうよ。私はイブリン・ターナー。父は王宮魔法使いの長官、クラーク・ターナー侯爵よ！」

イブリンと名乗った令嬢は、胸を張って己の身分を誇示《こじ》した。

「長官様の、ご令嬢だったのですか……」

なるほど。神経質な性質の透けて見える面立ちが、少し似ている。

「二目と見られない顔に焼かれたくないなら、このまま黙ってベリルから出て行きなさい。オリヴィアが公爵様と結婚しないなら、結婚するのはこの私。あなたなんかじゃないのよ！」

イブリンが、重く低い声でアナベルを恫喝《どうかつ》してくる。こちらを睨んでいるその目は、脅しではなく本気で焼くぞ、とアナベルに伝えていた。

「その命令は、聞けません」

脅しに屈することなくアナベルが静かに返すと、イブリンがぶるぶると身を震わせた。

「なんですって……あなた、そんなに死にたいの？」

「！」

イブリンが、テーブルに置いてある花や燭台《しょくだい》、銀のスプーンなどを手当たり次第に引っ掴む。

容赦なく、アナベルに向けて投げつけてきた。

「本当は太った男と結婚なんていやなくせに、公爵様がベリル一の財産家だから、嘘を吐《つ》いて結婚しようとしている汚い女！　私は正直に、痩せてほしいと言っただけなのに……痩せさえすれば、この美しい私と結婚できるというのに……頑固に痩せない公爵様を騙《だま》して妻になろうなんて、許さないわよ！」

イブリンは全身を真っ赤に染め、頭から湯気でも出そうな勢いで憤る。挙句の果てには、ナイフやフォークまで投げてきた。

魔法使いに正面から攻撃しても当たらないと知っているから、安心して好きに投げているのか。はたまた、普段から誰彼構わず、不満に思えば物を投げつけている人間なのか……。

イブリンの気配から推測するに、おそらく、後者の癇癪《かんしゃく》持ちなのだろうとアナベルは心の内で肩を竦《すく》める。素直に当たれば大怪我となるので、飛んできた物はすべて空中で受け止めておいた。

「セインは、太っていることを苦にしていません。身体の具合も悪くしていないのです。そんなに体型に拘《こだわ》らなくてもよろしいのではないでしょうか？　私は拘らないだけで、セインに嘘を吐いて騙したりなどしていません」

「拘るに決まっているでしょ。馬鹿なことを聞かせないで。痩身の美青年でなければ、幸せになれないわ。今は健康であっても、病気になってからでは遅いのよ！　公爵様の御名まで呼び捨ての上にすべて避けるなんて、本当に気分を悪くしてくれる、いやな女ね！」

投げる物が一つもアナベルに当たらないイブリンが、苛立《いらだ》たしげに吐き捨てると、再び席に着いた。

「病気になりそうになったら、私が何とかします。これでも上級魔法使いですから、その辺はお任せください」

イブリンの前にこちらに投げてきた物をすべて戻せば、再び投げてきそうなので、アナベルは一纏《まと》めにして自身の背後に浮かせておいた。

「あなたに任せるなんてお断りよ！　まったくこれだから……物のわかりの悪い一般市民と話をすると頭が痛いわ。公爵様は、痩せてこの美しい私と結婚することで、幸せになれるの。あなたなどお呼びでないのよ！」

イブリンは、汚《けが》らわしい物を見る目でアナベルを睥睨《へいげい》した。

「そうでしょうか。私には、あなたと結婚しても、セインが幸せになれるとは思えません」

「なっ！」

堂々と反論したアナベルに、イブリンが顔を歪《ゆが》める。猛烈な怒りの気配を纏い、わなわなと身体を震わせた。

「セインは、私にとても幸せそうに微笑んでくださります。それは、こちらまで幸せな心地にしてくださる、あたたかい笑みです。これは、私の勝手な考えですが、セインに痩せてほしいと希望ばかり押しつけるあなたに、あの微笑みが向けられることはないと思います」

だから、セインが一緒の寝室でと言ってくれている内は、多少恥ずかしかろうとも一緒がいい。

それが今のアナベルの本音である。ただ、寝相が悪すぎるので、いつセインの我慢の限界を超えてしまい、追い出されるかわからないが、その日までは二人であったかく休みたい……。

「あなた……絶対、殺すわ」

イブリンの冷え切った声が部屋に響く。

「………」

どうやら、彼女の上限を振り切る怒りと憎しみを買ってしまったようだ。この様子では、グレアムに火魔法ではなく闇の即死魔法を依頼するかもしれない。

「そんな言葉でアナベルを威嚇《いかく》しても無駄よ。少しも怯《おび》えていないもの。これ以上罵っても、あなたが虚しい思いをするだけだわ」

イブリンの腕に、オリヴィアの手がそっと触れていた。

「もう、マーヴェリット公爵に拘るのはおやめなさい。公爵の栄華は終わる。彼が、あなたの大好きな『ベリル一の財産家』という肩書を持って、この世の春を謳歌《おうか》できるのは、残りわずかなのよ。あなたは、地位も財産もない男との結婚など考えられない女でしょう?」

「どうして、マーヴェリット家の繁栄が終わるなんて言うの? あの家が、そう簡単に没落するとは思えないわ。ベリル建国初期から今日まで、ずっと名門なのよ」

イブリンとオリヴィア。二人のやり取りを耳にするアナベルは、イブリンに恫喝されるよりも、オリヴィアが語るマーヴェリット家に対する不穏な発言のほうに、はるかに強く寒気を覚えた。

「マーヴェリット公爵家は、王家に並び立つと言われる名家であっても、王家ではない。陛下の手に取り潰す権利がある、貴族の家の一つに過ぎないのよ。これまでのベリル王はその権利を使うことはなかった。でも、陛下もそうとは限らないわ」

オリヴィアはイブリンに言い聞かせながらも、アナベルのほうを見た。その美貌には、はっきりと勝者の笑みが浮かんでいた。

「王命で取り潰しなんて……それは、公爵様は陛下の不興を買われるということ？」

「そのとおりよ。だから、あなたは他の殿方を探したほうが、幸せになれるわ」

興味深げに問うたイブリンに、オリヴィアは満足そうに頷いた。ふふ、と笑って再びアナベルへと視線を転じた。

「あなたが陛下を癒してくれれば、と思っていたけれど……私の父が提案した飛竜の生き胆《ぎも》でお元気になっていただくほうが、はるかに都合がいいわ。公爵は、王太后様の誕生祝賀会の席で、それをなかったことにしたいと思っているのでしょうけど、不可能よ。今年は父の薔薇が選ばれるわ」

「………」

咄嗟《とっさ》に返す言葉が出ないアナベルに、オリヴィアは特に返答を求めてはこなかった。愉快そうに、己の言葉を続けた。

「自身の薔薇が選ばれなかった公爵は、飛竜の命を惜しんで陛下に差し出さず……己の力を過信して、きっと王家を蔑《ないがし》ろにするでしょうね。陛下のご健康よりも自身の愛玩動物の命を優先する。そんな不忠な真似を、陛下にも王太后様にも許す理由はないわ」

オリヴィアがイブリンにつきそってこの場にいるのは、この言葉をアナベルに突きつけるためだったのだ。彼女の挑戦的な目に、アナベルはひしひしとそれを感じた。

「オリヴィア嬢の中では、王家とマーヴェリット家は必ず争う。その後、マーヴェリット家は没落すると決まっているようですね」

セインの不幸を望む言葉を聞かされ続けて、アナベルはすっかり胸が悪くなっていた。

「王家に並び立つ貴族が存在するなど、歪《いびつ》ですもの。父は王太后様をお助けし、七公爵筆頭といえど必ず潰して、王家の権威を盤石なものとしてみせるわ。だからあなたも、公爵の許を離れるなら今の内よ。優秀な魔法使いが、あえて泥船に乗る必要はないわ」

誘いかけてくる眼差しを、アナベルは瞬きすることで弾いた。

「陛下の快癒に飛竜の命が使われることはなく、マーヴェリット公爵家が没落する結末もありません。そう、お答えしておきます」

「その強気がいつまで持つかしらね。誕生祝賀会が楽しみだこと……これで、マーヴェリット公爵が王冠を被るという悲劇は絶対に起こらない。清々しい気分だわ」

「セインが王冠を被る日は来ない。それには同意します」

誰がどのように考えたところで、セイン本人にそのつもりがまったくないのだ。だから、そんな日は永遠に来ない。

「その通りよ。彼は、マーヴェリット家最後の当主として、このベリルから消えるのですからね」

オリヴィアがにっこりと麗《うるわ》しく微笑み、涼しげな声でなんとも不愉快な断定を下した。

アナベルはそれにむっとするも、彼女のこの思い込みは、こちらがどう反論したところで覆《くつがえ》ることはないだろうと諦めた。オリヴィアの自信に満ち溢《あふ》れている姿が、それをよく物語っている。

アナベルは続けてもこじれるだけの無駄な会話はやめ、別の疑問を聞いてみることにした。

「……オリヴィア嬢は、奴隷についてはどう思われますか？」

「いきなりな質問ね……でも、欲しいと思うわ。公には禁じられているから、まずは、綺麗《きれい》ごとばかり並べて採択する、大陸会議を何とかしたいものね」

何の罪悪感も抱いていない顔で返してきたオリヴィアと、それを当たり前に聞いているイブリン。

アナベルは両者の姿を見て、ひどく悲しい気持ちになった。

「大陸会議が何とかなれば、オリヴィア嬢は奴隷買いをすると……」

「奴隷は安く買って死ぬまで無給で使える、とても便利な道具ですもの。解禁されればベリルだけでなく、どこの国の貴族もこぞって買うと思うわ」

楽しい詩でも朗読するかの如《ごと》く、美しい声で明朗に答えたオリヴィアに、アナベルは怒りよりも虚しさを強く感じた。これでは、父親が奴隷を買っていると知っても、諫《いさ》めてくれることはないだろう。

「私に会いたいと言っていたイブリン嬢のお話は聞きましたし、お暇《いとま》してもよろしいでしょうか？」

地位と財産と、見かけにばかりこだわるイブリン。マーヴェリット家の没落を望む上に、奴隷買いに肯定的なオリヴィア。そんな二人との会話に……なんだかとても疲れた。

アナベルは、背後に浮かせていた物をテーブルに戻す。ちょうど手隙《てすき》となったからと、招きに応じるのではなかった。ここに来たことを後悔しつつセインの屋敷に戻ろうとすると、オリヴィアが無言でテーブル上にある呼び鈴を振った。

すぐさま扉が開き、洗練された歩き姿の若い男性がこちらに来る。アナベルに、金字で刻印の施された、黒革の薄い冊子を差し出してきた。メニュー表だった。

「この店の菓子はベリル一……それだけでなく、他国での評価もとても高い物よ。魔法使いを招いておいて、何のもてなしもせずに帰すなんてできないわ。好きなだけ食べてから、帰ってもらえるかしら？」

「好きなだけ？」

招きに応じた礼に、この店のケーキを好きなだけ……。

満足できる品を用意しております、との案内役だった男性の言葉が脳裏に蘇《よみがえ》る。用意される品物など何も期待していなかったが、これはとても魅力的な申し出である。

アナベルは、会話に疲れを感じたことなど一瞬で吹き飛んでいた。唾《つば》を飲み込み、目が輝く。

じいっとオリヴィアの顔に見入るアナベルに、彼女は鼻白《はなじろ》んで瞬きするも、頷いた。

「何なら、そのメニューにあるすべてでも構わなくてよ。さすがにそれは無理でしょうけど……。おなかが壊れない程度に召し上がれ」

「どちらをお持ちいたしましょうか？」

食べたい物を問われ、アナベルは店の男性に微笑んだ。

「全部。メニューにある品、すべてお願いします。記念日くらいにしか食べられないケーキでしたので、嬉しいです。オリヴィア嬢、ごちそうになります！」

満面の笑みで注文を出したアナベルに、オリヴィアも男性もぎょっとして目を丸くした。

「本気で食べるつもり？」

「ほ、本当に、すべてお持ちしてよろしいのですか？」

オリヴィアと男性、両者から揃って驚愕の声が届く。

「やはり、全部というのは駄目ですか？」

アナベルは、眉を下げてオリヴィアを見た。この機会を利用して全制覇という夢を叶えてみたくなったのだが、さすがにそれはお金を使わせ過ぎる暴挙だったか……。

この店が製作するお菓子は原料に拘り抜いているため、ひとつひとつがとても高額なのだ。だから気軽に楽しめる菓子ではなく、アナベルの中では常に憧れである。

「食べられるというのであれば、好きになさい」

駄目と言われるのを覚悟してオリヴィアを見るアナベルに返ってきたのは、予想に反してこちらの要望を承諾してくれる言葉だった。

「ありがとうございます！」

今、この時ばかりは、オリヴィアから神々《こうごう》しい後光が差して見えた。

「……では、上から記載された順番にお運びしても、よろしいでしょうか？」

「はい！　よろしくお願いします」

アナベルは嬉々《きき》として男性に頷いた。

「いくら滅多に食べられない物だからと、すべて食べるだなんて、さもしいにしても酷すぎるわ」

イブリンに蔑《さげす》まれたところで、アナベルは露ほども気にならない。早く来ないかな、と浮かれて待つだけである。

「およしなさい。彼女に好きなだけ食べなさいと勧めたのは、この私よ」

「だからって、メニューにある品をすべてだなんて、ふつうは言わないわ。五つも食べれば限界のはずよ」

オリヴィアに諫められて、イブリンが不満げに唇を尖らせた。その内容に、ふつうはそんなものなのか、とアナベルは勉強させてもらう。

アナベルは、通常であっても十個くらいは食べられる。でもイブリンの様子から察するに、公の場でそういう食べ方をすれば、悪目立ちしてしまいそうだ。五つ……覚えておこう。

心の内で頷いていると、先ほどの男性が銀盆にケーキを載せて運んできてくれた。

「一度にすべて、というのはテーブルに置けませんので、分けて運ばせていただきますね」

美しい皿に盛られた十種類のケーキ。どれも光り輝く宝石のように魅力的で、とても美味しそうだった。アナベルは恍惚《こうこつ》として眺め、カトラリーを手に取った。

「いただきます」

「大口を叩くのはあなたの勝手だけど、その十個さえ食べられるものかしらね。貧しいからと、無《む》尽蔵《じんぞう》に入る胃袋など持たないでしょうに」

イブリンが紅茶を飲みながらアナベルを嘲《あざけ》った。

ところが、アナベルを馬鹿にするイブリンの顔は、すぐに凍りつく。

アナベルは十個のケーキをぺろりと平らげると、続けて運ばれてきた十個も、あっという間に食べ終えた。さらに十個……。パフェ、ムースといった物も、二十種類ほどおなかに収める。

「な、なんと美味しい。さすが……素晴らしいわ！」

「き、気持ち悪い。魔物としか思えないわ。そんなに食べる女なんて、絶対に公爵様にきらわれる。あなたが公爵夫人になれる日なんて、永遠に来ないわね！」

アナベルの歓声とイブリンの嫌悪感満載の声が同時にあがった。すっかり顔色を悪くしたイブリンは、口元を押さえて席を立つ。アナベルがいくつ食べても平然としている姿に、具合が悪くなったらしい。そのまま部屋から出て行った。

入れ替わりに、男性が新たなケーキを持って来てくれる。アナベルは魔物で結構と思いながら、目の前に並んだケーキに舌鼓《したつづみ》を打った。

「どこまで入るのかしら……素直に、恐れ入ったと言っておくわ」

オリヴィアの顔も少し引き攣《つ》っている。それでも、イブリンのように面罵《めんば》してはこなかった。

「私は、普段も食べるほうだと思うのですが……魔法を使うと特におなかがすくのです。ちょうど、魔法屋で働いた後でしたので、助かりました」

遠慮なく食べておいて今更なのだが、とんでもない額になっていると思う。オリヴィアは金銭面に関することではまったく動揺を見せていない。それでもアナベルは少し頭を下げて礼を述べた。

「そういうことなの。食欲は魔法を使う代償……」

どこか気味悪そうにこちらを見ていたオリヴィアだったが、それを一変させていた。

「そうなのかもしれません」

アナベルは、洋梨のタルトレットを口に運んだ。

「ねえ、どうしてイブリンの無礼に魔法で報復しなかったの？　いくらマーヴェリット公爵の婚約者が妬《ねた》ましいからと、あれほど罵って物を投げつけるなど、尋常なおこないではないわ。しかも、尊重されるべき魔法使いに……」

充分にタルトレットを堪能し、次は紅茶味のケーキと狙いをつけたところでの問いだった。アナベルは食べるのをやめ、興味深げにこちらを見ているオリヴィアと視線を交わした。

「あの方は私が諫めたところで、素直に聞き入れてくださるようには見えませんでした。それを、魔法で無理矢理止めれば、余計に怒らせて収拾がつかなくなると思い、好きにさせただけです。当たらないようにしていますので、報復するほどのことではありません」

「ずいぶん寛容なのね。私たちには使えない魔法を使えるということが、そうさせるのかしら？」

「私は寛容な人間ではありません。無駄な労力を省いただけです」

アナベルは紅茶味のケーキを食べ始め……すぐに食べ終えて次はチョコレートケーキへ。

「無駄な労力を省いただけと言っても、少しは腹が立つものと思うけど……」

納得がいかない様子のオリヴィアに、アナベルは軽く首を傾げる。

「イブリン嬢の罵声など、従兄《いとこ》に比べれば大したものではないので気になりません。それに、マーヴェリット公爵の婚約者を邪魔に思う方は、イブリン嬢以外にも大勢いらっしゃると思いますので、罵られた程度でいちいち腹を立てて報復していては、私のほうが疲れてしまいます」

このチョコレートケーキは、どうしてこんなにも美味しいのだろう。絶妙な甘さが全身に染み渡るようだ……。

「私、あなたのことを、魔法を使って公爵に取り入った、したたかな女と見て感心していたのだけど、違うようね。あなたは、生真面目で公爵に都合がいいだけの女だわ」

つまらなそうに言って冷笑しているオリヴィアに、アナベルはきょとんとして目を瞬いた。

「都合がいい女？」

「あなたは誰に妬まれて攻撃されても、自分一人で解決して乗り切るのでしょう？　面倒を持ち込まないなんて、男にとっては最高に便利な女だわ。でも、馬鹿ね。公爵があなたに優しいから、あなたはそうして尽くすのでしょうけど、公爵の優しさは無償の厚意ではないのよ」

嘲弄《ちょうろう》にアナベルが反論しようとすると、オリヴィアはそれより先に問いかけてきた。

「己の利になる、都合よく使える魔法使いに優しくしない人間が、どこの世界にいると言うの？」

「セインが、私を都合よく使いたいから優しくしてくれている。それは、嘘だと思います。セインは、私の魔法を頼ってくださいとお願いしても、なかなか頼ってくださらない方です」

アナベルは誰になんと言われても、自分の見ているセインを信じるだけだ。

「頼らないのは今のうちだけ。あなたに、自身を善人と思い込ませて手懐《てなず》けるため、とは考えないのね。単純なあなたは、公爵にとって楽に狩れる獲物だわ。私はあの公爵を、何が楽しくて生きているのかわからない面白みのない男だと思うわ。でも、女を知らない変人とまでは言わないわよ」

「え？」

目を細めて楽しそうに笑うオリヴィアに、アナベルは背筋がぞわぞわした。フルーツタルトを食べていたのだが、急に味がしなくなった。

セインは、誰とも婚約していないからアナベルに偽装婚約を依頼してきた。もし、恋人がいるなら、その人と婚約しているはず……。だから恋人はいないと思っても、オリヴィアの言葉が脳裏をぐるぐる駆け巡り、気持ちが安定しない。

「まさか、女性経験がないとでも思っていたの？」

わざとらしく驚いた顔をするオリヴィアは、アナベルを完全に馬鹿にしていた。

「公爵は三十過ぎの男よ。ずっと結婚を渋り続けていたからと、誰とも関係を持ったことがないなんて、そんな話はあり得ないわ。あれほど有益なものを持ちすぎていると、結婚を求める女だけでなく、そこまでは求めず一時の楽しみとして傍に寄る女も大勢いるのよ。あの体型であってもね」

「一時の楽しみ……それは、恋愛感情はない相手とセインがおつき合いをしたことがある、というお話ですか？」

その場限りのつき合いであり、恋人はいない。という答えを聞きたくて、アナベルは質問一つに、胸が異常にドキドキして緊張した。

「そうよ。それも、相手にしたのは一人や二人じゃない。絶対、女に慣れているわ。公爵は公の場で女と親しく話すことは滅多にしないけど、私の見る限り、女が苦手で怖いから逃げ回っている男ではないもの。だから、どうでもいい相手には冷酷に、あなたのように良い手駒となる存在には、とことん甘くて優しい男になれるでしょうね」

「そうですよね。女性とのおつき合いがまったくないなんて、そんなことはないですよね」

恋人ではなく、互いに同意の上の割り切った関係……。それを聞いてものすごくほっとした。

アナベルとしても、かなり女性の関心を引くであろうセインが、女性とおつき合いをしたことがない、というほうが信じられない。だから、恋人がいないのであればそれでよかった。

甘くとろけるフルーツの味が、口内に戻って来た。

「騙されてこき使われるよりも、さっさと見限って本当に優しい男を探してはどうかしら?」

「私はセインの優しさだけでなく……宰相として陛下をお助けし、ベリルを良くするために力を尽くしている姿を尊敬しています。たとえ騙されていたとしても、一番大切な方であり続けると思います」

「恋は盲目、ということかしら……処置無しだわ」

馬鹿馬鹿しい、とばかりにオリヴィアはこれ見よがしな溜息を吐いた。

「恋……」

「男に何も求めず、逆に与えるだけなんて……私には絶対に無理ね。あなたが私に跪《ひざまず》かず、公爵の守護者を気取るつもりなら、隙を狙って必ず消すわよ」

眼光鋭くこちらを威圧してくるオリヴィアに、アナベルは、アップルパイの優しい甘さに陶酔しながら微笑んだ。

「私は消されません。我が身に宿る魔法のすべてで、セインの望みを邪魔する者たちと戦うと決めています。ですから、何があろうと生き残ってセインを守り続けます」

セインが、ベリル王国とマーヴェリット公爵家を守ることを心に誓って生きる人であるなら、アナベルは、そのセインを守る人間となる。

心に刻む覚悟を言葉にし、アナベルはひたりとオリヴィアを見据えた。

「その戦いの一環として……美容魔法と引き換えに、社交界の情報を集めているのね。我が家に関する有益なものは得られたかしら？」

オリヴィアが、唇の端をあげて嗤《わら》い返してきた。

「情報を集めるなど、そんな大それたことはしておりません。私は田舎から出てきたばかりで、王都の社交界の事情がよくわからないのです。ですので、恥を掻かないように、親切なお客様たちから、少し勉強させていただいているだけですよ」

カスタードプディングとシュークリームを美味しくおなかに収めながら、心の内で苦笑する。

お客の令嬢たちの話す内容から……オリヴィアの友人らしき人間はいないと思っていた。

それでも、令嬢たちがアナベルの美容魔法を求めていることを、オリヴィアはしっかり知っているようだ。さすがは、家格が上の公爵家令嬢たちよりも、社交界の女性たちに影響力を持つと言われるだけのことはある。

「彼女たちが囀《さえず》った程度のことで、我が家の秘密を握るなど不可能よ。甘く見てもらっては困るわ」

オリヴィアは紅の瞳に氷の刃《やいば》を宿し、己の力を誇示するかのごとく艶やかに笑んだ。

「私は、オリヴィア嬢に一日でも早く……ご自身の父君よりも、セインのおこないこそが、ベリルの繁栄を約束するものであると知ってほしいです」

まったく怯まず返したアナベルに、オリヴィアは心底面白くなさそうな顔をした。

「貧民を守ってどうしてベリルが繁栄するの？　国庫の富が削られて、崩壊するだけよ」

「ごちそうさまでした。おもてなし、大変満足させていただきました。ありがとうございます。では、これにて失礼いたします」

自分たちに共感するものはない。そうとはっきり知った相手と、これ以上話すことはない。

おなかもいっぱいになったアナベルは、席を立つと一礼した。そのまま、オリヴィアの返事を聞くことなく、洋菓子店から去った。

第二話　もやもやより、ぽよふわ最高です

「……と、いうことがお昼にありまして、魔法屋で情報は得られませんでしたが、オリヴィア嬢に美味しいケーキをたくさんごちそうしていただきました」

　今宵も、アナベルのほうが寝室に入るのは早かった。でも、眠る前にセインが入ってきてくれたので……昼間の出来事を語った。

「君は口にしないが、オリヴィア嬢が連れてきたイブリン嬢は、さぞや君にひどい言葉をぶつけたのだろうな……」

　寝台に並んで腰かけるセインが、申し訳なさそうな顔をしてアナベルを見ていた。

「私は、セインの女性除けのための偽装婚約者ではありませんか。あなたを巡る女の闘い、望むところです。何もせずに守っていただくだけでは、ここにいる意味がありません」

　セインに余計な気を揉んでほしくないアナベルは、力強く微笑む。だが、彼は不服そうに首を横に振った。

「もう女性除けの偽装ではないよ。私は本気で君に求婚している」

　セインが、アナベルをそっと抱きしめた。その腕の中はとてもあたたかくて、自然と笑みが零《こぼ》れる。

「求婚といえば……セインには、結婚を前提としないおつき合いを望む女性も、多くいらしたそうですね」

オリヴィアから聞いたことを思い出しながら、アナベルは口に乗せた。途端にセインがぎょっとし、その身体が一気に強張ったのが伝わってきた。

「あ、アナベル。どうしていきなり、そんな話を……」

声が上擦《うわず》っているセインを、アナベルは少し目をあげて見つめる。かなり動揺しているようで、その黄金の瞳は完全に泳いでいた。

「オリヴィア嬢が教えてくれました。セインが結婚していないからと、女性経験もないと考えるのは間違いだと」

「余計なことを……」

セインから常の冷静さが消え、舌打ちしそうな勢いでオリヴィアを忌々《いまいま》しく思っているのが伝わってくる。アナベルはその豹変ぶりが面白くて、くすりと笑う。

「女慣れしているから単純な私は簡単に手懐けられる、とも教えてくれました」

「そんなこと思ってない！　絶対に思っていないから、信じてほしい」

両の肩に手を置かれ、真剣な眼差しで見つめられる。必死に言い募るセインに、アナベルの笑みは深まるばかりだった。

「信じます。誰ともつき合いがないと言われたほうが、信用できません。でも私、セインは女性不信で、苦手意識が強い方なのだと思っていました。それが、慣れるほど大勢とつき合いがあったという部分には、正直に言うと、とても驚いています」

「うっ！　そ、それは……」

セインが苦しげに呻き、その額には汗が伝っていた。

治癒魔法が必要な体調不良ではなさそうなので、アナベルはそのまま話を続けた。

「セインはとても素晴らしい優良物件ですから、それも致し方ないですよね」

呪いにかかる前は痩身の美男子。その上、政府高官の財産家で最上位の貴族。これだけ揃っていて女性が放っておくほうがあり得ない。だからそこは詰っても不毛なだけだ。

【副隊長。セインは、そんなにたくさんの人とはつき合っていないわよ！　えーっと、えーっと……何人、とははっきり覚えていないけど……でも、でも、二十人は超えていないと思うわ！】

きゅきゅの、とても焦っている声が脳裏に響いてきた。彼女の寝床に目をやると、異様に翼をパタパタさせている姿があった。どうやら自分たちの話を聞いていたらしい。セインの危機と感じ、声を発して助け舟を出してきた、といったところだろうか……。

【あの女好きとは違うわ。手当たり次第に声をかけるなんて、してないのよ。誘われるから、ちょっと相手をするだけなの。経験が無かったほうがよかったのでしょうけど、そこは許してあげて！】

あまりに一生懸命に訴えるのが面白くて、アナベルは黙って聞き入った。

【でもね、副隊長。避妊は物凄くちゃんとしているから、隠し子なんて絶対にいないわ。相手のほうだって完全に割り切った、大人の対応ができる女性ばかりだったから、揉め事もないのよ！】

「きゅきゅ、お願いだからもうそれ以上、何も言わないでおくれ」

セインが弱り切った声音で懇願《こんがん》する。彼にとっては助け舟にはなっていないらしく、アナベルはこらえきれずに吹き出した。

「くっ、ふふふふふ……正確な数はわからないけど、二十人未満。完全に割り切った大人の関係、と……。有意義な情報をありがとう。隊長」

「アナベル……」

口元を両手で覆って笑い続けるアナベルに、セインが眉を下げて困り果てている。自分にかける言葉を懸命に探しているのがよくわかる人の胸元を、アナベルは軽くぽんぽんと叩いた。

「他に愛する女性がいるのに、私の魔法を目当てに求婚していると言うのでなければ、過去の女性関係は気にされなくて構いませんよ。これは、本当に正直な気持ちです」

【きゃあ！　さすが、副隊長。懐《ふところ》が深いわ！　セイン、とってもできたお嫁さんで、良かったわね】

セインが何か言う前に、きゅきゅから快哉《かいさい》の叫びがあがる。

【はあ～安心したわ。それじゃ、おやすみなさ～い】

晴れ晴れと就寝のあいさつをすると、翼をたたみ、ささっと寝床で丸まった。

「きゅきゅ。ずるいよ……」

セインが詰るように言って、寝入るきゅきゅを見ている。それが余計に面白くて、アナベルはますます笑うのをやめられなくなる。

「私、結婚した男性の浮気はきらいですが……未婚で、恋人も作らない男性の女性遍歴にまで、口を出すほど潔癖ではありません。安心してください」

「君は私を甘やかしすぎだよ。申し訳ない」

再びアナベルを抱きしめたセインは、心持ち項垂《うなだ》れていた。

アナベルとしては本当に、セインのおつき合いに関して、ただ驚いたということを伝えたかっただけなのだ。咎《とが》めた覚えはないのに、ここまで落ち込ませてしまうとは予想外の展開である。

「私に申し訳ないと思われるのでしたら、一つ願いを聞いていただけないでしょうか?」

アナベルがここで、なんとも思っていないと言い続けたとしても、セインは心の底から納得できないだろうと感じ、そう提案してみた。自分で振ってしまった話題であるが、これで全部忘れて何もなかったことにしたい。

「何なりと、どんなことでも言ってくれ」

勢い良くアナベルに返事をくれたセインは、萎《しお》れていたのが溌剌《はつらつ》としている。提案して正解だった、とアナベルは安堵しながら微笑んだ。

「横になってください。私に、満足するまであなたのおなかを触らせてください」

「え?　おなか……」

まさかの願いなのだろう。セインは、きょとんとして呆然とアナベルを見つめていた。

「ぽよぽよ具合を楽しみたいのです。駄目ですか?」

じいっとその目を見ておねだりすると、アナベルが本気で願っていると伝わったようだ。セインは苦笑しつつも、寝台に横になってくれた。

アナベルはその隣にお邪魔し、夜着の上からセインのおなかにそっと触れる。

「ふわふわ……柔らかくて気持ちいいです。ありがとうございます」

やはり、本人がこの体型を苦にしていないなら、無理に痩せなくてもいい。イブリンは激しく否定していたが、ぽよぽよふわふわあったかい。最高である。

「もっと難しい願いでも構わないのに……君は善良すぎる」

「これは難しい願いであると私は思います。ベリル最高の貴族。宰相閣下のおなかを好きに触らせてもらっているのですから」

撫で撫でしながら、その心地よい感触を堪能する。今自分は、不敬罪に問われてもおかしくないことを叶えてもらっているのだ。これ以上の難しい願いはないと本気で思う。

「愛する人に優しく撫でてもらっている私は、得をしているとしか思わないよ」

笑顔のセインには、もう過去を気にして落ち込んでいる様子はない。気分が完全に上向いて見える彼に、アナベルは一安心である。

「私を、愛する人と言っていただけるのは、とても嬉しいです。私、オリヴィア嬢の話を聞いて……セインに愛する恋人さんがいらっしゃるのかと思ったら、自分でも訳がわからないくらい胸がもやもやしました。美味しいケーキのはずなのに、急に何も味がしなくなって……そんな自分にこそ、一番驚いたのです」

アナベルがセインのおなかを軽く押すと、ぽよんぽよん揺れ動くのが楽しい。彼の傍に、ずっとこうしているのは自分がいいな、と思う。他のどのような女性でもなく……。

「アナベル。言い訳と思われるのを覚悟で言うが……私は君に出逢うまで、愛する恋人を持ったことなど一度もないよ」

　そっと手を握られる。

「その言葉も信じます。もし、過去のセインに本気で愛する人がいたなら、私に偽装契約など持ちかけず、とっくに婚約なり結婚なりしていると思うのです。黙ってそのままにしている人、とは思えませんので」

　出逢ったばかりのアナベルに、セインのことをすべて知るなど不可能である。それでも、愛する人がいればその人と幸せになろうとする人だと思うのだ。

「もちろん。そのままになどしないよ」

「………………」

　セインからいやに真剣な……熱を含んだ眼差しを寄越される。彼の、自分に対する深い想いの伝わってくるそれに、アナベルはとても緊張してどぎまぎした。

「一日でも早く、私たちの結婚証明書に署名を入れたいね」

「そんなに急いで話を進めなくていいです。それよりも、前長官のことはどうなりましたか？」

　アナベルは苦笑しつつ、現在のことを問うた。セインの過去話は終わりにしたのでいいが、代わりに自分たちの未来の話をされるのは、困る。

「……ターナー侯爵家は断絶。爵位、領地、財産はすべて国庫に返還。前長官とその息子のグレアムは国外追放、ということで決まったよ。前長官のおこないは許されるものではないからね」

　アナベルが未来の話題を逸らしたことに、少し残念そうな顔をしたものの、セインは隠さず教えてくれた。

「後は、前長官の持ち物から、ラッセル侯爵の奴隷買いの証拠が出ることを願うばかりですね」

「そうだね。でも、女、子どもは見逃すと決まったが、君に無礼を働いたであろうイブリン嬢は、国外追放にしていただければよかったな」

最後のほうは平素よりも声が低くなり、気配も冷酷なものへと変じた。そんなセインのおなかを、握られた手を離したアナベルは、両手でくすぐるように撫でた。

「駄目ですよ。セインを攻撃したのでない限り、イブリン嬢を国外追放になどする必要はありません」

「私に遠慮して、我慢していないかい？　あ、あのね、アナベル……その撫で方は、くすぐったいよ……」

心配そうにアナベルに問うてくるセインだったが、口元がぴくぴくしている。笑うのを懸命に堪《こら》えているのがわかる人に、アナベルはしっかりと頷いてみせる。もちろん、くすぐる手は止めずに。

「まったくしておりません。それを、私のために罰を与えるなど、とんでもないことでございます。信じてくださらないなら、こうしてじっくりと……朝までくすぐりますよ」

脅しをかけて、言葉通りにじっくりと丁寧に……。

「待った、待った！　それは、くすぐったすぎる……おかしな声が出そうだから、その撫で方は許しておくれ。君を信じるから、信じて、イブリン嬢には何もしないから！」

セインが身体をよじり、アナベルの手から逃げようとする。でも、夜着を掴んで逃がさない。

「逃げては駄目ですよ。私はまだ満足していません」

「だが……」

弱り切って眉を下げるセインから、怖い気配が消えている。アナベルはそのことに機嫌よく笑った。

「私を信じると言ってくださったので、くすぐるのはやめます。セインのいやがることはしません」

おかしな声、というのを聞いてみたいと思うも、それは意地悪がすぎるだろうと断念した。

「それなら、アナベルもそろそろ横になってはどうかな？　寝台の上だからと、いつまでも座って話をしていては、疲れが取れないだろう？」

再び大人しく横になり、アナベルから身を遠ざけるのをやめてくれたセインに促される。

「大丈夫です。とても楽しいので、私は横にならなくても充分、休んでいます」

やんわりと撫でながら、あらためてぽよぽよ具合を堪能するアナベルは、目を細めて浮かれた心地で答えた。

「そんなに私のおなかが気に入ったのなら、クッションにして休んでもいいよ」

「セインのおなかをクッションに？」

きょとんとして首を傾げるアナベルに、彼は自身のおなかを示して笑った。

「ここに頭を乗せて、寄りかかって休むといいよ」

「さ、さすがにそれは、無礼なおこないすぎてできません。そこまで親切にしてくださらなくてもいいです」

　セインのおなかに乗って眠るなど、寝ぼけて噛みつくのとあまり変わらない、とんでもないことだ。頭を乗せてぽよぽよ具合を……と、一瞬誘惑されかけるも、そこまで甘えるわけにはいかない。

「私が無礼と思わないから大丈夫だよ。遠慮なく、おいで」

「わっ！　あ、わわわわわ……」

　慌てて断るアナベルの手を、セインが掴んで引っ張った。思わぬ強さで引かれたアナベルは体勢を崩してしまい、そのままセインのおなかの上に上半身が乗ってしまう。

　ぽよ〜ん、と自身の身体が少し跳ねた。

「重くないから、離れなくていいよ」

「そ、そうおっしゃられましても……」

　柔らかくて気持ちいいのは間違いない。でも、あまりに高貴すぎるクッションに、アナベルは激しく心が動揺した。

「さあ、力を抜いて……柔らか具合を楽しむといいよ」

　そっと頭に触れた手に、優しく撫でられる。もう片方のセインの手は、いまだにアナベルの手を掴んでおり、放してくれる気配はない。

「で、でも、ですね……」

　互いが密着しすぎていることに、アナベルの胸は尋常でなくドキドキして落ち着かない。

「遠慮はなしだよ」

断ろうとしても、アナベルの頭を撫でるセインの優しい手はずっと変わらず……こうしていていいのだと自然と伝わってくる。結局、アナベルはセインの厚意に頭まで浸かってしまった。

「ありがとうございます。お言葉に甘えます。本当に、とっても柔らかいです」

多大な緊張にて、がちがちに強張っていた身体からは完全に力が抜けた。頬をセインのおなかにくっつけてみると、ぽよん、と包み込んでくれる。

程よいぬくもりとあまりの気持ちよさに、思わずへにゃっ、と頬が緩むアナベルだった。

「私も君がくっついていてくれると、とてもあったかいよ。ありがとう、ゆっくりお休み」

眠りに誘うセインの言葉。魔法など何もかかっていないのに、その優しい声音を聞いていると、アナベルは不思議と眠くなって目蓋《まぶた》が下がってくる。

噛むのだけは無し。それだけは無し。と、固く念じながらアナベルは、高貴すぎるクッションを独り占めさせてもらった。


とうとう寝ぼける前から抱きついて眠るという、まったく想像もしなかった事態を突き進んだ翌朝。アナベルは本日もセインのお見送りをすませると、魔法屋で令嬢たちを迎えた。

ところが、令嬢たちにはすっかりオリヴィアの手が回っていた。美容魔法は魅力的だが、有力貴族に信奉者を多く抱えるオリヴィアに睨まれるのは怖い、とのことで、社交界の情報は話してくれなくなった。

「地方から出てきたばかりの私に、社交界でオリヴィア嬢を出し抜くなんて無理な話よね。情報収集は上手くいかなかったけど、明日は第一王妃様にお会いできる」

情報収集失敗は残念でも、明日の謁見が成功すればいいのだ。アナベルは、気合を入れて椅子から腰を上げる。機会を作ってくれたプリシラに感謝していると、入り口の扉が激しく叩かれた。

「すみません！　すみません。こちらに、アナベル・グローシアさんはいらっしゃいますか！　アナベルさん。アナベルさんっ！　いらしたら出てきてください！」

呼び鈴があるのに使おうとせず、バンバン扉を叩き、大音声でアナベルの名を呼んでいる。乱暴であるが必死の叫びに、アナベルは首を傾げつつ、衝立を回って扉を開いた。

「私が、アナベル・グローシアですが……」

そこにはアナベルと同じくらいの身長の、少しおなか周りがふっくらしている中年の男性が、息を乱して立っていた。焦燥感の多大に滲《にじ》む男性の顔には、まるで滝の如く汗が伝っている。初対面は確かだが、どこか知っているとも感じる容姿だった。

「あなたが、アナベルさん？」

「そうですが、どちらさまでしょうか？　お客様でしたら、中にどうぞ」

促すと、男性はいきなりアナベルの足元に跪いた。

「娘を。どうか、娘を助けてください！　馬車に轢《ひ》かれて死にそうなのです。医者には匙を投げられました。もう、あなたしか縋《すが》れる人はいないのです！」

「娘さん？」

交通事故の治療依頼。ならば、男性が焦っているのもよくわかる。だが……。

「お願いします！」

「依頼を受けるのは構いませんが、どうして私をご指名なのですか？」

何度も頭を下げて懇願する男性に、アナベルは祖母へ依頼しない理由を問うた。

「え？」

「この魔法屋の主は祖母です。私は、ちょっとした事情で貴族のお嬢様たちに美容魔法をかけてはいますが、まだ正式に魔法屋の登録をしていません。あなたは誰です。なぜ、アナベルという魔法使いがここにいるとご存じなのですか？」

男性は、アナベルが美容魔法をかけた令嬢の知り合いで、その話を聞いてここに来たのだろうか。それならば構わないが、アナベルを逆恨みしているブルーノがここを突き止め、この男性に嘘を吐かせておびき出そうとしているのであれば、話を聞く必要はない。

不信感が、アナベルの男性を見る眼差しを険しいものとしていた。

「そ、それは……申し遅れました。私はポール・レイン。娘の名はプリシラと言います。先日こちらを訪ねたそうで、あなたはとても優しくて素晴らしい魔法使いであると教えてくれました。お礼は何でも致しますから、どうか娘を！」

男性から娘の名を聞いた途端、アナベルは愕然として顔色が変わった。男性を、見覚えのある容姿と思ったのも当然である。

「レイン男爵、プリシラはどこにいるのですか？　頭に思い浮かべてください！」

「ろ、ロンサール診療所に……」

レイン男爵は詰め寄るアナベルの勢いに押され、仰《の》け反《ぞ》りながら答えた。その名は表通りにいくつかある診療所の内の一つであり、西区で最も大きな物だった。

『風、集え！　私たちをロンサール診療所、プリシラの許に！』

アナベルは男爵の意識からプリシラの現在地を見せてもらい、そのまま彼の腕を掴んで移動魔法を使った。

「え？　な、何……わああっ！」

男爵が驚きの声をあげた時には、二人はロンサール診療所内……寝台に横たわるプリシラの傍にいた。

「プリシラ。なんて、こと……」

アナベルは、あまりに痛々しい姿の親友を前にして、立ち尽くした。

意識のないプリシラの頭にお気に入りのリボンはなく、血の滲む包帯が巻かれている。頬にも大きくガーゼが当てられ、シーツから外に出ている腕にも包帯が……。この様子では、シーツに隠されて目にすることのない首から下にも、たくさんの包帯が巻かれているだろう。

プリシラは完全に血の気を失い、死の気配が全身を覆っていた。

「あなた。どうやって入ってきたの？　そのお嬢さんはいったい……」

床に膝をつき、プリシラの手に自身の手を置いて懸命に祈りを捧げていた女性が、アナベルと男爵の入室に気づいて怪訝《けげん》な声をあげた。泣きはらした真っ赤な目と、プリシラに瓜二つと言ってよい面差しに、おそらく母親……レイン男爵夫人だろうと思う。

「信じられない……さっきまで、確かに魔法屋の前にいたのに……」

レイン男爵が呆然としているのを横目に、アナベルも床に膝をついた。男爵夫人と目線を同じくする。

「プリシラのお母さまですよね？　私は、あなたの娘さんと親しくさせていただいている、アナベル・グローシアと申します。私も、娘さんの手に触れてもよろしいでしょうか？」

「では、もしやあなたが、プリシラに理想の髪をくれた魔法使い？　夫が、治癒魔法をお縋りしてくると言った……」

名乗ったアナベルに、男爵夫人は一縷《いちる》の希望を見出したのか、その瞳が輝いた。急いで場を開け、アナベルがプリシラの手に触れやすくしてくれる。

「どうか、お願いします魔法使い様。娘をお助け下さい！　お医者様は、別れを覚悟して見守るほかない、と……もう何もしてくれません！」

男爵夫人の涙ながらの訴えに、医者もその助手も病室にいない理由に合点がいった。

「冷たすぎる……」

そっと触れたプリシラの手は、氷のように冷たくなっていた。

「アナベルさん！」

涙声でレイン男爵に呼ばれたアナベルは、男爵夫妻それぞれの手を掴む。プリシラの手の上に置

き、その上から自身の手を重ねた。

「死の気配が彼女の身体だけでなく、魂まで強く包み込んでいます。この状態では治癒魔法をかけても効果がありません。後わずかで、プリシラの生命活動はすべて止まり、死の眠りについてしまうでしょう」

それが、アナベルの読み取ったものだった。

「そんな……」

男爵夫妻が揃っていやだ、とばかりに首を横に振る。ますます強い眼差しでアナベルに縋ってくる二人に、小さく頷いた。

「彼女の死を拒むのであれば、プリシラをこの世で最も愛しているお二人が呼んでください。プリシラに黄泉《よみ》の国ではなく、こちらの、生者の世界を見るようにと……。その声に彼女が応えて、彼女の魂を捕らえる死の力が緩めば、私の全力で治療をします」

最後の希望として真剣に頼むアナベルに、二人は不安げな顔をした。

「呼ぶなど、どうやって？　私たちはあなたとは違います。魔法など使えません。ただの人間なのです」

「プリシラに向かって、ひたすらに生きてほしいと伝えてください。それが、プリシラの生きる力となります。あなた方の声は、私が彼女の内なる意識に導きます」

「…………」

「どのような魔法使いであろうと、死者の蘇生はできません。時間がないのです。さあ、目を閉じ

て……もう一度プリシラの笑顔が見たいなら、一心に、彼女のことを想ってください」

男爵夫妻は固い表情ながらも、アナベルの言う通りに目を閉じた。

「私の愛しいプリシラ。おまえが何年もかけて改良した……丹精込めた薔薇がもうすぐ咲くよ」

プリシラの手を握るだけでなく、もう片方の手で額にも触れたレイン男爵が、そっと彼女の前髪を掻きあげながら撫でる。

「あの薔薇は、必ずおまえの頑張りに報いてくれる。素晴らしい輝きを、おまえに見せてくれるよ。ベリル中の人間が、きっとおまえの名を知る作品となる。だから、こんなところで死んではいけない。おまえは生きてあの薔薇を見なければ……そして、誰より幸せに……」

男爵が涙ぐみ、声を詰まらせながらも、想いを込めて切々と呼びかけ続けた。

「そうですよ。私のかわいいプリシラ。あの薔薇を見ずに死ぬなんて……絶対に心残りになるわ。母様は、あなたがあの薔薇の傍で笑っている姿を見たい……見たいの……」

男爵夫人もプリシラと男爵の手をしっかりと握り、懸命に願いを伝える。

プリシラが助かるならば、代わりに自身の命を差し出しても構わない。男爵夫妻の手から、アナベルの意識に、そこまでの気持ちが伝わってきた。

危機的状況であるのに、両親の愛情を一身に受けるプリシラが羨《うらや》ましくなって、アナベルは両親のいない自身を寂しく思う。

苦笑しかけたその時、窓が開いてもいないのに、病室に柔らかく馨《かぐわ》しい風が吹いた。

色とりどりの気品ある輝きが、プリシラの全身を取り巻いて撫でる。そして、消えた。

「薔薇の精霊？」

まさかの存在の手助けに驚いた直後。生きたい……と、両親の呼びかけに応える、プリシラの魂の声が聞こえた。

「プリシラの魂が、死の支配から逃れた！　これなら、助けられるわ！」

アナベルは会心の笑みを浮かべ、最上級魔法の重ねがけ呪文の詠唱に入った。

『光、集え！　水、集え！　我、上級白黒魔法使いたるアナベル・グローシアが求める。薔薇の精霊に愛されし人の完全治癒を。すべての傷を癒し、健やかなる身体と為《な》せ。微かな命の灯に力を注げ。生命力も元ど～りっ！』

病室に黄金と青の光が爆発的に輝く。

そのすべての光がプリシラの全身に吸い込まれ、彼女を再度捕らえようとしていた死の気配は、瞬く間に追い払われて消えた。冷たく強張っていた手は一気にぬくもりを取り戻し、しっかりとした拍動も聞こえる。青白かった顔色も、血の気が戻って薔薇色の頬を取り戻した。

「……父様？　母様も……え？　アナベルまで……みんな、どうしたの？　ここ、どこ？」

ゆっくりと目蓋を開けたプリシラが、かすれた声で不思議そうに言った。

「お、おお……プリシラ。プリシラ、良かった！」

「本当に、助かったのね！」

男爵夫妻が泣きながら歓喜の声をあげ、目覚めたプリシラに抱きついた。

「二人ともどうして泣いてるの？　え、包帯？」

訳がわからない様子で目を白黒させたプリシラは、自身の身体を見てぎょっとした。

「無事に目覚めて良かったわ。私は、あなたが馬車に轢かれたとお父様からお聞きして、治療に来たの。ご両親の呼びかけと、薔薇の精霊があなたを救ったのよ」

「馬車……あ！　明日、王宮につけていくリボンを買おうと思って、表通りのお店に行こうとしたら転んでしまって……そこに、馬が暴走した馬車が……」

アナベルが話しかけると、プリシラは自身を襲った災難を思い出した。

「アナベルが、助けてくれたのですね」

感謝の眼差しを向けられるも、首を横に振る。

「あなたが今そうして元気でいられるのは、ご両親の必死の呼びかけと、薔薇の精霊のおかげよ。私は少し手助けをしただけ」

「違います！　あなたの魔法がなければ、私たちは絶対に娘を失っていました。感謝します。本当に感謝します。お礼はなんなりと申してください！」

レイン男爵に思いきり頭を下げられる。その隣では男爵夫人も同じ動作をしていた。

「親友を助けるなど当然のことですし……明日、第一王妃様に会わせてくださるわけですから、それで充分です。他に何もいりません」

「いくらプリシラが心酔する魔法使いだからと、素性を隠した者を第一王妃様の御前に連れて行くのは、正直に言うと気が進みませんでした。ですが、あなたのためなら、どんなことでも喜んで協力させていただきます」

真率《しんそつ》な目に見つめられるアナベルは、男爵の言葉に相手の都合をもっと考慮すべきだったと後悔した。

「すみません。娘さんに無茶なお願いをしてしまって……。その日に、自己紹介すれば構わないだろうと簡単に考えていました。あいさつに伺って事情をお話しすべきでした」

アナベルは必ず王妃の心を掴む自信がある。だから、プリシラ一家に迷惑をかけることはないと思っていた。でも、男爵夫妻のほうはアナベルと面識がないのだ。彼らからすれば、アナベルの依頼は不審なものでしかない。心配するのは当然のことである。

「謝る必要などありません。素晴らしい魔法を拝見して、不安は消えました。どうか、王妃様のお心も救って差し上げてください。よろしくお願いします」

「そう言っていただけると、助かります。あなた方一家を困らせることは、絶対にしないと誓います」

レイン男爵の差し出してきた右手を、アナベルはしっかり握って約束した。

「うそ。これが私のリボン？　なんてかわいそう……無残な姿に……」

悲しみに打ちひしがれるプリシラの声だった。視線を向けると、寝台に身を起こしたプリシラが、ボロ布と化した哀れなリボンを手に嘆いていた。

「リボン、リボンと……あなたは自分の命とリボン、どちらが大切なの？　命が助かったのだから、それでよしと思いなさい。それより、本当に起きて大丈夫なの？」

少しあきれ顔の男爵夫人がプリシラを諫めつつも、慰撫《いぶ》するようにその肩を撫でた。

「母様。大丈夫だから、このまま家にも帰れると思う」

ぼろぼろのリボンに肩を落とすプリシラだったが、身体は元気と主張した。

「完全治癒の魔法が効いたから、調子の悪いところはないと思うわ。家に戻っても大丈夫よ。そのリボンをつけて、明日一緒に王宮に行きましょう。『全属性よ、集え！　復元。ふくげ～ん』」

アナベルが哀れな布に手を触れる。瞬時に白いレースと、光沢のある桃色生地で作られた、愛らしいリボンの姿に戻った。

「きゃあ！　アナベルすごい、すごいです。ありがとうございます！」

自身が助かったことよりも、リボンが復元されたほうが喜びの度合いが大きいように見えるが、きっと気のせいだろう。表情がキラキラと輝いているプリシラに、アナベルはちょっぴり苦笑する。

「それでは、私はこれで……」

移動魔法でセインの屋敷に戻ろうとすると、プリシラの手がそっとアナベルの手に触れていた。

「待ってください、アナベル」

「なに、プリシラ？」

魔法を使うのをやめると、姿勢を正したプリシラが、思わぬ静謐《せいひつ》で真剣な目をしてアナベルをまっすぐに見ていた。

「私、目が覚めるまで、とても素晴らしい薔薇園にいたのです。そこは、果てが見えないほど広くて、咲いている薔薇はみんな美しい子ばかりでした」

プリシラは静かな口調で語り、アナベルはその内容に聞き入った。

「ずっとそこにいて、薔薇たちのお世話をしたいと思いました。でも、そこにいてはいけないと、どこからか父様と母様の声が聞こえて……振り返ると、アナベルが立っていたのです」

「私？」

プリシラに呼びかけたのは男爵夫妻なのだから、そこに登場するのは自分ではないはずだが……。

少し納得できなくて首を傾げるアナベルに、プリシラはにっこりと笑った。

「アナベルは、私が今育てている子を抱いていました。この子に会いに戻ってきてと言われて、絶対咲かせなきゃと思ったら、目が覚めたのです。あの子を、なんとしてもアナベルにお捧げします。助けてくださり、本当にありがとうございました。あなたは私の生涯の主です！」

シーツに触れるほど深く深く丁寧に頭を下げたプリシラに、アナベルは面食らった。

「そ、そこまで大げさに言わなくていいわ！　プリシラを助けたのはご両親の愛情と、あなたを守護する薔薇の精霊たちなのよ。私は少しお手伝いをしただけなのだから……」

急いで頭を上げさせるアナベルだったが、男爵夫妻のほうは、それがいいそれがいい、とプリシラの言葉を後押ししている。とんでもない事態に、アナベルは余計に焦った。

「ご両親も何をおっしゃっているのですか。プリシラは友人でいてくれるだけで充分です。私に仕えるなど、そんなことはしなくていいのです！」

「あの奇跡のような魔法は、もし、王宮魔法使いをこの場に呼べていたとしても、かけていただけなかったと思います。それを、何の対価も要求せずに惜しげなくかけてくださったあなたに、娘だけでなく私たち皆がお仕えするのは、当然のことかと……」

レイン男爵から尊敬の眼差しを向けられて、苦笑いしか出ない。

「第一王妃様の謁見にお供させてくださることが対価でいいですから……仕えるというのはなしで……おばあちゃま？」

唐突に、祖母からアナベルの意識に声が届いた。

『おかしな男がおまえを出せと押しかけてきている。今は、帰ってこないように……』

「おかしな男？　おばあちゃまは大丈夫……」

『すぐに帰ってこなければ、この老婆は殺す。マーヴェリット公爵に助けを求めても、同じく殺す。誰にも告げず、大人しく一人で戻ってこい。私を待たせるな』

祖母に安否を訊ねる最中、冷酷な声が割り込んでくる。聞き覚えのあるその声に、アナベルは眉を跳ね上げた。

「あなた、グレアム・ターナーね！　おばあちゃまを少しでも傷つけたら、蛙よりも悲惨な魔法をかけるわよ。絶対に許さないから！」

グレアムの気配に向けて怒鳴り返し、アナベルはプリシラと男爵夫妻を見た。

「明日は、王宮前広場にて待っています」

「朝の十時に……それより、何か問題が起こっているみたいだが、大丈夫なのかい？」

心配そうに自分を見ている三人に、アナベルは力強く答える。

「明日までには必ず解決します。それでは……」

『アナベル。わしは大丈夫じゃから、急いで戻らずともよい……』

『老女よ。いらぬ言葉を送るな！』

再び祖母から連絡が来るが、今回もグレアムの声が割って入って邪魔をする。

「あなたこそ、おばあちゃまに命令しないで！」

アナベルはグレアムには厳しく一喝《いっかつ》し、プリシラ一家には一礼するとその場を後にした。


「あなた……何をやっているの？」

「ぐ、ぐぐっ……」

戦いを覚悟して魔法屋に戻ったアナベルは、そこで目の当たりにした光景に毒気を抜かれた。

苦虫を噛み潰したような顔にて、呻きながら窓磨きをしているグレアムに、呆然とする。

グレアムの傍では祖母が『曇りが取れていない！』と、手に持つはたきで窓の隅をトントンと叩き、指導していた。

「急いで戻ってこなくともよいと言うたのに……用事はすんだのかい？　難しい治療依頼のようじゃったが……」

レイン男爵とのやり取りを聞いていたらしい祖母に、訊ねられる。

身体を損なっている様子はまったくない。それどころか、平然とグレアムに掃除を命じている姿に、アナベルは驚きを隠せなかった。

「治療は終わったのだけど……。おばあちゃま、グレアムは上級黒魔法使いなのよ。中級のおばあちゃまが支配してこき使うなんてできないはず……え？　おばあちゃま、その力は何？」

祖母に、尋常でない威力の守護魔法が取り巻いている。とても、中級魔法使いが使用できる守護魔法とは思えないものに、アナベルは首を傾げた。

「わしのことは、じい様がこれで守ってくれておるから、大丈夫なのじゃ。もし、わしを殺せる魔法使いがベリルにいるとすれば、それはおまえくらいじゃろう」

祖母は少し得意げに笑うと、自身の首元を探った。服の中にかけているネックレスを、引き出して見せてくれる。細い白銀のチェーンに、黄金の指輪が通されていた。

細かい紋様が彫り込まれたその指輪には、大きな深紅のルビーとダイヤモンドが燦然《さんぜん》と輝いている。見覚えのあるそれは、祖父がいつも大切に填めていた物だった。

「守護魔法は白魔法使いにしかできないことなのに。それを、黒魔法でやってのけるなんて……。おじいちゃまの、おばあちゃまだけを守る特別な魔法なのね」

アナベルは、ルビーとダイヤに今は亡き祖父の気配をはっきりと感じた。祖母の危機を回避するための強大な力が、そこから発せられている。

今日まで、祖母の傍にいても何も感じなかった。おそらく、祖母の身に危険が訪れた場合にのみ、発動する魔法なのだ。

祖父の、この世に残す祖母への深い愛情をひしひしと感じ、アナベルは緊張を忘れて胸が熱くなる。自分も、これくらいのことをセインにしてあげたいとしみじみ思う。

「指輪一つが私の魔法をすべて弾くなど、信じられない……しかも、支配まで……」

グレアムが悔しげに唸《うな》りながらも祖母の指示には逆らえず、窓の隅を丁寧に磨いている。

「魔法をすべて弾いたですって？　あなた、まさか祖母に即死魔法を撃っていないでしょうね？」

アナベルはグレアムの気になる言動に、ピクリとこめかみが震える。眉間に皺を寄せて詰問《きつもん》した。

「殺しては取引材料に使えない。脚を焼いて動きを封じようとしただけだ」

「何を当たり前の顔で言っているのよ。それを本当にしていたら、蛙にした上で丸焼きよ！」

アナベルが憤って怒鳴ると、祖母が優しく背中を叩いた。

「まあ、まあ……そう怒るでないよ。わしはこの通り無事なのじゃ。窓磨きは大変じゃから、ちょうどよい手伝いが手に入って助かっておる」

機嫌よく笑い、少し移動して別の窓の前に立った。そこも、はたきでトントン、と叩く。

「さあ、今度はこの窓じゃ。ピカピカにしておくれ」

祖母がグレアムに命じると、指輪の宝石が輝きを増した。

「ぐっ……な、なぜ、この私が窓磨きなど……屈辱だ……」

グレアムは必死で祖母の言葉に抗《あらが》うも、結局敵わない。彼の足は窓の前まで動き、祖母の命じるとおりに、その手は窓を磨き始めた。

「窓くらい、魔法で掃除しろ」

歯ぎしりしながらの恨み言に、祖母は首を横に振った。

「魔法使いだからと、なんでも魔法に頼って生きるのは、良くないことじゃよ。人間、便利な生活に慣れきってしまうと、堕落するだけじゃ」

諭すと、楽しげに曇りの取れていない場所を叩いてグレアムに知らせた。

「綺麗ごとを言うなら、自分で磨け」

祖母に不満をぶつけたグレアムの口から、ぎぎぎ、と音が聞こえる。余程強く奥歯を噛んでいるのだろう。

「年寄りに窓磨きは重労働じゃ。そういうのは、若者の仕事じゃよ」

からり、と笑った祖母は店舗の窓をすべてグレアムに磨かせた。


「ご苦労さん」

最後の窓がピカピカになったところで、げっそりとしているグレアムを、祖母は店の椅子に座らせた。アナベルは、その姿を正面の席から見つめる。祖父の魔法に対抗できないグレアムが、祖母に危害を加えるのは不可能と判断し、途中からここに座って窓磨きの様子を眺めていた。

「ところで、おまえさんはわしを人質に、孫に何を要求するつもりだったのじゃ？」

祖母がグレアムに問い、アナベルに緊張が戻る。

「……職を辞して地方に下がれば、すべて誤魔化せる。そう暢気《のんき》に考えていた父は、昨日の朝、陛下に退任することを伝えた。ところが午後になって王宮に呼ばれ、家の取り潰しと財産没収、自身と私には国外追放の沙汰が下った。父はそれを夜、逆上して母とイブリンに伝えた」

小さく咳払いをしたグレアムが語ったのは、アナベルへの復讐の再戦ではなくそれだった。

「私はその時自室にいて、これは執事から聞いた話だ。イブリンは突然没落した父を激しく詰り、父は愛娘が自分を慰めないことに腹を立て、怒りに任せてイブリンに手をあげようとした」

「まさか、叩いて怪我をさせたの？」

アナベルが見る限り、前長官は娘のイブリンを溺愛《できあい》する人であった。それが手をあげるなど、意外な行動に驚いて問うも、グレアムは首を横に振った。

「イブリンは無傷だ。父は、イブリンを庇った母に重傷を負わせた」

「重傷……それって、少し叩いた程度ではない、ということよね？」

アナベルの眉間には、自然と皺が寄っていた。

「白魔法使いに攻撃魔法は使えないが、風魔法で人を宙に浮かせるのは可能だ。父は『私は人を浮かせられるのだ！』と叫びながら母を強引に浮かせ、三階の窓から外に出して魔法を解いた」

「なんですって！」

そんなことをすれば、浮かされていた人は……。

「ややっ！　これは、窓を磨かせている場合ではなかったぞ」

アナベルがぞっとして顔色を変えた隣では、祖母も同じく慄いていた。

「私が父の暴挙を聞いて駆けつけた時には、母は全身に深手を負い、どんなに呼びかけても意識は戻らなかった。イブリンは、泣き喚くばかりで……」

グレアムの沈痛な面持ちと語られる内容に、彼がなぜここに来たのか、その理由は容易に推し量られた。

「復讐ではなく……祖母を人質にして、私に母君の治療をさせるつもりだったのね」

「私は白魔法が使えない。医者には手を尽くさせたが傷は深く、王宮魔法使いであっても手に負えないと見た。母を救えるのは、おまえしか考えられなかった」

「………」

結論が出たところで、友好関係にないアナベルに助けてくれ、とは言い難《にく》かったのだろう。その気持ちはわからなくもないが、余計なことをせず素直に依頼にくればいいものを、とは思う。

「我が家が断絶するのは父と私に原因のあることだ。マーヴェリット公爵に盾突いていない母が、父に殺される理由などない。助けてほしい……」

祖母を人質に取るのは不可能というのは、二時間も窓磨きをさせられて、いやでも納得したのだろう。ここでは悪態をつくこともなく、グレアムは頭を下げてきた。

母親を大事に思っているのは、その姿からよくわかる。重傷を負わされたターナー侯爵夫人を気の毒にも思う。だが……。

「セインに容赦なく即死魔法を撃って殺そうとした人間が、自分の母親が重傷を負えば助けてほしいと言ってくる。勝手なものね」

「アナベル……」

冷淡に返したアナベルに、祖母が咎める目をして小さく首を振る。それでも、アナベルは自身の言葉を撤回するつもりはなかった。

「人質を取れないとなれば、私におまえを自由に動かすことはできない。最後の手段として、おまえの言うことを何でも聞くと誓う。だから、頼む……」

グレアムは席を立ち、アナベルの足元に跪こうとした。

「陛下に対する誓いを軽く扱ってきたあなたの誓いなど、何の意味もないわ。そんなものは結構よ」

アナベルは軽く手をあげてグレアムの動きを止める。そのまま席に着かせておいた。

「違えれば死ぬ呪いを魂にかけて誓う」

きっぱりと言い切ったグレアムに、アナベルは少し首を傾げた。

「どうして、そこまでして治療者に私を頼るの？　あなたの父君は、本当に少しも母君を落としたことを悔いていないの？　治癒魔法をかけるべきは、父君ではないの？」

連続で問うと、グレアムが眉間に皺を寄せて唇を歪めた。

「父は以前から、年老い容色の衰えた母を毛嫌いしている。女は若いに限る、と別邸に愛人を囲って本宅に戻ることはほとんどない。母を落とした後、これで若い妻を迎えられる、と言い放って部屋を出て行ったそうだ。ラッセル侯爵に助けてもらうのだと……そんな父に、おこないを悔いての助けなど期待できない」

「なに、それ……」

アナベルは前長官の暴言に、全身の毛が逆立ちそうなほどの怒りを覚えた。

魔獣の角で王宮魔法使いを操り、奴隷を買って愛人にする人間らしい言動と言えば、そうなのかもしれない。が、アナベルが最も好きになれない人間だ。

「父のことは高度な白魔法の使い手として敬うところもある……が、結婚生活に疲れ、買い物で気《き》鬱《うつ》を晴らそうとする母をより哀れに思う。その母が父に殺されるなど、絶対にあってはならないことだ」

最後には縋るような目を向けてきたグレアムに、アナベルは頷いた。

「では、取引しましょう」

「取引？」

「母君の治療を引き受ける代わりとして……財産没収の際、あなたの父君とラッセル侯爵が組んでおこなっていた、奴隷買いの確たる証《あかし》を素直に陛下に渡してちょうだい。絶対に隠蔽《いんぺい》しないと約束して。ラッセル侯爵が言い逃れできない証拠の品が欲しいの」

「奴隷買い……」

アナベルの要求に、グレアムは一言呟くと口を真一文字に引き結び、押し黙った。挙句に少し俯《うつむ》き、視線を逸らせた。

「私の言うことを何でも聞くとの誓いは、さっそく嘘？　適当なことを言って騙せば、お人よしが無条件で治療すると高を括っているなら、甘いわよ」

アナベルが険しい目で見据えると、こちらに視線を向けたグレアムは小さく首を横に振った。

「おまえは適当な嘘に騙されるお人よしではなく、非情な女だ。それくらいのことは理解している。ラッセル侯爵が言い逃れできない奴隷買いの証拠が、はたして存在するのかと考えていただけだ」

「父君から何も聞いていないの？」

まさかの返答に、アナベルは呆然としてしまう。自分との魔法戦の折、前長官はグレアムを信頼していた。だから、そうした秘密事項も共有しているものとばかり思っていた。

「ラッセル侯爵と秘密裏に奴隷買いをしていることは聞いている。ただ、侯爵を罪に問える確たる証拠となると……父が所持する物なのか、よくわからない」

「あなたの父君は、自身の持つ誰にも交易の荷を検められない特権を、ラッセル侯爵にも貸し与えているのよ。それで、どうして侯爵の奴隷買いの証拠がないなんて……」

「証拠となる書類の記載は、すべて父が単独でおこなったこととなっている。ラッセル侯爵の名は、一切残していない。それが父の望む資金援助と、父好みの奴隷を侯爵が調達する条件だったのだ」

「そんな……では、あなたの父君のすべてを没収して調べても、ラッセル侯爵の悪事の証拠は出てこない……」

たとえ、前長官やグレアムに証言させたとしても、そこに確たる証の品がなければ、外務大臣まで務める上級貴族に厳罰を下すには至らないだろう。

アナベルは、がっくりして肩が落ちそうになる。

「ラッセル侯爵の悪事の証拠はないと言っておきながら……信じてもらうのは難しいが、必ずおまえの望む物を見つけてみせる。侯爵が上級貴族でいられなくなる品を。だから頼む。母を見捨てないでくれ」

グレアムが、こちらに向かって深々と頭を下げた。

「……では、もう一つ。今後、あなたは何の罪もない人に向かって即死魔法を撃たない。それも、取引条件に入れるわ」

「それは……」

グレアムは、正直にいやそうな顔をした。

「あなたが自身の母親が死ぬのをいやがるように、あなたの快楽のために殺される人にも、その死を嘆く人がいる。それを無視して自分の母親ばかりを優先されても、私の心は冷めるだけよ」

「……わかった。即死魔法は封印する」

躊躇《ためら》いなく承諾せず、苦渋の決断であるのがわかるグレアムの姿に、アナベルは逆に信じることができた。大好きなことを大して考えもせず、あっさりやめると言う人間を信用するほうが難しい。

「取引成立ね。治療を引き受けるわ」

承諾すると、グレアムが手を差し出してきた。アナベルがその手に自身の手を重ねると、周囲の空間が歪んだ。グレアムが移動魔法を使い、アナベルは一瞬で魔法屋から、洗練された白色系の調度品に囲まれた、瀟洒な部屋に立っていた。

目の前には白木の大きな寝台。天蓋《てんがい》の布が巻き上げられたそこには、やつれた中年の夫人が、固く目を閉じて横になっていた。

「イブリン嬢はいないのね……」

母親を案じてつきそっているかと思ったのだが、部屋にはその女性が一人きりだった。

「自分の部屋で眠らせている。家の取り潰しと父の乱心……母のこの状態にも精神が参ってしまったのだろう。半狂乱になって手がつけられなくなったのでな」

「そう……」

アナベルに投げたように、手当たり次第に物を投げたのかもしれない。

それならば、眠らせて精神を安定に導いたほうが、家人は安心するだろう。睡眠で安定するかどうか、正確なところは判断できないが、イブリンのことを解決するのは自分の役目ではない。

アナベルはそっと、憔悴《しょうすい》しきっているターナー侯爵夫人の額に手を触れた。

「酷い怪我とは思うけど、大丈夫。助けられるわ」

先ほど治療したプリシラに比べれば、状態はずっと良好だった。これなら、傷さえ癒せば生命力のほうは、時間と共に自然と元に戻るだろう。

『水、集え！　ターナー侯爵夫人を苦しめる傷の治療を。痛いの、ないない！』

アナベルがその身体の上にかざした両手から、侯爵夫人に向かって青い光が飛んでいく。

「……ふざけた呪文だ」

夫人の全身を治癒の光が包み込む光景を見ながら、ぼそりと呟いたグレアムに、アナベルは明るく笑う。

「難しい呪文も、長い呪文も面倒だもの。短く単純、自分が唱えて楽しいのが一番だわ」

「だが、父の使う治癒魔法より、何倍も優れているのは確かだな。感謝する」

回復して目覚めた侯爵夫人に、安堵の眼差しを向けるグレアムがしみじみと言った。

「グレアム？　私は……」

不思議そうにこちらを見ている侯爵夫人に、グレアムは穏やかに笑ってその額に触れた。

「もう、大丈夫ですよ母上。この先は、己のことしか考えぬ父のことなど忘れて、心穏やかにお過ごしください。生活の心配はしなくていいです。魔法使いの私が、なんとでも致します。どうぞ、ご安心ください」

「…………」

侯爵夫人は何か言いかけるも、グレアムの眠りを促す強制魔法に逆らえず、すぐに眠りに落ちた。

「証拠の品は、長くは待たせない」

「お願いね」

期待薄と思うも、せっかく言ってくれているので、そう返しておいた。

今日は、お客の令嬢たちには高度な美容魔法を使わなかったものの、全身治癒魔法を連続で使うことになるとは思わなかった。眠気が来そうなほど疲れたアナベルは、そのまま暇してセインの屋敷に戻ろうとした。ところが……。

「なんだか、妙に騒がしくない？」

この部屋の下のほうで、多くの人間が大音声で何か言っている。

「玄関、だと思うが……」

アナベルが感知したことはグレアムも気づいていた。彼は怪訝そうに首を捻り、部屋の外へと向かった。

アナベルは、用事が終わったのでこの場を去ってもいい身である。それでも、不思議と騒ぎの原因が気になり、彼の後をついて行った。グレアムは無言であったが、自身の背後を歩くアナベルを邪険にはしなかった。

廊下に出て長い螺旋階段を降り、アナベルは大勢の人で騒然としている玄関ホールに出た。

「父上！」

前を行くグレアムが驚愕《きょうがく》の叫びを上げ、駆け出す。

「え？　前長官……」

玄関ホールで倒れ、口からどす黒い泡を吹いている人は、確かにクラーク・ターナー前王宮魔法使い長官だった。

「なぜ、こんなことに……」

「グレアム様。侯爵様は、あなた様にお話があるからと……ラッセル侯爵邸から別邸には行かず、こちらの本宅にお戻りに……その最中、突然具合が悪くなられまして……」

グレアムに、家人の一人が状況を説明した。

「突然具合が悪くなった？　そんなもの、自身の魔法で治せばいいではないか。何をこんなところで素直に倒れているのだ」

片眉を上げ、呆れきった口調で言い放ったグレアムの言葉は、アナベルも思うものだった。水魔法を得意とする白魔法使いが、具合が悪いのを放置して倒れるというのは、正直にあり得ない。

「馬車の中で侯爵様は何度も治癒魔法をおかけになっていました。ですが、まったく効き目がなく……効かない、どういうことだ、とのお声が馬車の外まで……」

家人が、言い難そうに答えた。

「効かない？　父は、治癒魔法が効かないと言っていたのか？」

グレアムが顔色を変えて問い質《ただ》す。家人は怯えた様子で、こくこくと何度も頷いた。

「ぐ、うっ……ううう……」

苦悶の表情で硬く目を閉じていた前長官が、唸り声をあげた。

「父上！　一体、何があってこのようなことになったのですか？」

グレアムが前長官の傍に膝をつく。前長官はどす黒い泡を吹いているだけでなく、顔も手も……

おそらく服に隠れて見えない部分も、肌がすべて黒く変色していた。アナベルの見るところ、何か
の呪いに侵されているようだった。

「わ、わからない……ラッセル侯爵は、私を見捨てた。王太后様にも紹介してやった……奴隷買い
の便宜も図ってやったのに……陛下に罷免《ひめん》される人間は、不要なゴミだと言い放ったのだ。あの、
下種《げす》めが……」

安定しない呼吸の中、前長官は声を絞り出して恨み節を連ねた。セインが予想していた通りに、
悪事の露見した後まで、ラッセル侯爵が前長官の味方となり金を運ぶことはないのだ。

「どうして……おまえがここにいる？　すべてを失った私を愚弄《ぐろう》しに来たのか？」

前長官がアナベルの視線に気がついた。血走った目でこちらを見上げて毒づき、激しくせき込ん
で再び泡を吹く。

「あなたが酷い目に遭わせた奥様の治療に来ただけです」

「ああ、グレアムが呼んだのか。私を蛙にするおまえが、私の妻は助けるとは……よくわからない、

中途半端なお人よしだな」

前長官は身体の不調にあえぎながらも、アナベルをあざ笑った。

「毒の呪い、ですね。でもこれは……黒魔法ではない？」

お人よしだからこの場にいるわけではない。だが、アナベルはつい、グレアムの隣に膝をつくと、前長官の身体に手をかざして詳しく調べてしまった。

前長官を苦しめるものが毒呪であることは読み取れた。ところが、それをかけたであろう黒魔法使いの存在は認識できなかった。

「私との縁を無かったことにしたいラッセル侯爵の仕業と思うが、私に呪いをかけられる魔法使いなど、あの家にはいないはず……この呪いは読み解けない……」

「うそ。解呪できない……」

悔しげな前長官の呻きと、アナベルの驚愕の声が重なった。

光の上級白魔法で呪いの浄化を試みるも、弾かれて効かない。まさかの展開は、ブルーノに填められた呪いの腕輪をアナベルの脳裏に彷彿《ほうふつ》とさせた。背筋がぞくっとして寒くなる。

「おまえであっても解呪不可能か……ははっ、ならばマーヴェリット公爵が私と同じ目に遭えば、死ぬのだな。それは愉快だ……」

前長官が、晴れ晴れとした様子で笑った。アナベルは、その内容に激しくむっとする。

「セインは、絶対に死なせません。たとえ、誰がどのような毒呪で襲ってきても、守ります」

「口先だけとならぬといいな。……マーヴェリット公爵が、素直にイブリンの婿になっていれば、私の権勢に揺らぎはなく、ラッセル侯爵ごときに侮《あなど》られることなどなかったものを。私に都合よく動かなかった公爵など、毒にやられて地獄に落ちればいいのだ」

前長官はアナベルを小馬鹿にし、セインに対しては、逆恨みでしかない暴言を吐いた。それにますますむっとするも、泡ではなく血を吐いた姿に、再び光の白魔法をかけてみる。なんとか解呪できればと思うも、無駄だった。

その時ふと……アナベルは前長官の全身を覆いつくす呪いに、ブルーノの気配を微かに感じた。

「なぜ？」

「父上！」

訳がわからず呆然として呟くと、今度はグレアムの叫びが重なった。

「こんなところで死にたくない……私は誰よりも陛下のお傍で……権力を……富を手に、この世を楽しむはずだったのに……グレアム、ラッセル侯爵を許すなっ！」

無念と恨みが綯《な》い交《ま》ぜになった声を最期に、前長官は毒呪に抵抗しきれず……こと切れた。

「やはり、母が心配でこちらの屋敷に来たわけではないのだな。私に、ラッセル侯爵へ報復させるため、か……」

無表情で死したる父親を見ているグレアムと、突然の死に衝撃を受けた家人たちの嘆きの声を後にして、部外者であるアナベルはその場を去った。

第三話　ケーキが意地悪になることは、ありません

『きゅう！』

セインの屋敷に移動すると、頭上から愛らしい鳴き声が降ってきた。玄関扉を開けるより先に、アナベルは顔を上げて声の主を探した。

【お帰りなさ～い！】

朗らかなきゅきゅきゅの声が意識に響いたと同時に、二階の窓からアナベルの傍に飛んできてくれた。

「隊長。ただいま」

【あら？　とても疲れて見えるわ。魔法屋で難しい依頼が多かったの？】

差し出した右腕に乗ったきゅきゅきゅが、心配そうな目をしてアナベルを見ていた。

「全身治癒魔法を連続で使ったから、疲れてはいるのだけど……それよりも……」

前長官を死なせた呪いにブルーノの気配を感じたことが、心に引っかかっているのだ。

彼が魔法使いでないことは確かで、他者に呪いをかけるなど不可能である。ましてや、前長官の白魔法に勝る呪いとなれば、上級魔法使いでなければかけられないはずだ。

それなのに、アナベルはあの毒呪に彼の気配を感じた……。

はたして、これを気のせいですませても良いものなのか。自身の解呪魔法がまったく効かなかったことにも、そこはかとない不安を覚え、アナベルはなんだか足元がおぼつかない心地だった。

【無理しないでね。情報などより、あなたが笑顔で傍にいてくれることこそが、セインの何よりの

力になるのだから】

腕から肩へと移動し、その翼で労《いた》わるようにアナベルの頬を撫でてくれる。きゅきゅの優しいおこないと声に、アナベルは少し鬱屈が晴れた。自然と口元がほころぶ。

「ありがとう」

【あなたがとっても嬉しくなる食べ物を、たくさん用意しているのよ。ぜひ、食べてほしいわ】

きゅきゅは、自信ありげな笑みを浮かべていた。

「嬉しくなる食べ物を、たくさん……」

なんとも心躍る申し出に、アナベルも目が輝く。

【この屋敷の料理長は、何でもおいしく作れる天才なの！　こっちよ、セインも待っているわ！】

アナベルの肩からきゅきゅが飛び立つ。アナベルは玄関扉を開け、先導する彼女の後を喜んでついて行った。


「おまえなあ……いくらアナベルがケーキ好きと知ったからと、これはおかしいだろう？　このありさまは、大勢招く茶会だぞ。喜ぶどころか、困らせるだけだ。それとも何か？　食べるより先に、彼女が胸焼けする姿でも見たいのか？」

きゅきゅに案内されたのは、二階の部屋だった。アナベルが扉の前に立つと、中からセインの幼馴染《おさななじみ》であり、側近も務めるジャン・アビントンの呆れきった声が聞こえてきた。

「私が嬉しくなる食べ物とは、ケーキ？」

アナベルが問うと、きゅきゅはかわいらしく頷いた。

【あなたは昨夜、ケーキをごちそうになったと話してくれたでしょ？　とても嬉しそうな笑顔だったから、セインが、自分もごちそうしたいと屋敷の者たちに言ったのよ】

「セインは、私を喜ばせすぎよ……」

アナベルは、オリヴィアにケーキをごちそうになったことは、軽く言ったに過ぎない。それなのに、彼はその時の表情まで覚えてくれているとは……。あまりの感動に身が震えた。

「これくらいは大丈夫だと思う。アナベルは魔法を使うとおなかがすくそうだから……」

室内から、ジャンに返すセインの声も聞こえた。

「そうか、それなら大丈夫か……なんて言うと思うか？　これらをすべて食べさせたら、おなかを壊すに決まっている。おまえが食えと言ったら、彼女は絶対に無理をするぞ。大切にしたいと思っているなら、おかしな意地悪はしてやるな」

「意地悪しているつもりはないのだが……」

「これが意地悪でなくて、何だと言うのだ？　ようやく見つけた結婚相手に、こんなくだらないことをしてきらわれてどうする。婚約破棄して逃げられても、おまえは納得できるのか？」

「いや、それはできないが……これは、きらわれるのかな？」

「きらわれるに決まっている」

弱り切ったセインの声にジャンがきっぱりと返し、一刀両断していた。

【セインは意地悪なんかしてないわ！　私も、あなたなら大丈夫だと思ったし……喜んでもらえる

と思って用意したのよ】

きゅきゅに必死の目で見つめられたアナベルは、その目に微笑んだ。

「ケーキを用意してもらって、意地悪されているなんて思わないわ」

ましてや、きらうなどありえないことだ。作るのも大好きだが食べるのも好きなアナベルは、どんなケーキが待っているのだろうと、わくわくしながら入室した。

「セイン。ただいま戻りました……！」

アナベルの視界に飛び込んできたのは、純白のテーブルクロスがかけられた、楕円形の広いテーブルだった。そこには、色とりどりのスイーツたちが存在した。

美味しそうなのは無論のこと、華やかで、それでいて上品な……見た目も美しいケーキ、パイ、エクレア、シュークリーム、タルト、ムース、ババロアなどなど。長方形の大きな銀盆四つに、ぱっと見では数が把握できないほどたくさん用意されている。

それだけでなく、三段からなる銀製の立派なケーキスタンドもあり、そちらにも宝石の輝きを放つフルーツケーキが並べられていた。

なんとも魅惑的な光景は、アナベルから前長官の死の衝撃も、不安な気持ちも吹き飛ばすものだった。しばし夢心地となって見惚れてしまう。

「おかえり、アナベル。……随分疲れているように見えるよ。無理はしてほしくないな」

アナベルが入室したのを見て表情を緩めたセインだったが、傍に来ると憂い顔になった。

「お気遣いありがとうございます。魔法屋で無理をしたわけではないのです。実は……」

頬に触れた柔らかい手に、なんだかとてもほっとする。アナベルは魔法屋にグレアムが訪れたこと、そして、前長官の死を伝えた。

「前長官はラッセル侯爵を頼って断られ……その帰りに、毒の呪いに侵されて亡くなった……」

前長官が見捨てられることは予測できても、突然死には驚きを隠せないようで、セインは息を呑んでいた。

「私が先日填められた呪いの腕輪と同じく、魔法では解呪できない呪いでした」

「そんな呪いをかけられる魔法使いがラッセル家にいるとは思えないが、状況から見てラッセル侯爵が無関係とは考えにくいな」

セインが軽く腕を組み、複雑な顔をして呟いた。

「グレアム・ターナーが言うには、前長官の持つ奴隷買いに関する書類の記載は、すべて前長官の名前のみとなっていて、ラッセル侯爵が奴隷買いをしている証拠を見つけるのは難しいそうです」

「そうか……」

残念そうに頷くセインに、アナベルも同じ気持ちで言葉を続けた。

「それでも、前長官本人に直接問い質せば、何か一つくらいは、ラッセル侯爵の断罪に使える物を得られたかもしれません。あの呪いはなんとか解いて、生かしておきたかったです」

解呪方法が解読できず、手をこまねいている内に死なせてしまったことが、心の底から口惜《くちお》しい。

肩が下がりそうになるアナベルの背を、励ますようにセインがぽん、と叩いた。

「ラッセル侯爵を断罪する証拠は遠くなってしまったのかもしれない。でも、負けたと思って諦めるのはまだ早いよ。私たちにはきゅきゅもジャンもいる。他にも助けとなってくれる人間が大勢いるのだから、みんなで解決に向けて頑張ろう」

「みんなで頑張る……」

セインは絶対に、魔法使いだからと、アナベルを何でも一人で可能とする万能の道具とはしないのだ。改めて知るその心根に、アナベルはとても感じ入って声が震えた。

「そうだよ。一人で抱えて悩んではいけない。私たちが一緒に頑張れば、きっと無敵だ。不明なことが気になるだろうが、とりあえず今は、これらを食べて疲れを癒してはどうかな」

アナベルの心をこの上なく魅了するテーブルを示され、一気に高揚する。

「いただいて、よろしいのですか？」

「もちろんだよ。君を誰よりもてなすのは、常に私でありたい」

セインが、席へと促してくれる。アナベルは、考えなければならないことがあるにも拘《かか》わらず、すっかりケーキたちに気を取られてしまう。あまりに浮かれて、足元が弾みそうだった。

「オリヴィア嬢よりも自分が喜ばせたいからと、これはやりすぎだろう？　女性の食べる量くらいわかるだろうに……」

腕を組んでいるジャンが、溜息交じりに言った。アナベルがそちらに視線を向けると、心配そうな顔をして、無理して食べなくてもいいからと忠告してきた。

「無理？　あ、夕食のことを考えると、すべて食べるのは駄目かもしれませんね」

席に着いて少し考え、アナベルは傍《かたわ》らの席に着いたセインにお願いすることにした。

「今、半分食べて、残りは夕食のデザートということにしてもよろしいですか？　せっかく作っていただく夕食も、きちんといただきたいですので」

「好きなように食べるといいよ」

セインが機嫌よく頷いてくれる。その肩に移ったきゅきゅも、同じく朗らかに笑っている。笑顔がないのは、ジャンだけだった。

「アナベル、本気か？　その、冗談を通り越していびるためとしか思えない数の菓子を、君はすべて食べるつもりか？」

「いびるなんて、とんでもない。ありがたくいただきます」

ぎょっとしてこちらを見ているジャンの気持ちは、よくわからない。大いなる喜びに胸弾ませるアナベルは、満開の笑みでセインに深く感謝を捧げ、フォークを手にした。

「………奇跡の魔法使いは、尋常でなく食べる人間でもあったわけだ」

長方形の銀盆一つ。アナベルが、そこに並べられていたケーキやタルトレットをあっさりと食べきったところで、唖然としたジャンは、肩を竦《すく》めて部屋から去った。

【お店のケーキよりも、ここのケーキのほうが美味しいでしょう？】

「美味しいわ！　まさか、あの店のケーキよりも美味しいお菓子を食べられるなんて……私、こんなに幸せでいいのかしら」

きゅきゅに問われてアナベルは大きく頷く。半分残すと言ったが、あまりの美味しさに手が止まらない。この調子では、すべて食べてから夕食の席に着いてしまいそうだ……。

「幸せでいいんだよ。でも、こんな些細《ささい》なことでなく、君にはもっと大きな幸せをあげたいな」

紅茶を飲むセインが、微笑みを浮かべてアナベルを見ている。本気で言っているのがわかるその言葉に、アナベルははにかみながら笑った。

「セインは本当に、私を喜ばせるのがお上手ですね」

心が舞い上がってしまって、もうそれしか言えない。

「君のほうが上手だよ。君という存在に、私がどれほど救われ喜ばせてもらっていることか……」

しみじみと語られ、アナベルはセインの情愛深い眼差しに赤面してしまう。

「あの……そんなに私を持ち上げないでください。魔法屋のことも上手くいかず、結局お役に立てなかったわけですので……」

「なんのことだい？」

舌がもつれてしどろもどろになるアナベルに、セインが怪訝な顔をした。

「オリヴィア嬢のほうが何枚も上手で……魔法屋での情報収集は上手くいきませんでした。信奉者が大勢いる彼女の社交界においての影響力は、私の想像をはるかに超えていました」

苦笑して報告すると、そっと頭を撫でられた。

「君が社交に慣れればすぐに逆転できるよ。今だけ、オリヴィア嬢に譲ってあげるといい」

「私を甘やかすのが、上手すぎませんか？」

思わず問うてしまうと、楽しそうな笑みが返ってきた。

「本当のことを言っただけで、特に甘やかそうとして言ったのではないよ。でも、喜んでもらえたなら、嬉しいな」

「やはり、上手すぎます……」

アナベルはガトーショコラを切り分けて、そのままセインの口元に運んだ。

「うん？」

「食べてください。嬉しくてたまらないから一緒に食べたいのです。ここは、人目のある往来ではありませんし……」

セインは不思議そうな顔をしているが、アナベルはとにかく無性に、自分だけが食べるのではなく、二人で食べて楽しみたいと思ったのだ。

「君が食べさせてくれるなら、喜んで」

「はい！」

望み通りに口を開けてくれたセインに、アナベルは朗らかに笑んだ。

【仲良きことは、とっても美しいことね】

きゅきゅが満足そうに大皿のプリンに首を突っ込み、一人ですべて堪能していた。

「アナベルも、お食べ」

ショコラを食べ終えたセインが、ミルフィーユを勧めてくれる。食べさせてもらうのは少し照れるも、ありがたく口まで運んでもらった。

「何もかも美味しいです。幸せな時間をありがとうございます」

セインに、今度はイチゴのタルトレットを勧めながらアナベルは目を細くする。

「それほど喜んでもらえれば、料理人たちも腕を振るった甲斐があるというものだ」

心地よさげに笑い、セインはタルトレットを食べてくれた。その姿がとても好ましくて、アナベルは頬が緩む。至福に浸っていると……不思議と幸せとは正反対のことが脳裏によぎった。

「そういえば私、なぜか前長官を死なせた毒呪に、ブルーノの気配をわずかに感じたのです」

「あの、君に酷いことをした人でなしの？」

少し眉を動かしたセインに問われ、その的確すぎる表現にアナベルは苦笑する。

ブルーノには、婚約を破棄したいからと、不貞の濡れ衣を着せられた上に、死に至る呪いのかかった腕輪まで填められた。セインに救ってもらわなければ、アナベルは死んでいたかもしれないのだから、彼には本当にいい思い出はない。

「彼は魔法使いではありませんから、気のせいとは思うのですが……」

「君は、もうあの下種男のことを考える必要はない。忘れるに限ると思って言わなかったのだが……実は、屋敷の外に放り出した後、気になって監視をつけたのだ。結果は撒かれてしまい、消息が掴めないと報告を受けている」

「監視の手を逃れて、消息不明……」

セインが言い難そうではあったが教えてくれた内容は、まさかのものだった。

「捜させてはいるのだが……いつ何時、君の前に姿を現すか、わからない」

心配そうにアナベルを見て再び頭を撫でてくれたセインに、力強く笑う。

「彼が襲ってきたなら魔法で対抗しますので、それは問題ありません。ですが、所在がはっきりしないというのは、なんだかいやな感じですね」

このまま放っておいてはよくない気がする。アナベルは、三つ目の盆にあるケーキ類をすべて食べ終えると、フォークを置いた。

ブルーノの気配を思い出しながら、風魔法にて現在地を探る。ところが……。

「いない……まさか、死んだということはないでしょうし……あら？」

どこにもブルーノの気配らしきものが見当たらず、首を傾げる。すると、とても気味の悪い気配に触れた。微かなブルーノの気配と、何か言い知れぬ不気味なものが混じり合っている……。

「あの男は、死んでいるのかい？」

「いえ……そうではないのですが、気配の質が何かよくない……奇妙なものに変わっています」

セインの問いに答えながら、もっと詳しく調べようと風魔法を強めた、その時だった。

わずかばかり掴んでいたブルーノの気配は、完全に霧散《むさん》した。

「消えた……」

どう頑張っても調べられなくなったアナベルは、仕方なく魔法の使用を打ち切る。セインを見て、苦笑交じりに首を横に振った。

「何もわからなくなりました。ブルーノの現在地は不明です。ですが、気配の歪な変質に……まともに暮らしているとは思えません」

「あの男が事件を起こしてからでは遅い。捜索に、さらに力を入れさせるよ」

「よろしくお願いします。今度はこれを食べましょう」

真剣な目で請け負ってくれるセインに、アナベルは自分が捜すと意地を張らなかった。全面的にお任せして、バターケーキを切り分けると互いの口に運びあって楽しんだ。

セインが傍にいてくれると美味しいケーキがさらに美味しく感じるアナベルは、チーズケーキ、バナナパイ、レモンパイ、と……次々二人で堪能した。

「私はもういいよ。残りは君が楽しむといい」

ところが、ナッツのケーキを勧めるも、断られてしまう。

「甘い物を好まれると思っていたのですが……私に食べさせるために遠慮してくださっているなら、気遣いは必要ありません」

「甘い物は好きだが、さすがに充分食べたからね」

セインは口元を隠すように軽く手を添え、首を横に振った。

「そうですか……」

食べさせてあげるのはとても楽しいので、終了は残念に思う。でも、本人が拒否しているものを、強引につき合わせるわけにはいかない。

「食べ終えるまで見守っているから、ゆっくりお食べ」

「ありがとうございます。……明日、第一王妃様のところへ連れて行ってもらえるのです。美味しいスイーツのおかげで、魔法力の戻りが早く感じます。あとは、ゆっくり眠って万全の状態で、御前に上がります」

残りは一人で食べていろ、とこの部屋に置き去りにしないセインに浮かれながら、アナベルはナッツのケーキを食べ終える。

するとセインがココア色のロールケーキを切り分けて、口元に運んでくれた。

「私は食べられないが、君の食べるお手伝いはさせておくれ」

「セインに手伝っていただけるなんて、最高の贅沢《ぜいたく》ですね」

断るほうが彼の笑顔が消えてしまうと思い、その厚意にアナベルはありがたく甘えることにした。

「私も王宮に居るから……もし、謁見の際に困ったことがあれば、いつでも私に声を届けてほしい。何があろうと、必ず駆けつける」

アナベルが、口の中で蕩《とろ》けるクリームたっぷりのロールケーキにうっとりしていると、セインが誠実な目でこちらを見ていた。

「はい。一人で抱え込まず、遠慮なく頼らせていただきます」

何か困ることがあっても大丈夫。一人で悩まなくてもいい。そう示してくれるセインは、アナベルの心に大きな力を与えてくれる人だ。自分はきっと、彼のためならどんな魔法でも使えるだろう。

「約束だよ。……王太后様にはお二人弟がいらして、一人がご実家を継いだアンズワース公爵。もう一人がジュノー侯爵で、その方がソフィア第一王妃の父君だ。そうした関係上、ソフィア妃は王太后様に頭が上がらない」

教えてくれる情報に熱心に聞き入っていると、再びロールケーキが口に運ばれる。幸せの味を咀《そ》嚼《しゃく》して飲み込むと、アナベルは気なることを問うた。

「伯母《おば》と姪で、頭が上がらない関係……ということは、ソフィア第一王妃様は、ご自分の意思でセインを憎んでいるのではない、のですか？」

てっきり、王太后も第一王妃も二人ともセインをきらっているのだと思っていた。だから、手を組んで彼の排除を画策しているものとばかり……。

「ソフィア妃は本来、権力欲の薄い至って温厚な方でね……陛下のお傍にいられればそれでいいと言い、特別、次代の王の母親となることに固執してはいなかったのだよ。王宮に上がった最初の頃は、陛下の話を聞きたいと、私を自身の茶会に招いてくれたこともあったくらいだ」

過去を語るセインの、その口元には寂しげな笑みが浮かんでいた。

「でもね、王太后様がそれをお知りになった。ソフィア妃のおこないを厭《いと》われ、私は敵だと会話を禁じ……いつまでも懐妊しないことも詰り、我が一族からお側に上がっている三妃よりも、必ず先に王子を産めと厳しく責め立て……挙句、医師の診断結果も芳《かんば》しいものではなくてね。ソフィア妃は気鬱の病を発症し、それは治るどころか、悪化していると聞く」

「第一王妃様がお子様のことでお悩みとの話は、聞いたことがあります。それを、頭の上がらない伯母君に責め立てられるというのは、むごいことですね」

王太后が、自身の身内から王位継承者の誕生を待ち望む気持ちは、わからなくもない。それでも、ソフィア妃は好きで懐妊しない訳ではないだろうに……。

「正直なところを話すと、私はソフィア妃や二妃よりも、我が一族の三妃にこそ王子を産んでもらいたい。ただ……この本音があっても、ソフィア妃が打算無く陛下をお慕いする姿を知っているからかな。お心に重荷を背負ったまま、生涯を過ごされるのかと思うとなんだかお気の毒でね。君がソフィア妃のお心を癒してくれると言うなら、ありがたく思う」

柔らかく笑んでいるセインに、アナベルは光の気配を強く感じた。

「いくら伯母君であっても、そちらの言葉にだけ重きを置いて、セインを敵と見做《みな》したソフィア王妃様を恨みに思わず、心配して差し上げることができる。セインはきっと、光属性の中でも特別立派な方ですね」

歴史に名を残す聖人に並び立つかもしれない。それを本気で思い尊敬するアナベルに、セインが照れた様子で首筋を掻いた。

「そんな……まっすぐに褒められると参るな。君のほうがはるかに褒め上手だよ」

褒め上手になった覚えなどないが、かわいい仕草を見られたのでアナベルは大満足である。

「明日は頑張ります……あ！」

セインと第一王妃が笑顔になれる結末を目指す、と気合を入れたところで、己の意思とは関係なく強烈な眠気に襲われた。

「すみません。夕食もいただこうと思っていましたが、無理そうです……眠らせてください」

「お疲れ様。ゆっくりお休み。夢は楽しいものを見るといい。あの人でなしのことなど忘れて、疲れを癒すことだけを考えるのだよ」

子守歌のように優しい声に頬が緩むと、身体がふわりと宙に浮いた。セインが抱き上げてくれた胸元で、アナベルは安心して目蓋を閉じる。

しかし、アナベルに訪れる夢は楽しいものではなく……。

どこまでも暗く、残虐なものだった。


「都合のいい暗殺武器だな。標的に触れるだけで、簡単に息の根を止められるなど……」

「まさか、王宮魔法使いの長官にも効果があるとは思わなかった。ベリル一の白魔法使いよりも、私の毒のほうが強い。愉快だ」

見覚えのない場所で、知らない男とブルーノが並んで話をしている。毒とは……まさか、前長官を死に追いやった毒呪のことだろうか。不吉な内容に、アナベルは寒気を覚えて身震いした。

「警備は厳重と聞いていたから、難しい仕事になると思っていたが……存外、時間を食わずに済んだな」

男が目の前にある、縦に長い長方形の箱を慎重に持ち上げる。アナベルが同じ部屋にいて、その姿を見ているのだが、二人はまったく気にせず会話を続けていた。

「レオ。それを持って帰るのか？　確か、燃やしておけとのご命令ではなかったか？」

ブルーノは男をレオと呼び、怪訝そうに問うた。二人には邪悪な気配が色濃く纏わりつき、なんだか血の匂いまで感じてアナベルは吐き気を覚える。

「マーヴェリット公爵の傍には、凄腕の女魔法使いがついている。灰など残して、魔法で復元されては私たちがここに来た意味がない。それに、これはとても貴重な物だ。処分はお見せしてからのほうがいい」

「そう言うなら、好きにすればいいさ。これで私は役に立つと、あの方々に信じていただける」

ブルーノが腕を組み、満足そうに笑う。その時、別の人間の微かな声があがった。

「それは……マーヴェリット公爵様の物だ……慮外者が、汚い手で触るな。置いて、立ち去れ……」

床に倒れ伏す初老の男性は、虫の息でありながらもブルーノたちを睨みつけていた。

アナベルは慌ててその男性を助け起こそうとするも、触ることができない。どれほど呪文を唱えたところで、魔法もまったく発動しなかった。

「おまえ。まだ生きていたのか。素直に我が主の招きに応えてこれを育てていれば、稀代の育種家として世界に名を馳せ、こんなところで死ぬこともなかっただろうに。頑なに、マーヴェリット公爵の傍を離れなかった己が悪いのだぞ……愚かな奴」

箱を持つレオが、初老の男性を嘲《あざけ》りながら見下ろした。

「私は、おまえの主ではなく……公爵様にお仕えできたことが、幸せだ……ぐっ……あ、ぅ」

男性が身を丸め、胸元を掻き毟《むし》りながら喘《あえ》いだ。口から泡を吹く苦し気な姿に、前長官の最期が重なる。でも、どんなに助けたくても、アナベルはその光景を見ているだけの存在だった……。

「ブルーノ。おまえ本当に便利な武器と同化できたものだな。この老人だけでなく、屈強な警備兵どもであっても、おまえが殺意を抱いて触れるだけで皆死んだ。しかも、武器にはおまえの気配や姿を視認されにくくする特殊効果もある。元の運動能力も高いおまえは、暗殺家業にうってつけの人間となったな」

レオは初老の男性の苦しみになど一切頓着せず、ブルーノに機嫌よく語りかけながら部屋を出て行く。

毒呪が発動する上に、気配隠しと人の目に姿が映らなくなる暗殺武器とは……。まさか、ブルーノは特別な魔法道具でも手に入れたのだろうか。もし、そうであるなら最悪だ。

顔を顰めたアナベルは、レオが歩を進めるたびに、自身の見ている景色が変わって行くことに気がついた。レオの見ている景色をアナベルも共有し、廊下に数多くの人間が倒れている姿を、目の当たりにした。

皆、肌はどす黒く、苦悶の表情を浮かべて亡くなっている。おそらく警備を担当していたであろう人間たちのあまりに残酷な姿に、アナベルは息が止まるかと思った。

「貴族最高位の地位とお嬢様を得るためなら、何でもするさ」

レオの後に続くブルーノが、力強く言った。

「次は、マーヴェリット公爵とあの女魔法使いをうまく仕留めてくれ」

「やってやるさ。何が宰相だ。あんな豚が偉そうに……何が魔法使いだ。田舎育ちの地味女が公爵夫人など、誰がそんなふざけたことを許すものか！」

ブルーノがセインとアナベルを憎々しげに罵りながら、吐き捨てた。同時に、前長官を死なせた毒呪の気配が、はっきりと彼から発せられた。

「その気持ちを忘れないことだ」

冷酷な目をしたレオは、口角を少しあげてブルーノに笑いかける。そのまま、大勢の亡骸《なきがら》の間を悠々と歩いて屋敷から出た。

レオの傍に次々と人間が駆け寄ってくる。

レオがその人間たちに頷いてみせると、あらかじめ決めてあったのだろう。彼らは特に言葉を求めることなく動き始め、瞬く間に屋敷は炎に包まれた。

『逃げて！　生きている人、逃げて！』

炎を消す術のないアナベルは、生存者を求めて必死で叫ぶ。すると、視界が変わった。レオが箱を手にした部屋に、再び戻っていた。

『おじいさん。おじいさん！　お願い、起きて。火が来るから逃げて！』

自分の声は相手に聞こえない。助けとなる魔法も使えないとわかっていても、アナベルは倒れ伏す初老の男性に向かってひたすらに呼びかけた。

「……うっ……」

男性の目が微かに開く。その目は、確かにこちらを見た。

『おじいさん……魔法をかけてあげられなくて、ごめんなさい』

どうして自分はこんな光景を見ているのか、理解できない。それでもアナベルは、目の前の老人を救えないことが申し訳なくて、頭を下げていた。

「最期に、薔薇の精霊に会えるなど、なんと嬉しいことか……」

『薔薇の精霊？』

辛そうに息を吐きながらも、アナベルを見つめる男性は、どこか幸せそうに笑っていた。

「薔薇の精霊が寄り添う人間は、素晴らしい薔薇を育てることができる……私はそれを信じて生きてきた……今、この時……寄り添ってくれて、ありがとう。これで、あの漆黒《しっこく》は私の最高傑作だと……胸を張って言える……」

『おじいさん……』

感謝の眼差しを向けられて、薔薇の精霊ではないアナベルは胸が痛む。正直に言わなければと思うも……それをすればこの老人をがっかりさせてしまう。そう思うと、どうしても言えそうになかった。

「公爵様に、この先も薔薇を咲かせて、喜んでいただきたかった……大した才もない、ただ、薔薇を育てることが好きなだけの私を……信頼して、好きなだけ研究させてくださった前公様、公爵様……もう、お役に立てそうにありません……」

『おじいさん！』

この世に最期に残す言葉を紡いでいるとしか思えない男性に、アナベルは目頭が熱くなり、涙が止まらなかった。

「薔薇の精霊よ、お願いだ……公爵様以外の者が、あの薔薇を王太后様に献上されないように……どうか、枯らしておくれ。あの薔薇を守れなかった私の、最後の願いだ……あれは、公爵様のためだけにお育てした物なのだ……守れず、申し訳ございません……」

『おじいさん！　薔薇を枯らすと約束はできない。でも、セインは……公爵様のことは絶対にお守りします。あなたを襲った卑怯者たちを喜ばせることはしない。それだけはお約束します！』

何とか届いてほしいと、アナベルは全身全霊で声を振り絞った。

「公爵様を守ってくれるなら……それが、なによりだよ。ありがとう精霊さん」

男性はその瞳から一筋涙を零すと、安堵の笑みを浮かべた。

『おじいさん……』

助ける術のないアナベルの見ている前で、男性は息を引き取った。

この場にまで火の手が迫り、屋敷全体も燃え落ちてゆく……。

ブルーノの邪悪な笑い声が、男性の死を嘆くアナベルの耳にいつまでも木霊《こだま》した。


「おじいさん！」

「アナベル。アナベル！」

「……っ！」

自分の名を呼ぶセインの声が聞こえて、アナベルは目を開けた。同時に、自身を真上から見下ろしている黄金の瞳と目が合う。どき、として身体が震えた。

「すまない。眠らせておいてあげたかったのだが、随分と苦しんでいたから……起きたほうがいいのではないかと思ってね」

申し訳なさそうな顔をしたセインが、アナベルの前髪を掻きあげながら撫でた。

「……夢？」

ブルーノの所在を気にしていたから見たのだろうか……。それにしては、妙に生々しく現実味のある光景だった。

アナベルは落ち着かない心地で身を起こす。口の中が、からからに乾いていた。

「悪い夢を見ていたのかい？」

「ブルーノがセインの……王太后様に献上する薔薇に悪さをして……育種家の人や、警備の人たちを殺していく……」

とびきり酷い悪夢である。

「大丈夫だよ。そんなことは現実には起こらない。私の献上薔薇は、研究所を出て王都の傍まで無事に来ている。王太后様のお誕生日の前日には、この屋敷に届くよ。今年の警備はいつも以上に厳しくしているからね。男が一人で襲った程度で、どうにかできるものではない」

セインがアナベルを抱きしめて、優しく背中を撫でてくれる。そのおこないにアナベルは微笑むも、不安が完全に払拭《ふっしょく》されることはなかった。

「薔薇を運んでいる方々に、連絡を取ることはできますか？」

「毎日、報告が来るよ。今日も、何ごともなく行程を進んだと来ている」

「では、あれは本当にただの夢……。そうですよね。未来予知の魔法などないのだから……」

もしもブルーノが、アナベルでも解呪できない毒呪を発し、気配や姿まで隠せる魔法道具を所有しているなら、先日アナベルに呪いの腕輪を填めるよりも前に、それを使って暗殺しているだろう。

「警備の数を今より増やすとするよ。だから、あまり思い悩まないでおくれ。疲れがまだ取れていないように見えるよ。起こしておいてなんだが、どうか無理せず休んでほしい」

「疲れ……」

身を案じられて、アナベルは自身の頬にそっと手を触れた。

確かに、まだ魔法力が回復していない。黄泉の国に半歩足を踏み入れていたプリシラをこちらの世界に戻し、完全治癒させたのは、思う以上にアナベルから魔法力を奪っていた。さらには、グレアムの母親も治療している……。

「続けて悪夢を見ることはないと思うから、ゆっくりお休み」

眠るように促されるも、アナベルは試しにブルーノの気配を探してみる。

もし、夢に見たことが現実であり、どこかの屋敷で彼が大勢の人を殺しているなら、殺気が高まるはずだ。いくらアナベルの魔法力が回復しておらずとも、それをまったく感知できないことはないだろう。

「痛っ！　何も感じない……」

ブルーノの気配を掴むどころか、アナベルは頭が酷く痛むばかりだった。

「アナベル。どうしても眠れないかい？　疲れを溜めたままソフィア妃に会うのはつらいと思う。明日のことは断り、一日ここでゆっくり休んではどうかな」

「え？」

一日でも早く、王の快癒に辿《たど》り着きたいだろうに……。それを急かすどころか、アナベルの身のほうを案じてくれる優しい人の声に、自身の考えに没頭していた意識が切り替わる。

「なんなら、二日でも三日でもいいよ。君は毎日頑張りすぎだ」

頭を撫でてくれる手を心地いいと思いながら、アナベルは微笑んだ。

「頑固に一人で抱え込まず、警備の方々を信じます。私は眠って魔法力を回復させ、第一王妃様のお心を掴むことに集中します」

明日は、第一王妃に魔法をかけて歓心を買う大事な日なのだ。

このままぐずぐず悩んで夜を明かし、中途半端な回復で御前に上がる事態だけは避けたい。アナベルは、全回復を自身に念じながら横になった。

「では、お休み。今度こそ、よい夢を……」

額におやすみのキスをしてくれるセインに頷き、アナベルは目を閉じる。睡魔はゆっくりとアナベルの全身を包み込んだ。

再びの夢は……大きなエビとカニを持ったセインが目の前に現れた。好きなだけお食べ、と料理してくれる、天にも昇る心地のものだった。

「よし。完璧！」

最後の料理はエビグラタンだった。目覚めはセインを噛む失態も犯さず平穏で、疲労も消えていた。魔法力が完全に戻っていることにアナベルは満足する。

不穏な報告が飛び込んでこないことにも安堵し、朝食をたっぷり摂ると、王宮前広場までセインの馬車に同乗させてもらった。

「謁見を終えたら、私の政務室に来るといいよ。名乗れば通すように伝えておくから、安心しておいで」

「いい報告を持って、伺います」

アナベルは笑顔で頷いた。

「気をつけて行ってらっしゃい」

頬に、お見送りのキスをもらう。

「はい。いってきます」

セインにお返しのキスをして、アナベルは軽快に馬車から降りた。王宮内へと進んでいく馬車を、見えなくなるまでその場で見送った。

『全属性よ、集え！　私の姿を変えてちょうだい。変身。へんし～ん！』

レイン男爵と落ち合ったアナベルは、ソフィア第一王妃の許まで向かう彼の馬車内で、魔法を使った。

「おお！　姿が変わった」

対面の席で男爵が驚きの声をあげた。あんぐりと口を開けてこちらを見ている姿に、アナベルは小さく笑う。馬車には、自分たち二人と薔薇だけだった。男爵はアナベルに、助手を二人というのはお抱えでもない身には大仰《おおぎょう》すぎると、プリシラの同行は取りやめたと最初に言った。

アナベルは、本来は背の中ほどまである栗色の髪を、肩口で内巻きに切り揃えた漆黒に。碧《みどり》の瞳も空色に変化させた。目や鼻や耳、口や輪郭の形に至るまで少しずつ変えている。絵姿でしかアナベルを知らないであろう第一王妃が、この変装を見破ることはまず不可能だろう。

「名前はセシルです。それでお願いします」

適当な偽名を伝えると、男爵は承知してくれた。

「わかりました」

馬車は王宮内を問題なく進む。以前ジャンが教えてくれた最深部に至る漆黒の門を通り抜け、国王の私的空間へと入った。本当にジャンの言うとおり、政治向きの場所よりもさらに豪奢《ごうしゃ》な造りだった。目的地に到着するまで、アナベルは目に映るすべての物に、ただただ見惚れた。


第一王妃の側付きと名乗った女官に先導され、塵《ちり》一つ落ちていない、まるで鏡のように磨き抜かれた長い回廊を歩く。

レイン男爵の連れているのがプリシラでないことを訝《いぶか》しんだ女官に、男爵はアナベルを新しい助手として紹介した。男爵はこの場での信用度が高く、彼がアナベルを助手だと言っただけで、誰もそれ以上アナベルのことを詮索しなかった。

「ソフィア様。レイン男爵がご依頼の薔薇を持参しております」

女官が、茶色の木に黄金で模様が象嵌《ぞうがん》された、立派な扉の前にて中に声をかけた。

「レイン男爵、どうぞ中へ……」

すぐさま扉が開き、年嵩《としかさ》の女官が内へと通してくれる。

薔薇の納められた箱を持つ男爵が、緊張した足取りで進む。アナベルは、静かにその後をついて行った。

少し開いた窓の傍。一人がけの白いソファに、上品な面持ちの儚《はかな》げな雰囲気の女性が座っていた。

ゆるくウェーブのかかった金髪を、後頭部で綺麗にまとめて結っている。瞳は、若葉を思わせる緑で優しげだ。オリヴィアやイブリンの持つきつい棘《とげ》は感じなかった。

「ソフィア王妃様、ご依頼の品をお持ちいたしました」

男爵はソフィア妃に、深く腰を折って礼をした。アナベルもそれに倣《なら》う。

男爵の持つ箱を受け取った女官が、丁寧に蓋を開ける。中身を取り出し、ソフィア妃の正面にある丸テーブルに置いた。白地に赤のマーブル模様が美しい薔薇の鉢植えだった。

「そなたの薔薇はいつも可憐ね。そなたの生真面目で、優しい心根もよく表れている。眺めていると不快な気持ちが晴れるわ」

男爵の薔薇にソフィア妃が目を和ませる。プリシラから三十七歳と聞いていたが、表情が暗くやつれており、年齢よりも年上に見える。化粧で誤魔化しているようだが、肌状態も良くない。

「もったいないお言葉に存じます。王妃様」

「今日は助手が違うのね。私はそなたの愛らしい娘の顔を見るのも好きよ。今度はぜひ、連れていらっしゃい」

アナベルを見て、ソフィア妃が残念そうに男爵に伝えた。

「はい！　必ず！」

男爵が歓喜しているのをその背後から見つめ、アナベルはソフィア妃に向けてそっと息を吹いた。ソフィア妃の眼前に、水でできた小さな玉が生まれ、浮遊する。

「これは、なに？」

虹色に輝く水玉に、ソフィア妃が驚いて目を丸くした。周囲に侍る女官たちも、異常事態に顔色を変える。

「王妃様のお傍に……なんと不気味な。毒物であれば大ごとだわ！　急いで、王宮魔法使い様にお知らせを！」

女官たちが慌てて外へと伝令を走らせようとした時、ソフィア妃の眼前を舞う水玉が、その頬に触れて割れた。光の粒となって消える。

「なんだか、とても心地いいわ」

女官たちの悲鳴と怒声を止めたのは、ソフィア妃のどこか恍惚《こうこつ》とした声だった。

「……あの、王妃様の頬の辺りが、とても艶やかになられたような……」

女官が、自分の見ているものであるのに信じられない、といった様子で恐る恐る言葉にした。

「私も、急に滑らかになったと感じるわ。……そこの娘よ。あの不思議な水は、そなたの魔法なのかしら。是非とも答えが聞きたいわ」

ソフィア妃が機嫌よく自身の頬を撫でながら、はっきりとアナベルに視線を向けていた。

途端に、女官たちが一斉にアナベルに注目する。ぎょっとしている彼女たちに、ソフィア妃は面白そうに笑った。

「これまで一度もこのような事態は起こらなかった。それが、その娘が来た途端に起こった。娘が魔法を使ったと考えるのは、自然なことでしょう」

「本当に、そなたのやったことなのか？」

疑いの感情が色濃く見える年嵩の女官に問われ、アナベルは頷いた。

「その通りです。私は魔法使い。……ソフィア王妃様、少しでも先ほどの水魔法がお気に召されたなら、褒美に、二人だけでお話しさせていただけないでしょうか？」

深く頭を下げて願ったアナベルに、女官たちから非難の声が降ってきた。

「それは図々しい。無礼であるぞ！　そなた、もしや王妃様に害なそうとでも……」

女官が危険を憂いて拒否を叫ぶが、ソフィア妃が最後まで言わせなかった。

「魔法使いの娘よ。そなたの話を聞きましょう。皆、下がりなさい」

「ですが、王妃様……」

納得できない様子で反論しかける女官たちに、ソフィア妃は毅然として笑みを浮かべた。

「これまで、何人もの魔法使いが、私のぼろぼろになった肌を整えようとしたわ。でも、誰にもできなかった。それを、水玉一つで滑らかにした娘の話を、私は聞いてみたい」

「廊下で待機いたします。……セシル殿。もし、そなたが王妃様に害なした場合、そなたの血縁はすべてこの世から消える。その覚悟を持って、行動されるがよいでしょう」

ソフィア妃の意思は揺らぎそうにないと諦めた女官が、険しい目でアナベルを見る。明確な脅しを、アナベルは神妙な態度で聞いた。

「レイン男爵。今日はあまり話す時間が取れなくて、ごめんなさいね。可憐な薔薇だけでなく、私の希望となりそうな者も連れてきてくれて、ありがとう」

「王妃様のお役に立てましたこと、望外の幸せに存じます」

ソフィア妃から賜《たまわ》った礼の言葉に、男爵はことのほか感激し、顔中紅潮させて礼をした。そのまま、一人残るアナベルに視線を向けてきたので笑顔を返す。

「帰りは一人で帰れますので、お待ちいただかなくても構いません。どうかお気遣いなく……今日は、本当にありがとうございました」

門前払いを食らうことなく、ここまで来ることができた。その機会を作ってくれた男爵に、アナベルは心の底から感謝していた。

「こちらこそ。頑張るんだよ」

アナベルを励ましてくれた男爵は、女官たちと共に部屋の外へと出て行った。

「正面の席があいているわ。話があると言うなら、座ってしなさい」

二人きりとなると、ソフィア妃が席を勧めてくれた。

「ありがたく、お言葉に甘えさせていただきます。王妃様、私の話というのは、王妃様が苦しまれている気鬱の病についてでございます。もし、我が魔法でそれを癒すことができましたら、私の願いを一つ、叶えてはいただけないでしょうか？」

誤魔化さず、直截《ちょくさい》に伝えた。すると、ソフィア妃は複雑な顔をして苦笑した。

「私が心に抱く望みが叶えば、この気鬱は晴れると医官は言うわ」

「心に抱く、お望み……」

「陛下のお子をこの手に抱くことよ。そなたが優れた魔法使いであろうと、懐妊は不可能と医官たちに匙を投げられた私に、そんな魔法はかけられないでしょう？」

「お子様……」

王の体調の問題もあるので、いくらアナベルでも懐妊を約束することはできない。

だが、ソフィア妃の身体をお子が産めるようにするのであれば、体内癒しの魔法をかければ不可能ではないと思う。とはいえ、ソフィア妃がお子を産むと王太后は喜ぶだろうが、セインにとっては素直に喜べない事態となるわけで……そこはとても悩ましい。

「私は、子が産めなくても陛下のお傍にいられれば、それでいいとも思う。……でも、愛しい陛下のお子をこの手に抱いてみたい。そんな欲も消えず……伯母上さまに、子が産めないことで出来損ないと罵られるのも、悲しくて……毎日が、苦しいばかり……」

相反する思いに日々揺さぶられるソフィア妃の心が、それで摩耗《まもう》していると伝わってくる。

「あの……王太后様のことは抜きにしてお答えいただけないでしょうか。王妃様ご自身は、セイン・マーヴェリット公爵のことを、どのようにお考えですか？」

「マーヴェリット公爵？　そなた、まさか公爵に縁ある者なのか……」

ソフィア妃の顔色が瞬時に変わり、強張った。こちらに対する警戒を一気に強め、ほぐれかけていた気配が頑なになったことに、アナベルは焦る。

「そ、そんなにお気に召しませんか？」

セインは王位簒奪《さんだつ》など狙っていないのに、それをわかってもらうのは不可能なのか……。

アナベルが悲しくなりかけたところで、ソフィア妃の頭が微かに横に振られた。

「……その忠誠に偽りはなく、陛下を誰よりも守ってくれる人であると思っているわ」

硬い声音であったが、思わぬ好意的な評価が返ってきた。

「ええっ？」

驚いたアナベルは、頓狂《とんきょう》な声をあげてしまう。

「そう思うも、私の実家は伯母上さまの援助があって成り立っている家。実家の命運を握る人の方針に、逆らうわけにはいかないのよ。伯母上さまが公爵を厭うのであれば、私もきらうしかない」

苦しそうに、ソフィア妃は目蓋を伏せた。

「………」

ソフィア妃は実家を思い、王太后の意思に従っているだけ……。自身の意思でセインをきらっていないのであれば、希望はある。アナベルは、気持ちの高ぶりを覚えた。

「公爵は先日とうとう婚約したから、後継者を授かってマーヴェリット家はさらに盤石なものとなる……伯母上さまは、ますます憎むでしょうね。私も、それにつきあわなければならない」

重い溜息を吐いたソフィア妃に向かって、アナベルは少し身を乗り出した。

「お子様を授かれば、王妃様はお母様です。『母は伯母上さまに逆らえず、すべてを操られて暮らしているのよ』と、愛しい陛下のお子様に、王妃様はおっしゃるのですか？」

「なっ……」

顔をあげたソフィア妃は、愕然として目を見張っていた。

「実家のしがらみによる苦しみ……というのは、他人の私に理解できることではないと思います。それでも、お子様を腕に抱きたいなら、その子が誇れるお母さんであってほしいと願います」

「………」

無言でアナベルを凝視しているソフィア妃に、頭を下げた。

「生意気なことを言って申し訳ありません。ですが、叶うなら今後は、王太后様の意思でなく、マーヴェリット公爵を憎らしく思わないとおっしゃる王妃様のご意思で、行動してほしいのです。その代わりと言っては何ですが……私がお子様を産める身体にして差し上げます」

セインの望みに反することをしてしまうのは、心苦しい。しかしアナベルは、光の白魔法による精神治療だけでは、ソフィア妃の気鬱は完全に晴れないと感じた。

晴れなければ、こちらの味方となってもらうのは難しくなる。そうなれば、王太后に謁見してからの、王の快癒に至るまでの道が繋がらない。

ここはソフィア妃の望みを叶えて王の快癒を優先する。アナベルはそう決断し、心の内でセインに頭を下げるも……。

「そんなことが、本当に可能なの？」

ソフィア妃に、期待と疑念が綯い交ぜになった顔を向けられて、苦笑した。

「王妃様のお身体に関しては、可能です。ただ……陛下のお身体のことがございますので、必ず懐妊するとまではお約束できません」

ソフィア妃を懐柔《かいじゅう》したいが、この問題は適当なことを言って喜ばせていいものではない。

懐妊を確約しないことでソフィア妃がアナベルに背を向ければ、また別の手を考えなければならないと覚悟して、その顔を見つめた。

「そなたは、正直者ね。これまで私の前に現れた魔法使いは、肌荒れ一つ治すことができないのに、側近に取り立てれば必ず懐妊する魔法をかけると、平気な顔をして嘘を吐いたわ」

初めて、ソフィア妃がアナベルに向かって柔らかな笑みを浮かべてくれた。

しかし、魔法使いに嘘を吐かれ続けて傷ついているのがわかるソフィア妃に、自分も嘘を吐いているアナベルは、チクリと胸が痛む。

「魔法に関しての偽りはございませんが、私は正直者ではなく、嘘吐きです。マーヴェリット公爵の縁者であると正直に名乗れば、会ってくださらないと思い、偽名を使ってこの場に連れてきてもらいました。レイン男爵は何も悪くありません。私が、魔法を利用して強引に頼んだのです」

「やはり、公爵の縁者なのね。レイン男爵を罪に問うたりしないわ。彼の薔薇が見られなくなるのは残念ですもの」

アナベルの告白に、ソフィア妃は機嫌を損ねることはなかった。逆に、納得して頷き、その面に浮かぶ笑みも変わらなかった。ありがたく思いながら、アナベルは頭を下げる。

「恩情、感謝いたします。……私の手を握り、年齢など関係なく、自分は元気だと思ってください。子を産めると、自分の身体を信じてください。今からおかけする魔法は、信じれば信じるほどかかりがよくなる類《たぐい》のものなのです」

ソフィア妃の正面に、アナベルは右手を差し出した。

「わかったわ」

表情が強張り緊張しているのがわかるソフィア妃が、微かに震えている白く繊細な手を、アナベルの右手にしっかりと重ねた。

『全属性よ、集え！　ソフィア王妃様のお身体を蝕《むしば》む疲労消滅。爽快、元気に、強くなる。悪い物はすべて除去。消・え・去・れ～っ！』

アナベルからソフィア妃に向かい、六属の力がそれぞれ光の帯となって覆い被さっていく。最初は驚いて悲鳴をあげかけたソフィア妃だったが、すぐに恍惚とした面持ちとなった。

己の身に吸収されて行く六属の魔法力に、素直に身を委《ゆだ》ねてくれた。

「体内癒しですので、目の前にこれぞと言う治療結果をお見せすることはできません。ですが、お身体の弱っていた場所はすべて強くし、健康になるよう整えておきました」

「医官たちがこの先何を言っても、私は子を諦めない。自分を信じるわ。身体が、とてもあたたかい。軽くて、清々しくて、若い娘に戻ったよう……」

すべての光が吸収されるとソフィア妃は、それまでとは打って変わった明朗な表情となった。

『光、集え！　水、集え！　ソフィア王妃様の麗しいお姿に、より一層の喜びを！　全身つやつや、いつでも美肌。それを生涯お約束っ！』

今度は、黄金の光と青い光がソフィア妃を取り巻く。これは、先ほどの水玉の魔法よりも、何倍も効果が強い美容魔法である。それが、体内癒しの魔法との相乗効果により、さらに劇的に効いた。

こちらは、変化をしっかりとその目で確認することができるだろう。

「まあ！　手も、首も……髪まで滑らかで艶やかだわ。なんと、嬉しいこと。鏡が見たいわ！」

歓声を上げたソフィア妃が席を立ち、溌剌とした足取りで壁のほうへと歩いて行く。全身に暗い影を落としていた気鬱の病は、今や完全に消失していた。

「私、若返っているわ！　うふふふ……さすがにこれは、滅多なことでは驚かない陛下も驚いてくださるかしら」

縁飾りが美しい大きな姿見の前にて、頬を上気させたソフィア妃はひとしきり喜び、軽やかにくるりと回った。そうして席に戻ると、若葉色の瞳をきらきらと輝かせながら、アナベルに感謝の眼差しを向けた。

「ここまでしてくれるとは……そなたの願いであれば、どのようなものであろうと、聞かねばならないでしょうね」

褒美を提示してくれたソフィア妃に、アナベルの目も輝く。

「では、遠慮なくお願いします。王太后様に、陛下の健康状態を改善する魔法使いとして、私を推薦してください」

やっと、この言葉を言えた！　胸の内にて拳《こぶし》を握り、アナベルは深々と頭を下げた。

「そんなことでよいの？　それは、こちらのほうが依頼したいことよ。そなたのような優れた魔法使いの魔法であれば、陛下にも私と同じ喜びを味わっていただけるもの」

拍子抜けした様子で、呆然とこちらを見ているソフィア妃に、アナベルは苦笑した。

「私は、王太后様が厭われるマーヴェリット公爵の婚約者です。それでも、推薦していただけますか？」

アナベルはここで変装の魔法を解いた。本来の姿で、ソフィア妃の返答を待つ。

「ただの縁者ではないのね。確かに、公爵が先日公表した婚約者の顔だわ。白黒両方使える上級魔法使い……王宮魔法使いにもいない特別な魔法使いとは、奇跡も可能とするのね」

やはり、ソフィア妃はアナベルの絵姿を見ていた。

「王妃様に嘘を吐かせる……偽名と変装で作った、この世にいない女を王太后様に推薦させるわけにはまいりません。ですから、真実をお話しいたしました。ご協力なにとぞお願い致します。マーヴェリット公爵は、王妃様の思う通りのお方です。王位を欲してなどいません」

わかってほしい、と気持ちを込めてソフィア妃を一心に見つめる。

「そなたの素晴らしい魔法と、私を見る、邪念のまったく感じられない綺麗なその目を信じるわ。伯母上さまの許可が得られるよう、私にできる協力を約束しましょう」

清雅な笑みを浮かべて、ソフィア妃はアナベルの望む言葉をくれた。目の前に、ぱあっと明るい道が大きく広がった。

「ありがとうございます!」

「礼を言うのはこちらのほうよ。今から、伯母上さまに会いに行きましょう」

「今から、でございますか?」

軽やかに提案されて、急展開にアナベルは思わず問い返してしまった。

「そうよ。善は急げだわ。……でも、そなたは変装して伺ったほうが、話は簡単に通ると思うわ。私に嘘を吐かせるわけにはいかない、とそなたは言うけれど……私は、陛下がお元気になられるなら、嘘など喜んでいくつでも吐くわ」

かわいらしく片目を瞑《つぶ》ったソフィア妃は、どこかお茶目に見えた。おそらく、気鬱の病が印象を陰気に見せていただけで、本来は朗らかな人なのだろう。

「では、姿替えをしておきます」

再び変身魔法をかけて変装しておく。

ソフィア妃がそれを見て、テーブル上にある小さなベルを手にして振った。

すぐさま女官たちが駆けつけてくる。危険の有無を確認するより先に、女官たちはソフィア妃の劇的な変化に吃驚《きっきょう》し、興奮した。室内が歓喜の渦に包まれる。

「なんと、王妃様が若々しく、より美しくなられるとは！　光り輝いております！」

「素晴らしいです！」

ソフィア妃を祝福するとともに、女官たちはアナベルにも尊敬の目を向けてきた。

そんな彼女たちに、面映《おもは》ゆく思う。アナベルのおこないは純粋な善意ではなく、自身の利益のためにやっているにすぎないのだ。あまり、ありがたがられても困る。

「伯母上さまに、お話があるとお伝えして。これから伺うので時間を作ってもらえるようにと」

ソフィア妃が女官に命じる。三名がそれを受けて、すぐさま部屋を出て行った。

「あれを二人分用意して。伯母上さまのお返事を待つ間、彼女と楽しみたいの」

ソフィア妃は残り三名の女官に目を向け、微笑んだ。

「かしこまりました。すぐにお持ちいたします」

その三名もすぐに部屋を出て、再び二人きりとなった。

「あれ、とはなんでしょうか？」

「とっても楽しい物よ。あれと薔薇に、私はこれまで随分と慰めてもらったわ」

うふふ、とソフィア妃が鈴を転がすように笑った。

一体なんだろう。と思うも、ソフィア妃の心の慰めになる物なのだ。まさか、気味の悪い品が運ばれてくることはないだろう。アナベルはそう考え、大人しく待つことにした。

待つこと僅かで運ばれてきたのは、陶の器になみなみと注がれたアナベルの大好きな品だった。

「チョコレート……」

あまりの馨しい香りに、ごくりとのどが鳴る。もしやこれは、これまで食べたチョコレートの中で、最も上質で貴重な物ではないだろうか。

アナベルは、自分の中でそんな予測が自然と立ってしまう。ソフィア妃に魔法をかけるよりも緊張し、胸がドキドキした。

銀製の台座に載せられた碗型の陶器に、あたためられたチョコレートが、気品すら感じるほどの艶やかな光沢を放っている。

アナベルの前に置かれたそれは、ソフィア妃の前にも置かれていた。いったいどれほどのチョコレートを使っているのだろう。目を見張るばかりである。

ホットチョコレートよりも濃いように思うが、はたして、これを飲むのだろうか。

飲み干せば、全身の血がチョコレートになりそうだ。甘さに舌がしびれてしまうかもしれないが、そんなことに挑戦できる機会はこの先、もう訪れないかもしれない。

私、全部飲み切ってみせる！　と、気合を入れていると……。

「こうして好きな食べ物を刺して、チョコレートの中をくぐらせてから食べるのよ」

ソフィア妃が銀の串でイチゴを刺し、言葉通りにして見せてくれる。

たっぷりのチョコレートとは別に、カットされたイチゴ、オレンジ、バナナ……マシュマロや、ミニクロワッサンが、美しい模様の描かれた皿に用意されていた。

どうやら、チョコレートを飲み干すのではなく、イチゴなどに絡めて食べるようだ。目を細めて美味しそうに食すソフィア妃に、アナベルは見惚れた。

「あたたかくとろけるチョコレートを、新鮮なフルーツにつけて食べるなんて……すごいです！」

乾燥果物を入れて固めるというのも画期的だと感心していたが、これはさらに先を行っていると思う。貴重なチョコレートをこれでもかと惜しげなく使う、このような食べ方はアナベルの想像にもなかったものだ。それを楽しんでいるとは、さすがは王家である。

「さあ、遠慮なく召し上がれ」

「いただきます！」

アナベルはすっかり浮かれて、串でイチゴを刺した。チョコレートの中へ……。

「こ、これは……なんとも絶妙で、上手く言えませんが……とにかく、美味しいです！」

口の中に、新しい世界が広がった。

王の治療に向けて前進できただけでなく、新しい美食まで堪能させてもらえるとは……。

連日スイーツに恵まれすぎている。セインに巡り会えた自分は、幸せをもらいすぎだと本気で思うアナベルだった。

「でしょう？　チョコレートが冷めると楽しめないお菓子なのだけど……陛下が、去年の私の誕生日に、このあたたかい石を贈ってくださったおかげで、とても気軽に楽しめるのよ」

陶器の下に置かれてある石を見ながら、ソフィア妃が嬉しそうに教えてくれる。

「あたたかい石……」

アナベルは、今度はバナナにチョコレートをつけて味わいながら、呟く。

自分に用意された陶器の碗を載せている台座の下にも、赤い宝石が輝いている。炎が立つことはないが、きちんと碗をあたためる熱を感じた。

「こうして使えばいつまでも熱が続いて……とろけたままのチョコレートが好きなだけ味わえるのよ。私が少しでも元気になるようにと、王宮魔法使いに考えさせてくださったの」

幸せそのもので微笑むソフィア妃を見ていると、王との関係性は悪くないようである。これは、王の快癒に成功すれば、すぐにでもお子を授かりそうだ……。

「赤い宝石に、この碗をあたためるだけの限定魔法がかかっていますね。他の物に触れても、燃やすことのないように」

大粒のルビーに魔法をかけて美しく輝かせているところにも、さすがは王家だと思う。どこにでも落ちている石に魔法をかけても、あたたかい石は作れるのだ。でも、王の妃への贈り物となると、そうはいかないらしい。

「すぐにそこまでわかるのね。そなたが王宮魔法使いでないのが、とても惜しく感じるわ」

ミニクロワッサンをチョコレートにくぐらせながら、ソフィア妃がなんだか物欲しそうな目でこちらを見ている。王妃に対して失礼な表現と思うも、どうしてもそのように見えてしまい、アナベルは苦笑した。

「もったいないお言葉とは存じますが、私はベリルと王家を守る魔法使いではなく、セイン・マーヴェリット公爵を守る魔法使いとして生きたいのです」

「はっきり言うのね。でも、王妃に追従ひとつ言わないそなたを見ていると、とても爽快な心地になるわ。そなたが王家に仕える王宮魔法使いとなることは諦めましょう。でも、今後もこうして話し相手になってくれると嬉しいわ」

　最後はにっこりと笑ったソフィア妃から、思わぬ誘いが来た。アナベルは、王妃のような貴人の傍に、今後自分がお邪魔することはないだろうと思っていたので、目を瞬いて少し考える。

「……王妃様が再びマーヴェリット公爵をお茶に招かれる日に、私のこともついでに招いてくださると、ありがたいです」

　セインとソフィア妃が過去同様に楽しく語り合い、そこに元気になった王がいれば最高だ。自分はその和やかな光景を眺めながら、邪魔にならない場所で再び、このチョコレートを味わうことができれば……と夢見ながら返事をした。

「そなたが主賓で、公爵がついでというのでは駄目かしら？」

「それは……とても、無茶な話です」

　何ということを言うのだ。アナベルはぽかんとして、ソフィア妃を凝視してしまった。

「うふふふ……」

　愉快そうにソフィア妃が微笑み、からかわれただけと知ったアナベルは、気を取り直してイチゴをチョコレートにくぐらせた。

「王妃様、お話し中失礼いたします」

　女官が足早にソフィア妃の傍に立った。

「面会の承諾は得られたかしら？」

「それが、王太后様は現在、アンズワース公爵様のお茶会に招かれているそうで、宮殿内にいらっしゃらないとのことです」

女官の報告に、ソフィア妃は残念そうに溜息を吐いた。

アナベルも、不在というのであれば、本日話を通すのは無理だろうと諦めた。

「ごめんなさいね。今日は無理でも、私が必ず許可を取るわ。ただ……その連絡をマーヴェリット公爵に言づけするのは、よくないわね。伯母上さまがそれを知ることになれば、治療は難しくなるでしょうから、別の連絡先が知りたいわ」

憂い顔となったソフィア妃に、アナベルはにっこりと微笑んだ。

「西区の魔法屋グローシアに連絡をください。すぐに参上いたします」

「わかったわ。では、そのように」

安堵して頷いたソフィア妃に、すべてきちんと食べ終えたアナベルは、席を立って暇を告げようとした。

「王妃様。マーヴェリット公爵と言えば、先ほど王太后様のお住まいのほうで話題になっていたのですが、今年の誕生祝賀会に献上される薔薇が、どうやら大変なことになっております」

「大変なこと？」

女官に問い返すソフィア妃。二人の会話に、アナベルは昨夜の悪夢が脳裏をよぎり、息が止まりそうなほど緊張した。鼓動も早くなる。

「移送の最中ならず者に襲われ、薔薇が消えただけでなく、育種家やその助手、警備の任にあたる者、すべてが亡くなったそうです」

「なんですって！」

アナベルはあまりに惨《むご》い報告に声を荒げ、礼儀を忘れて立ち上がっていた。

昨夜の夢はただの悪夢ではなく、現実に起きたことだった……。

幸せなチョコレート天国から、一気に悲惨な地獄へ突き落とされたアナベルは、足元がぐらぐらしておぼつかなくなりそうだった。

「それ以上の詳しい情報は入っていないようだったけど……これで、今回の薔薇はラッセル侯爵の物が選ばれると、王太后様の側付きたちは話していたわ。マーヴェリット公爵は、飛竜を陛下に御捧げするしかなくなるだろう、と……」

詰め寄るアナベルに、女官は身を竦ませながらも教えてくれた。それは、何より信じたくない最悪な内容だった。

「そんな……。王妃様、王太后様への推薦よろしくお願い致します。とても美味しいスイーツを、ごちそうさまでした。これにて、失礼致します」

一刻も早くセインの許へ……アナベルはそれだけを思い、一礼するとソフィア妃の前を辞した。

「政務中、失礼しますセイン。先ほど、王妃様のところで伺ったのですが……」

書記官に取次を頼むのではなく、アナベルはセインの政務室内に、直接魔法で飛んでいた。

「アナベル……」

「魔法使いとは、やはり便利だよな」

革の椅子に座るセインが驚いて目を瞬き、その傍に立つジャンが羨ましそうにアナベルを見る。

部屋にはその二人だけで、書記官や秘書官といった人間は見当たらなかった。

「ジャンも、来ていたのですか……」

「おそらく、君がソフィア様のところで聞いて来た話、というのを報告にね」

ジャンの目は陰りを帯び、表情も苦々しげなものとなっていた。それはセインも同じで、政務机に置いた手は固く組まれている。

「証拠隠滅……私の許へすぐに異変が届かないように、薔薇の移送に携わる人間はすべて殺し、宿泊した屋敷も、近在の地域もすべて焼き払うなど……人間のする所業ではない」

セインがますます強く手を握り締めた。強い怒りが全身を包み込んでいる姿に、アナベルは謝っても謝り切れないと思いながら傍に寄った。

「あの時、夢として片づけてしまい、申し訳……」

「その言葉は違う！　今回のことは、君は不安を感じていたのに、何もないと断じた私の愚かさが招いたことだ。君が謝る必要などない」

セインの手に自身の手を重ねて置いたアナベルの謝罪を、彼は遮って大きく首を横に振った。

「罪のない者たちを大勢死なせてしまったのは、私の落ち度だ」

俯くセインの肩に、机にいたきゅきゅがそっと飛び乗る。翼で労わるように、優しくその頬を撫でた。

「死者の蘇生はできませんが、事件の起きた場所に行きたいです。犯人の手掛かりが、あるかもしれません」

何とか犯人に繋がるものを掴めれば、と願うアナベルに、セインが小さく頷いた。

「そうだね。ここで悩んでいるよりも見ておくべきだな。……ジャン、馬車の手配を」

「セイン、待ってください。薔薇は王都のすぐ傍まで来ていると伺いましたが、それでも馬車の移動では時間がかかると思います。私は焼かれた場所を知りません。ですから、セインが見せてください。それで移動できます」

「私が見せる？」

不思議そうにこちらを見るセインに、アナベルは首を縦に振った。

「記憶に、宿泊所としたお屋敷があるのでしたら思い浮かべてください。その位置情報を私が拾います。できるだけ、他の記憶は見ないとお約束します」

自身が訪れたことのない場所であっても、このようにすれば魔法移動は可能である。交通事故に遭ったプリシラの許に移動する際も、アナベルはレイン男爵から位置情報を拾っていた。

「君に秘密にする記憶などないよ。屋敷を思い浮かべればいいのだね」

「はい」

セインが目を閉じたのを見て、アナベルはその額に自身の額をくっつける。すぐさま、クリーム色の瀟洒な屋敷と、周辺の明媚《めいび》な姿を捉えることができた。

『風、集え！　速やかに、私たちを運べ！』


移動した先には華やかで立派な建物も美しい景色も、何もなかった。

黒く炭化した建物の残骸……そして、灰が一面に広がっているだけだった。

【呪いの気配がするわ】

きゅきゅきゅが険しい声で伝えてくる。彼女を肩に留まらせているセインは、残酷な現実から目を逸らさず、すべてを見ていた。

「公爵様？」

後始末に来ている人間たちが、セインに気づいて怪訝な声をあげる。急いで傍に寄って来ようとするも、セインは自身に構うなと言い置いて、作業を続けさせた。

「ブルーノの、笑い声が聞こえる……」

アナベルの頭の中にガンガン響いてくる。あまりに残忍で性質《たち》の悪さしか感じないそれに、アナベルは気持ちが悪くなって吐き気を覚えた。

「アナベル？　声など、何も聞こえないよ」

顔を顰めて口元を手で覆っていると、セインが心配そうにこちらを窺っていた。

「私が今聞いているのは、建物に残る記憶の声だと思います。あの悪夢が現実に起こったことなら、夢に出てきたブルーノが関与しているのは間違いありません」

苦い思いでアナベルは報告する。この屋敷にいた人々はブルーノに何もしていないのに、彼はただ出世のために、毒呪の魔法道具を使用し、殺して回ったのだ……。

「あの夢で私は、前長官を死なせた毒呪の気配を、ブルーノが発するところも見ました。前長官は、ラッセル侯爵邸からの帰りに亡くなっています。……ブルーノは、ラッセル侯爵の許にいるのではないでしょうか」

「私の薔薇を目障りに思うラッセル侯爵が、王都に届かないように何らかの妨害を画策するのは、あり得ると思っていた。それを見越して警備を強化していたのだが、まさか皆殺しにした上、焼き払うなど……」

セインが目蓋を伏せて、小さく頭を振る。

「ブルーノは、特別な魔法道具でそれを可能としたようです」

現在、どれほど風魔法を飛ばして感知範囲を広げても、気配も姿も捉えられない。彼の所持する魔法道具がそれを可能としているのだ。

とんでもない魔法道具の存在を腹立たしく思うアナベルは、焼け落ちた屋敷の内に、ブルーノの陰険な笑い声とはまったく違う、とても綺麗で静謐な気配を感じた。

「おじいさん？」

夢で見た初老の男性と同じ気配に思わず問うてしまうも、返事はない。それでもアナベルは気配の主を探そうと、まだ煙が出ている屋敷内に向かって駆け出した。

「アナベル！　どこが崩れてくるかわからない。危険だから中に入るのはよしたほうが……」

セインに止められるも、振り切った。

予知夢など見られないのに、あの悪夢が現実だった理由はわからない。ブルーノの動向が気になるあまり、無意識のうちに魂だけが飛んでしまったのだろうか……。

祖母が、魂の一人歩き、と言ってそんな話をしてくれたと思うも、アナベルはこれまでそのような体験はしたことがない。

しかし、こうして惨状を目の当たりにしている今、ブルーノたちがこの場を襲っていた時、アナベルは魂だけの存在となり、確かにここにいたのだ。

「おじいさん！」

柱だけが残る屋敷を、あの男性のいた部屋の辺りを目指し、足を煤《すす》まみれにして進む。

「あ！」

黒い煤と灰の中に、虹色のきらめきが見えた。きらきらと美しく輝いて、一部分だけを照らしている。急いで駆け寄ると、輝きが増した。

初老の男性の気配……肉体を離れた魂が、灰の中にとどまっていた。

「アナベル。何か見つけたのかい？」

セインが、危険を顧《かえり》みずアナベルの後を追ってくれていた。その姿に、アナベルは涙目で光を示した。

「おじいさんと薔薇の精霊です」

灰を虹色に輝かせていたのは、本物の薔薇の精霊だった。精霊が男性の死を深く悼む、美しくも哀しい光景に、アナベルは涙を堪えきれなかった。

「おじいさん？」

「私が見た夢では、セインのために薔薇を育てたと言っていました」

アナベルが初老の男性について説明すると同時に、白い靄《もや》が灰の中からすっと立ち上がった。

『公爵様。大変お世話になっておきながら……申し訳ございません』

薔薇の精霊に寄り添われ、人型となった靄はセインに向かって深々と頭を下げた。

「……ジョシュア、なのか？」

セインが靄に、呆然として呼びかける。呼びかけに頷いた靄は、再度頭を下げた。

『あなた様の薔薇を守り切れず、ならず者共に奪われてしまいました』

「私のほうこそ、おまえたちを守ってやることができず、申し訳ない。こんなところで死なせてしまうなど……主として最悪な人間だ」

セインはジョシュアに手を伸ばすも、擦《す》り抜けてしまうばかりで叶わず、苦しげな顔をした。

『公爵様。どうか私たちの死を、己の罪として苦しまないでください。私は、あなた様と父君様にお仕えすることができて、何より幸せでした』

「ジョシュア……何度も無理を言ってすまなかった。それをすべて叶えてくれるおまえに、私は随分と助けられたものだ。感謝している」

『最後は漆黒ですからね。一株すべてに咲かせるのは、本当に骨が折れました。ですが、私でなければならないと難しい依頼をくださるほどに……その信頼が誇らしく、研究の励みになりました。この先は天の国にて、母君様と父君様に喜んでいただける薔薇を育てたいと思います』

柔らかな笑みを浮かべたジョシュアは、アナベルのほうに目を向けた。

『あの時は、私の願望が見せる幻と思ったが……。薔薇の精霊さん。あなたは本当に存在したのですね』

「え？」

嬉しそうに語りかけてきたジョシュアに、アナベルは少し首を傾げてしまう。本物の精霊が寄り添っているのだから、アナベルが精霊でないことはわかると思うのだが……。

『雄々《おお》しき薔薇の精霊さん、頼みましたよ。必ず、公爵様を守ってくださいね』

ジョシュアは、アナベルの呼び名を変えるつもりはなさそうだった。だが、心よりセインを案じてアナベルに託す彼の姿に、呼び名など些末なことだと思い至る。

「必ず」

アナベルは、自身は人間であると訂正することなく、約束だけを交わした。

ジョシュアが満足そうに頷いた。それを見て、アナベルは両の指を組んだ。

『聖なる光よ、集え！　清らかなる最上の光よ、不当に命の灯を消された者たちに、安らかなる眠りを。この場に留まり闇に引き摺られないよう、天の国まですべての魂の導き手となれ！　悲しみと嘆きに染められし場を、浄《きよ》めよ！』

光の最上級浄化魔法の力が、アナベルから放たれる。

天から黄金の光が降り注ぎ、屋敷のみならず、近隣地域までもが、清浄なる輝きに包まれた。

あたたかな風も吹き、片づけに従事していた人間たちから驚きの声があがる。

あらゆる場所から、降り注ぐ黄金の光へと、白い靄が吸い寄せられて行く。靄たちはそのまま、光の中に溶けて消えた。

『私たちを、天に導いてくれるのだね。精霊さん、ありがとう』

ジョシュアの囁きに、アナベルは首を横に振った。

「こんなことしかできなくて、ごめんなさい」

蘇生魔法があれば、誰もこんなところで死なずに済む。でもそれは存在しない。アナベルにできるのは、浄化の魔法で傷つけられた魂たちを癒して、天の国に送ることだけだった。

『充分だよ。皆、闇に落ちずに済んだ。安らぎを与えてくれた君に感謝している』

その声を最後に、ジョシュアの魂は薔薇の精霊と共に天へと旅立った。

他の魂もすべて浄化される。アナベルはそれを見届けて、魔法を解いた。

「君は、酷い目に遭わされた者たちの魂に、安息を与えることまでできるのだね。ありがとう」

セインからも感謝の言葉をもらうが、アナベルは素直に喜べなかった。

「不当に命を奪われた人々の安息は、犯人が償いをしなければ訪れないと思います。このような非道な真似をしたブルーノは、必ず捕まえて償わせます」

アナベルは全身に怒りを滾《たぎ》らせながら、再びブルーノの所在を探る。彼がどんな魔法道具を所持していても、負けている場合ではないのだ。しかし……。

「掴めない……」

自分の探査をどこまでも弾く、尋常でなく高度な魔法道具の存在に、アナベルは愕然として呟き、慄いた。

「アナベル。震えているではないか。寒いのかい？」

肩に触れた手に顔をあげると、セインときゅきゅが心配そうにこちらを見ていた。

「大丈夫です。……ブルーノは、確かオリヴィア嬢に執心していた……」

もしや、その傍にいるかもしれない。アナベルはそう考えて再び探るも、オリヴィアの気配に、ブルーノと会話を交わしている様子は一切感じられなかった。

「今の君は、とても大丈夫そうには見えないよ。ソフィア妃に魔法をかけたのだろう？　気鬱を癒すのは簡単な魔法では済まなかったはずだ。先ほどの魔法も……大勢の魂の救済など、とても難しいものではないのかい？　思い詰めるのはよして、休んだほうがいい」

主として守らねばならない人々を惨殺されたセインのほうが、アナベル以上にはらわたが煮えくり返っているであろうに……。それを堪えて、アナベルの身を案じてくれている。

彼のその優しさに目頭が熱くなるも、焦りが高じるばかりでどうしても受け入れられなかった。

「休んでいる場合ではありません！　ブルーノの所在は、彼の持つ魔法道具が邪魔して掴めません。でも二人が手を組んでいるなら、ラッセル侯爵の許には必ず現れるはずです。そこを、捕まえます！」

「アナベル……」

困惑気味に瞳を揺らしたセインに、アナベルは詰め寄った。

「お願いします、セイン。ラッセル侯爵を頭に思い浮かべて、私に見させてください。私は侯爵を知りません。ですから気配も分からず、様子を探ることができないのです」

「君の言うとおり、ブルーノ・カウリーはラッセル侯爵に匿《かくま》われ、その手足となっている可能性が高いだろう。でもね、私は君に侯爵の姿を見せないよ」

「セイン……」

予想外の拒否に、アナベルは眉間に皺が寄ってしまう。

「君は、今は休む時だ。無理をしても成果は得られないよ」

セインがそっと、殺気立つアナベルを宥《なだ》めるように頭を撫でた。

「ですが、薔薇は盗まれてここにはないのです！」

セインの言っていることのほうが正しい。アナベルは理性ではそう納得できても、感情がついていかなかった。

自分でも不思議に思うほど冷静になれないアナベルは、頭を振って優しい手を拒絶してしまう。

「この場で燃やされているのであれば復元できるのに、それも敵わない。なんとしてもブルーノを捕まえて薔薇を取り戻し、ラッセル侯爵の指示だと自白させなければ……っ!」

唇に、セインのとても柔らかい唇が触れていた。

額や頬へのキスはあいさつとしてすっかり慣れたが、唇は初めてで……アナベルは大いに驚いて硬直した。

ブルーノやラッセル侯爵のことが頭から飛んで、真っ白になる。

「く、唇……ですよ……い、いつもと違う……ど、どうして、唇……」

ろれつが回らず、意味不明なことを口走ってしまう。身の置き所がなくてじたばたするアナベルを、セインがしっかりと抱きしめた。

「どうか、休んでおくれ。君は今、紙よりも白い顔色なのだよ。限界を超えているとしか思えない」

やんわりと背を撫でる手が、とてもあたたかく感じた。

「限界……」

アナベルは、ここで初めて自身の身体が冷え切っていることを自覚する。

途端に、酷いめまいに襲われた。

目にするすべてが歪み、立っているのが難しくなる。身体から、一気に力が抜けた。

セインに抱き上げられた時には、アナベルの意識は途切れていた。

「ほう。これがマーヴェリットの薔薇か……燃やせと言っておいたが、こうして見るのも悪くない。ご苦労だったな、二人とも」

命令を遂行《すいこう》して戻ったレオとブルーノを前に、漆黒の薔薇を目にしたデニス・ラッセルは上機嫌だった。

「お褒めに預かり光栄に存じます。ラッセル侯爵様」

ブルーノが、デニスに笑顔で一礼した。

「毒呪の剣は随分とおまえを気に入ったようだな。剣と最高に相性のよい者にしかできない、姿隠しのほうまで自由自在になったと聞くが、良き未来を望むのであれば、私の前では消えるでないぞ」

軽い口調であるが、図に乗って力を行使すればおまえの未来はない、と眼差しに滲《にじ》ませる。デニスのその警告に、ブルーノは神妙な面持ちで頷いた。

「もちろんでございます」

「おまえは血筋も悪くない。この先も私を喜ばせるなら、その働きには必ず報いる。娘との縁組を考えてもよいし、我が家の事業も任せるとするかな……」

デニスはブルーノに、鞭だけでなく、飴もしっかり与えておく。

「ありがたきお言葉、全霊を賭して励みます！」

ブルーノが単純に感激し、喜色満面でデニスに深く腰を折った。

娘の美貌に惑わない男はいない。娘との結婚を匂わせただけで、便利な道具が裏切ることなく、いい働きをしてくれる。そんな男はこれまで何人もいて……デニスは娘のオリヴィアを、自身の持つ最高の宝と本気で思う。

過去の当主には、ブルーノと融合した毒呪の剣が最高の宝だったのだろうが、自分の宝は血の通わぬ魔法道具ではなく、美貌と知性を兼ね備えた生きた人間である。

ラッセル家には過去に、魔法使いになりたいと執着した当主がいた。しかし、なりたいといくら叫んだところで、なれるものではない。

自身の内に魔法力が目覚めなければ、適正無しとして諦めるほかないのだ。

ラッセル家は魔法使いを祖とせず、魔法使いと婚姻を結ぶこともあまりない家だった。ゆえに、魔法使いの誕生は皆無に近い。当代の、デニスにもオリヴィアにもその適正はない。

デニスはそれを残念だと思うことはあっても、学んで身につくものでもない力を欲しても無駄だ、と割り切って生きている。が、過去の当主は諦めきれなかったのだ。

魔法使いになれないならば、魔法の力を操れる可能性があるとして、魔法道具を手に入れることに執心した。ところが、魔法道具は人を選ぶ。道具のほうが、自身と相性のよい者を選んで魔法を使わせるのだ。

結局、いくつ魔法道具を手に入れたところで、過去の当主を選んだ道具はなかった。彼は、魔法使いに憧れたままこの世を去った。

ブルーノを選び融合した毒呪の剣は、その当主が最高の魔法道具として何より大切にした遺品である。他は、経年劣化により使い物とならなくなったのだが、毒呪の剣だけは輝きを失うことなく、デニスの代となるまでラッセル家に受け継がれた。

「期待している。……こんな物を献上されていては、私の負けは確実だったな。惜しいとは思うが、証拠は残さないに限る。レオ、これをそこの暖炉に放り込め」

どのような条件を提示しても、デニスに仕えることを承諾しなかったジョシュア・リーゼル。その最高傑作であろう薔薇を冷めた目で見つめ、デニスは執着することなく処分を命じた。

レオがデニスの命令に従い、漆黒の薔薇は暖炉の火に投げ込まれた。あっという間に燃えて灰になる姿に、デニスはにやりと笑う。

「これで、王太后様は間違いなく、あの飛竜を陛下に捧げよとおっしゃる。愉快だ」

デニスは、年上を敬うという大事な礼儀を知らないマーヴェリットの若造が、常に不愉快である。あの若造は血筋だけで、大した労もなく貴族の最高位に立つ。デニスを下に見て優越感に浸り、貴族であることの恩恵を最も受ける身でありながら、なぜか貴族の利益を守らない。

貴族も一般市民も同じ人間だ、とかなんとか、意味不明なことを始終喚くのだ。正直何度、頭がおかしいのか、と思ったか知れない。

挙句に、貧民は不要だと当たり前のことを言っただけで、こちらを極悪人扱いする。

これまで何度、国政会議の場で恥を掻かされてきたことか……。

一時は、娘と結婚させての懐柔を目論んだこともあった。それをあの若造は、豚男のくせに娘を袖にするという暴挙を繰り出してきたのだ。許せるものではない。

その上あの若造は、王位を狙う奸臣《かんしん》でありながら、のうのうと忠臣の仮面を被っているのだ。存在のすべてがデニスの神経を逆撫でする。同じベリルの空気を吸うのも耐えがたい。

デニスは必ず、あの若造の何重にも被っている化けの皮を、すべて剥がす。

最終的には国家反逆罪に問うて斬首とし、長きに渡り貴族の頂点に居座り続けた忌々しいマーヴェリット家を断絶させてやるのだ。

「七公爵筆頭は、この私こそが相応《ふさわ》しい」

宰相位も、もちろん自身が握る。

病弱な王には離宮にでも下がってもらい、後継者の誕生だけを考えてもらうのだ。

国政はすべてデニスが支配し、貴族の特権をさらに強化させる。逆らう一般市民はすべて自身の奴隷として、鉱山に放り込む。死ぬまで働かせれば、財産をどこまででも増やせるだろう。

大陸会議でも主導権を握り、ベリルを堂々と奴隷買いができる国として、大陸全土に認めさせる。

デニス・ラッセルは、己に訪れる輝かしいその未来を、信じて疑わなかった。


「アナベルは？」

今日はセインに同行して王宮に赴くジャンが、朝食の席にも見送りの場にも彼女が不在であったことを、心配そうに問うてきた。

「焼けた屋敷で倒れてから、一度も目を覚まさない。邪魔せず好きなだけ寝かせるようにとモリーたちには言っておいた」

王都の屋敷には、馬車で戻って来た。その最中もセインはずっとアナベルを膝に抱いていたが、彼女の目蓋が開くことはなかった。

「そうか。まともに漆黒の薔薇を咲かせた株は、消えた物のみ……。他の育種家が育てた薔薇と言っても、研究所から運ぶには時間が足りず、あれほどの物は育っていない。王都の屋敷にも薔薇はあるが、こちらも漆黒に比べるとどうしても見劣りする。一体、どうするのだ？」

不安げにセインを見ているジャンに、苦笑する。

「奥の手を使って切り抜ける。王太后様には、今以上に憎まれることになるだろうが、仕方がない。きゅきゅの命には代えられないからな」

使いどころが違うぞ！　と、天の国で父が怒鳴っているかもしれない。それでも、きゅきゅを王に捧げて何ごともなし、とするなど、セインにはまったく考えられないことだった。

「どんな隠し玉を持っているのだ？」

こちらを見る目が期待に輝いたジャンに、セインは軽く首を横に振る。

「おまえと言えど話せない。これは、父と私だけが共有する秘密だからな」

「それはまた、随分と怖そうな秘密だ」

そう言いつつもジャンの表情からは強張りが消え、安堵の笑みが浮かんでいた。


人の口には戸が立てられない。

セインは、自身の薔薇の移送隊が襲われたことに関して、外部の者に気取られないようにと配下の者に指示した。しかし、あれほどの大惨事である。どこからか漏れて、あっという間に他家の者たちの知るところとなっていた。

会議の最中であっても、心配そうにこちらを見ている者。いい気味だ、と言わんばかりの目を寄越してくる者……。

挙句の果てには、犯人は誰だと騒ぎ始める者まで出る始末に、セインは顔を顰めた。

「纏まりのない会議に実りはなし！　本日はこれにて閉会とする」

急を要する重要会議でないこともあり、セインは中途であるが閉幕とした。

会議にならない、というのは議場に集まった全員の思いだったのだろう。特別、反論の声はあがらなかった。

「よくないことになっているようだが……」

出席者が議場より退出し始めると、財務大臣が傍に来た。こちらを案じてくれる目に、セインは笑みを返した。

「嬉しい展開でないことは確かです。でも、上手く切り抜けてみせます」

「ターナー侯爵の解任があったばかりだ。これ以上、陛下のお心を煩《わずら》わせずに収めてくれ」

ぽん、とセインの肩を軽く叩くと、財務大臣は去って行った。

その後も、多くの者が明日の誕生祝賀会を心配して話しかけてきたが、セインは大丈夫としか返さず廊下に出る。

そこには、取り巻きたちと談笑しているラッセル侯爵がいた。

セインの傍に立つ者たちは、今回の件にラッセル侯爵の関与を疑い、険しい目で睨んだ。

ラッセル侯爵の傍に立つ者たちは、これでセインの権勢に陰りが生じれば、と期待して浮かれている。

下手をすれば一触即発といった雰囲気の中、ラッセル侯爵がにこやかにセインを見た。

「二人で話がしたい。時間を取ってくれるか、宰相？」

その要求に、セインと親しい者たちが苛立ちを露《あら》わにして気色ばむも、セインはそんな彼らを制した。騒がず解散しろと言い置いて、ラッセル侯爵の許へと歩を進めた。

「構いませんよ。では、あちらのほうで……」

侯爵と二人でその場を離れる。人気がなく、あまり広くもない部屋に入った。

「今回は、とんだ災難に見舞われたものだな」

窓辺に立ち、少し窓を開けて風を入れたセインに、ラッセル侯爵が話の口火を切った。

政敵のセインが自身に疑いを持つなど百も承知であるだろうに、あえて自らその話題を出してきた。後ろめたさをまったく感じさせない威風堂々たる姿にも、隠ぺい工作を完璧におこなった自信が透けて見える。

「私は今回の犯人を許しません。極悪非道とあだ名されるとおりの報復を、と考えております。このこと、ご記憶くだされればと思います」

セインは、今回の件に関して、ラッセル侯爵の関与を決定づける証拠はまだ手にしていない。だが、ジャンをはじめとする側近たちから詳細な調査報告が上がれば上がるほど、侯爵の関与は濃厚となるばかりだった。

「別邸を襲撃されて焼き討ちされるなど、その顔に泥を塗られたも同じだ。犯人捕縛と報復は当然のことだな。七公爵筆頭ともあろう人間が、それくらいのこともできぬとなれば、国中の笑い者となるだろう」

顔色一つ変えないどころか、ラッセル侯爵は余裕の面持ちで、セインを嘲り蔑んでいた。

「私の最も信頼する魔法使いも、犯人を絶対に捕まえると言ってくれています。彼女であれば、たとえ犯人がこの世の果てに逃げたとしても、必ず見つけ出してくれるでしょう」

「陛下の次は上級白黒魔法使いか？　便利な手札を持っていて、羨ましいことだ。とはいえ両者とも、いつまでそなたの手の内にあることやら……」

魔法使いの存在には、さすがに心穏やかでいられないようだ。ラッセル侯爵はいやそうに眉を顰めてセインを見るも、強気の口調は崩さなかった。

「他に話がないのでしたら、この辺で……」

長く話す価値はない相手なので切り上げようとすると、侯爵は陰険な笑みを浮かべた。

「明日の誕生祝賀会。まさか貴族の頂点に立つそなたが、王太后様に何も贈らず済ませるなど、王家を蔑《ないがし》ろにする下作《げさく》な振る舞いはせぬだろうな？」

「もちろん致しません。今年も、誰よりもお喜びいただける品をと考えております」

王家を蔑ろというなら、奴隷買い以上のことがあるものか、とセインは苦々しく思うも、ここは堪えて淡々と返した。

「飛竜の生き胆を差し出せば何ごともなく終わるが、そなたはそれができぬようであるし……。一体どのような素晴らしい品で、王太后様を誰よりも喜ばせるのか、明日が楽しみだ」

髭を撫でながら、愉快そうに目を細めてこちらを見る。酷薄な光を放つその目に、セインはあえて敵意ではなく柔らかな笑みで返した。

「王太后様への贈り物は、毎年薔薇と決めております。他の物で喜んでいただくつもりはありません」

「ほお。強気だな……ターナー侯爵を排除したから余裕があるのか？　残念だったな。あの男がいなくとも、私は生き胆の使用を王太后様にお勧めするぞ。今年の薔薇は私の勝ちだからな」

侯爵は口の端を軽くあげ、鼻で笑い返してきた。

「最も美しい薔薇を決めるのは、あなたではなく王太后様です。では、まだ政務が残っておりますので」

「貧民救済に忙しいようだな。全滅させておけばいいものを。わざわざ生かして面倒を見るなど……余計な仕事を増やして何が楽しいのやら……」

理解できないことをする愚か者、とばかりに嘲弄される。

侯爵の理解を得るなど放棄しているセインは、苦笑してその横を通り、部屋を出ようとした。

「宰相。優しい私は、そなたに最後の情けをかけてやろう」

腕を組んでこちらを見据えている、居丈高《いたけだか》で思いやりなど微塵も感じない侯爵の姿に、セインの片眉がひょいと上がる。

「…………一応、聞いておきましょうか」

聞かなくとも構わない話と思うも、ここで無視すれば、礼儀知らずの若造とうるさく騒ぐのが目に見えている。後が面倒なので、セインは仕方なしに足を止めた。

「此度《こたび》のことで王太后様とそなたが表立って争うことになれば、母君を大切にされる陛下の、そなたへの信頼とやらも消えるかもしれぬ。情勢に不穏な波風が大きく立ち、そなたは王位簒奪者と見做されるだろう。そうなれば七公爵筆頭マーヴェリット家と言えど、ただでは済まぬぞ」

ざらざらとした陰湿な声音で、何の実りもない言葉を聞かされたセインは、冷淡な微笑を浮かべた。

「私の代で公爵家の名を落とすつもりはありません。ご心配なく」

「今なら七公爵筆頭と宰相位、アシェル鉱山の権利を私に譲れば、王太后様に何も言わずに済ませてやってもよいぞ。これで、マーヴェリット公爵家は断絶を免れる。どうだ、悪い話ではあるまい？」

にたり、と笑って要求を突きつけてきた侯爵に、セインは軽く目を瞬くと吹き出した。

「はは……随分と欲張りな交換条件ですね。ですが、あなたとそんな取引などしなくとも、王太后様は私に無理をおっしゃることはございません。我が家が断絶の憂き目を見ることもないのです」

「年長者の情けを侮り軽んじるとは……そなたは、真の愚か者だな」

侯爵は嫌悪を隠さずセインを睨み、吐き捨てた。

「あなたがどれほど欲したところで、七公爵筆頭はこの先も私です。私が代を譲る気になるまで、それが変わることはないのです」

好きで就いている位ではない。それでも、他者の思惑で、強引に引き摺り下ろされるのを唯々《いい》諾々《だくだく》と受け入れるほど、弱腰になるつもりもない。

「そんなに滅びたければ、好きにするといい」

侯爵の暗く低い声音が耳を打つ。返事はいらない言葉と判断し、セインは笑みを湛《たた》えたままその傍を離れた。

「たまたまマーヴェリット家に生まれただけのくせに、生意気な……ベリルの害め……」

怨念のこもる憎々しげな声が背に届くも、部屋を出るセインの笑みが崩れることはなかった。


「七公爵筆頭と宰相位。ついでにアシェル鉱山も欲しいとさ……」

「それはまた、随分とあからさまだ……。自分の優位は揺らがない、絶対の自信があるのだな」

王宮からの帰りの馬車。セインがぽつりと言葉を口にすると、対面に座るジャンが呆れた様子で肩を竦めた。

「私がきゅきゅを手離せないことを知っている。その上、素晴らしい薔薇を用意できた。さらには、私の薔薇を処分したからな。こちらには何も打つ手が無いと見くびっているのだ」

腕を組み、セインは息を吐いた。

「王家の鉱山の採掘量が少し落ちているから、アシェルが今はベリル一の金鉱山だ。おまえの地位を奪って、それも差し出させれば、自分がベリル一の貴族になれると思っているのだろうな」

野望に向かってまっしぐら、といった感じだな、とジャンがラッセル侯爵をせせら笑う。

【王のごはん……薬になるのもいやだけど、私のためにそんな取引はしなくていいわよ。ここで竜の棲み処に帰れば、あなたが逃がしたと責められる。それはもっといやだから、ごはんになっても構わないわ。その代わり、あなたは副隊長と必ず幸せになるのよ】

きゅきゅがセインの頬に口を寄せ、そっと突きながら言葉を伝えてくる。優しい彼女の気持ちに、セインはゆっくりと首を横に振った。

「君を犠牲にすれば、幸せになるどころか、アナベルの笑顔が消えてしまうよ。絶対に大丈夫だから、私を信じてほしい」

【信じてるわ。でも、無理してほしくないの】

きゅきゅに頬ずりされて、セインは少し表情を緩めた。

「君は無理せず守れるような、軽い存在じゃない」

【それは、副隊長に言わなきゃダメよ。結婚にこぎつける大事な言葉でしょ！】

背を撫でるセインに、大真面目な顔できゅきゅきゅが説教してきた。使いどころを間違えていると真剣に主張するかわいい姿に、セインはささくれ立った気持ちを和ませてもらった。


「…………」

目覚めると、窓の外が茜色に染まっていた。アナベルは、セインの寝室で一人だった。

焼けてしまった屋敷から、いつの間にか王都の公爵家まで戻してもらったようだ。

今は完全に魔法力が復調している。それでもブルーノの所在は掴めなかった。掴みかけると弾かれるのに、アナベルは顔を顰めた。

「魔法道具を使ってどれだけ隠れていても、絶対に見つけて白状させるわ」

シーツを握り締め、負けるものかと前方を睨むと、おなかが鳴った。

「……私、燃費悪すぎ」

肝心なところで役に立てないくせに、すぐにおなかがすく。もう少し我慢できないものかと思う。これではセインの護衛に支障をきたしてしまうかもしれない。取り返しのつかない失態を犯す前に、改善しておくべきだ。

何かいい方法はないものかと考え込むも、これといった妙案は浮かばなかった。

がっくりしかけたところで、屋敷内にセインの気配を感じた。

「お帰りだわ」

燃費問題は後日祖母に相談することにして、夜着で出歩くわけにはいかないので、自宅の魔法屋から服を転送して纏う。アナベルは支度を整えると、階下に降りて行った。

すると、迎えたセインはすぐに、アナベルがおなかをすかせていることに気がついた。

気取られないように迎えたつもりだったのに、隠しきれない己が恥ずかしくあるものの、食事の誘いには正直に胸が弾んだ。

【副隊長。遠慮はなしよ！　食べるわよ～！】

「おなかいっぱい、いただきます」

きゅきゅの気合の入った宣言に、アナベルはありがたく思いながら真面目に返す。それがいい、と優しく見守ってくれるセインを前にして、楽しい食事が始まった。

「……聞くのが遅くなったが……ソフィア妃のことはどうなったのかな？」

ジャンも一緒の食卓で、アナベルときゅきゅがまるで魂の双子のように、次々と運ばれてくる料理を平らげていると、セインに問われた。

「すみません。食事より先に、そのことを謝らなければなりませんでした」

おなかが七分ほど満足したアナベルは、カトラリーを置いてセインを見た。申し訳なさに、どうしても眉が下がる。

「上手くいかなかったのかい？」

「いえ。気鬱の原因は取り除き、王太后様への推薦も約束していただきました。……ただ、王妃様の気鬱は、お子様の誕生を諦めきれないことが原因でしたので、体内癒しの魔法を使用し、お子様を産める身体に整えたのです」

「体内癒し……君の魔法は年齢の壁まで無効とするのか。本当に、すごいな」

「ソフィア王妃様がお子様を産むのは、セインとしてはあまり良くないこと……それを聞いていながら私は、王妃様の気鬱を癒すにはそれしかないと考えてしまって……すみません」

「王太后様のご実家筋から王子が誕生するのを、素直に大歓迎とは言えないが、それでも、フィラム王家の直系が途絶えないほうが大切だよ。ありがとう、ソフィア妃のお心を癒してくれて。感謝するよ」

アナベルに向けられたのは、心があったかくなるばかりのセインの優しい笑みだった。

「そう言っていただけると、ありがたいのですが……」

自分の知らないところでセインが思い悩むのではないか、と思うと、やはり心配だ。

「アナベル。本当に気にする必要はない。ソフィア様が王子をお産みになったとしても、その第一妃にセインと君の娘を娶《めと》っていただけばいいだけの話だ。その辺はセインがうまく立ち回るだろうし、私も力を尽くすよ」

「え？」

笑顔のジャンがさらりと言ってのけた内容に、アナベルはぎょっとした。

自分の産む子どもが、王子の妃になる？

とんでもない。あまりにとんでもなさすぎることに、アナベルは思い切り首を横に振った。

「何をそんなに驚いているのだ？　これまで、マーヴェリット家出身の王子妃は何人も存在する。さほど特別なことではないよ」

慌てるアナベルに、ジャンが不思議そうな顔をした。

「存在すると言われましても……」

マーヴェリット家はベリル一の名門なのだから、王子妃の一人や二人輩出していても何らおかしな話ではない。これは、アナベルでも理解できることだ。だから、問題はそこではない。のどが異常に渇くので、目についたオレンジジュースを一気に飲み干した。

「アルフレッド陛下の第一妃を出せなかった分、次代の王の第一妃には特に、マーヴェリット家の娘をと、一族の長老たちも話している。もし、君たちの子どもが君と同じような魔法使いであれば、いかな王太后様でも否《いな》とは言えないだろうから、話は簡単に纏まるだろう」

「簡単に、纏まる……」

勝手にそんな未来を決められても困る。でも、なんと言えばいいのかわからず、アナベルは言葉を探しあぐねてセインを見た。

眉を下げたアナベルの表情から、窮状を察してくれた彼は、温和な笑みを浮かべて頷いた。

「そのことは、後の楽しみとして取っておこう。今は深く考えなくて構わないよ」

「後の楽しみ……」

それもまた返答に困る言葉だ。でも、今すぐ考えなくていいと言ってくれたことには、素直に安堵した。

「私が話を振っておいてなんだが……まだ入るなら、遠慮せずに食べるといい」

「ありがたく、いただきます」

アナベルが満腹に至っていないことは、しっかり見抜かれていた。

食事量としては結構いただいているので、ひもじい顔はしていないと思う。それなのに、どうしてわかるのだろう。言葉がなくても通じるなど、不思議だ。でも、何となく楽しくてくすぐったい。

アナベルは浮かれた気分で再びカトラリーを握った。食事を再開したところで、きゅきゅがぽつりと言った。

【副隊長は、どうしていつもと同じなの？】

「隊長？」

満腹なのか、テーブルで丸くなっているきゅきゅは、どこか不満げにアナベルを見ていた。

【まだまだおなかがすいていて、それどころじゃないのかしら……でも、少しはセインを見てドキドキして照れたりしないものなの？】

「ドキドキして、照れる？」

先ほど話題にのぼった、子ども、のことを言っているのだろうか？

だが、違うようにも感じる。きゅきゅの真意がよく理解できなくて、アナベルは困惑した。

【人間の女性は、気になる男性から口づけされると、胸がドキドキして落ち着かなくなるものなのでしょう？　まともに目も合わせられなくなって、そわそわして挙動がおかしくなったりすると思っていたのだけど……副隊長は平然とセインを見て話してる。ときめき成分が足りないから、ドキドキしないのかしら。つまらないわ】

はあ、がっかり、とばかりにきゅきゅは盛大な溜息を吐いた。

「口づけ……っ！」

アナベルは、魔法力が尽きて意識を失う直前の出来事を、まざまざと思い出した。途端に手が震えて、握っていたカトラリーがテーブルに落ちてしまう。

「きゅきゅ。ずいぶんと面白い話じゃないか。詳しく聞かせてくれないか？」

緑の瞳を輝かせたジャンが、満面の笑みにてきゅきゅを見る。

【セインが、副隊長にあいさつじゃない口づけをしたの。でも、副隊長の反応が今ひとつだから、心配なのよ】

「それはまずいな。二人は前途多難なのか……」

声音は真率なものだったが、ジャンのセインを見る目は確実に面白がっていた。

「きゅきゅ。かわいい口は堅く閉じて、何も言わないでおくれ。ジャンも、余計なことは言うな」

セインの常よりも一段も二段も低い声が、きゅきゅとジャンの間に割って入る。

気配も怖くなっており、アナベルの感じたそれを、きゅきゅたちも感じたようで押し黙った。食事室を、奇妙な沈黙が支配する。

「く、口づけと言ってもあれは……頭に血がのぼっていた私を驚かせて、冷静にするためだったと思うから……恋人同士の、そわそわするものとは違うのではないかしら……」

沈黙を破ったのは、アナベルだった。顔中を熱くして、閊《つか》えながらも言い募る。

思い出した今になって、アナベルは物凄くそわそわしているのだが、あの口づけにはきゅきゅの言う意図はなかったと思うのだ。

【そうなの、セイン？】

「アナベルがそう言うなら、それが正解だよ」

きゅきゅの疑問に、にっこりと微笑むセインの答えは、どこかはっきりしないものだった。

「きゅきゅは、おまえの気持ちを聞いているのだと思うが……」

ジャンが不服そうな声をあげるもセインは黙殺し、緊張が高まるばかりのアナベルを見た。

「アナベル。明日は王太后様の誕生祝賀会に、私と一緒に出席してもらいたいと考えている。慣れない場に緊張して疲れると思うから、今日はその分もたくさん食べてゆっくり休んでほしい」

「は、はい！　え？　祝賀会に、私も出席して構わないのですか？」

セインの依頼に、口づけのことが頭から離れなくなっていたアナベルは、何も考えずに上ずった声で承諾してしまうも、首を傾げた。脳裏に疑問符が飛び交う。

素直に敬えないところのある人物だが、王太后は王族の中でも重要人物の貴人である。

そのような人の誕生祝賀会に、今は一般市民の自分が出席するなど、まったく考えてもいないことだった。

「もちろんだとも。その場で、王太后様に君を陛下の治療者として推薦できれば、前長官に話を持って行く必要などなかったのだが……。さすがに薔薇で懐柔できたとしても、それだけはいい返事をしてくださらないだろうからね」

寂しげな目をして苦笑交じりに言ったセインに、アナベルは彼の気持ちが上向くことを願い、柔らかな風を送る。そっと撫でるように頬に触れ、とんとん、とその肩も叩く。

「優しい風が……アナベルかい？」

窓はすべて閉じているのに、室内に吹く風。正面の席から、ぱちぱちと瞬きしてこちらを見ているセインに、アナベルはこくりと頷く。

「直接触れるには、席が離れていますから……」

ケーキを食べさせてもらった時のように、すぐ隣の席であればよかったのだが、今回は距離が開いている。だから、魔法でとんとんしてしまった。

「これからは、必ず隣に座るよ。私も自分の手で、君に美味しいお肉を食べさせてあげたい」

「美味しいお肉……」

目に陰り無く微笑んでくれるセインに、アナベルも嬉しくなる。美味しいお肉にも頬が緩んでいると……。

「お二人さん。おまえさんたちは、たかが口づけ一つのことで緊張するくせに、どうして、二人きりの花園は手早く上手に作るのだ？　新婚夫婦も裸足で逃げ出すぞ。きゅきゅ、心配しなくともこの二人の前途は明るく、ときめき成分もたっぷりだ。私は胸焼けしそうなので帰る。また明日」

いい加減にしろ、とぼやいてジャンが席を立ち、誰の返答も聞かずに去って行った。

「花園……ジャンの目には、私たちの間に何が見えているのだろう？」

「よくわかりませんが、悪いものではないと思います。私はセインとお話ししていると、いつもとても幸せな気持ちになりますから」

きょとんとして考え込むセインに、アナベルは素直な気持ちを満面の笑みで答えた。

「それは私もだよ」

セインもアナベルと同じような笑みを浮かべ、和やかに食事の時間は続く。

『きゅう！』

「どうしたのだ、きゅきゅ？　美味しくない物でも入っていたのかい？」

突然鳴いたきゅきゅを、セインが心配する。きゅきゅは、いつの間にか食事を再開していた。

【何でもないわ、全部美味しい物ばかりよ】

返答にアナベルも安心する。具合の悪そうなところは見当たらないので、急に鳴きたくなったのだろうと思う。

そのまま食事を続けるアナベルとセインに、きゅきゅのもう一つの声が伝わることはなかった。

【心配なんて、余計なお世話だったわ。副隊長は、ドキドキそわそわなんて通り越しているのね。まあ、仲がいいに越したことはないけど、私もちょっと胸焼け……あの女好きの意見に一票だわ】

「たっぷり休ませていただきましたので、さすがにすぐに眠るのは無理ですね」

食事が終わるとセインはアナベルを寝室に行かせようとした。すっかり日は落ちて、夜の帳《とばり》が下りている。入浴して眠ってもよい時間であるが、アナベルは物凄く目が冴えており、眠くないので断りを述べた。

「では、眠らなくていいから横になるだけでも……」

ところが、断ってもなお、熱心に寝室行きを勧められる。

「あの、重病人になった心地に……」

自分を案じる黄金の瞳に、首を傾げる。

まさか、セインには本当にアナベルが瀕死の状態にでも見えているのだろうか。心配してもらえるのはありがたいが、今は寝室に入りたくないので困ってしまう。

【セイン。今の副隊長はとっても元気よ。姿にも気配にも力が漲《みなぎ》ってるわ。無駄な過保護はやめて、庭でも案内してあげなさいな。今宵は満月、とっても綺麗よ】

セインの肩に留まるきゅきゅからの助け舟に、アナベルは目が輝いた。

「庭か……。では、眠らなくとも構わないなら、私と外を歩いてみるかい？」

セインはきゅきゅの言葉に反論することなく、庭歩きに誘ってくれた。

「はい。それがいいです！」

眠気のまったく来ないアナベルは、上機嫌で即座に承諾する。きゅきゅに感謝の眼差しを向けると満足そうに頷き、セインの肩から飛んだ。

【私は休むわ。おやすみなさ〜い。よい散歩を……】

一緒に行かないのは残念に思うも、休むと言うのを強引に誘うわけにもいかない。

廊下にて、寝室に飛んで行くきゅきゅを二人で見送ると、セインが右手を差し出してきた。

「では、行こうか」

アナベルは、柔らかい手をしっかりと握り返す。寝室で横になっているよりも、こうしてセインと歩けるほうが何倍も嬉しかった。

自然と笑みが零れるアナベルに、歩き始めたセインも楽しそうに微笑んでくれた。

「公爵様が、女性と手を繋いでお屋敷を歩く姿が見られるなど……感無量です」

「とても仲睦まじく……見ているこちらのほうも幸せな心地になりますね。天の国のご両親様も、さぞ安堵なさっていることでしょう」

一つの柱の陰にてダニエルとモリーが感動にむせび泣き、散歩に出かけるセインとアナベルの背を見守る。他の柱でも同じく、召使たちが仲のよい二人を祝福していた。


きゅきゅの言う通り夜空には冴《さ》え冴《ざ》えと輝く満月が浮かんでいた。おかげで周囲は闇ではなく、ほのかに青銀の光を纏って色づいている。

アナベルは月明かりの下でセインに手を引かれ、純白の蔓薔薇《つる》で形成されたアーチ状のトンネル通路を歩く。

美しい光景に見入っていると、大きく開けた場所に出た。様々な色石が滑らかに加工され、幾何学模様の石畳として広がっていた。

その先で、幅の広い白大理石の階段を五段昇る。そこには、優雅な曲線を描くドーム状の屋根を持つ、白銀の枠で組まれた多角形の、広大なガラスの温室があった。

「立派な、温室ですね」

高くそびえ、月明かりに照らされて輝く姿は壮麗だ。ドーム屋根には色ガラスを多数用いて、動植物が描かれているのも見て取れた。華やかで、それでいて神秘的でもある。

アナベルが感嘆の溜息を吐いていると、セインが温室の扉を開けて中に入った。続けてお邪魔したアナベルは、薔薇に視界を埋め尽くされた。

「薔薇とは、こんなにもたくさん種類がある物なのですか？」

数えきれないほどの薔薇に、アナベルは圧倒される。幻想的な光景に呆然として立ち尽くし、ぽかんと口まで開いてしまった。

同じ種類の物をたくさん育てているのなら、これほど驚かなかった。目にするすべての薔薇が違う品種としか思えないから、ただただ驚くばかりである。

「私はあまり興味がないのだが……蒐集家《しゅうしゅうか》が多く、品種改良にも凝っているからね。増える一方だよ」

「好まれる人が多い、というのは知っていましたが……ここまで種類が豊富とは思いませんでした」

大きく辺りを見回しても、やはり皆違う。赤い薔薇であっても、微妙に色合いが異なるのだ。花弁の形にもそれぞれに特徴がある。

「母といえど、全種類集められたわけではないから、ここにない物も世にはある。逆に、世界でここにしかない物もあるがね」

「ここは、母君様の温室なのですか？」

マーヴェリット公爵夫人ともなると、その持ち物も途轍もなく素晴らしい。この温室は芸術的にも技術的にも他に類を見ない至高の物だと思う。もちろん、薔薇の種類の豊富さにおいても、勝る蒐集家はほとんど存在しないのではないだろうか……。

「この場所は、マーヴェリットの女主人の庭として代々受け継がれていてね……温室は数代前の公爵夫人が建てた物だ。それを、母が受け継ぎこの姿に改築したのだよ。今度は、君が新たなる女主人となる。好きに造り直して、植物を愛でて楽しむ場所にするといいよ」

「私が、ですか？」

いきなりの提案にぎょっとして、アナベルは目が丸くなってしまう。

「そうだよ。マーヴェリットの女主人となり、この庭の所有者となってほしい」

アナベルの両手を取ったセインが真正面に立った。

「それは、私にはとても荷が重いことです」

アナベルは顔を伏せて、こちらをじっと見ているセインの視線から逃れた。

「私の伴侶《はんりょ》となるつもりはない、ということかい？」

悲しげな声が耳を打ち、アナベルは慌てて顔を上げる。ぶんぶんと盛大に首を横に振った。

「そうではなくて……私、手芸やお菓子作りは好きですが、土いじりにはあまり興味がなくて……花の種類などよくわかりません。野菜や薬草も自分で育てたことはないのです。このような立派な温室をいただいても、きちんと手入れができるとは思えません」

薔薇は枯らしてしまい、雑草が生い茂る場所にしてしまうのが目に見えている。セインの母君の大切な場所をアナベルが汚すなど、とんでもないことである。

「ああ、そういうことか……君に、種から撒いて花を育てろなどと言うつもりはないよ。気に入った植物があれば、何でもモリーや園丁たちに伝えればいい。それで、彼らがきちんと育てて君に見せてくれるよ」

アナベルに土いじりの素養がないと知っても、セインは呆れることはなかった。逆に、強張っていた雰囲気が柔らかくなり、ほっとした目でこちらを見て微笑んだ。

「何なら温室は潰して、好きなだけお菓子作りのできる屋敷を建ててもいいね。世界中のお菓子が作れるように、材料と菓子作りの名人を呼び寄せるのは、どうかな」

「お菓子の館……」

朗らかな提案に、アナベルの脳裏には大好きなお菓子がいっぱいに広がる。ぽや～と心が浮き立った。

「君に相応しいかわいいお菓子の館にしよう。誰も知らない新しいお菓子を、君が作るというのも楽しそうだね」

にこやかに笑う機嫌のいいセインに勧められる。アナベルも、花を愛でるよりもそのほうが……と、誘惑されかけて首を振った。妄想から現実へと大急ぎで意識を戻す。

「だ、駄目です！　この美しい薔薇の温室を潰してお菓子の館なんて……」

「ここは女主人の庭とは決まっているが、温室を建てるとは決まっていないのだよ。過去には図書館や、宝石を愛でる屋敷を建てた方もいらしたし……お菓子の館を建てても何も問題はないよ」

断るアナベルを、セインは不思議そうに見つめた。一方アナベルは、この場の薔薇すべてに睨まれているように感じて……問題は大いにあると思う。

「ここで薔薇を眺めさせていただき、植物を愛する情緒を鍛えたいと思います」

これ以上、食欲ばかりに重きを置かないためにも、この場は永遠に薔薇の温室であるべきだ。

「君がそう言うならそれでもいいが……では、我が家の女主人となり、ずっと私の傍にいてくれるのだね」

アナベルの両手を包み込んで握るセインの手の力が、少し増した。

「ずっとセインの傍にいて、お守りします。ですが、女主人というのは……」

セインがアナベルをお荷物にしないなら、結婚するのに否はない。これまで、そう言って来た身である。

しかし、この広大で立派な庭を自由にできる女主人となる、という現実を目の当たりにしたことで、返答に窮してしまった。

セインの傍にいて、その隣をずっと歩みたいと思う。でも、彼の妻というのは、植物を愛でる趣味などなく、常識をはずれて食べるばかりの自分に、はたして務まるものなのだろうか……。

アナベルは、少し腰が引けてしまう。

「怖いのかい？　私を見る目が怯えている」

目蓋の上に、そっとセインの唇が触れた。

「………………」

気持ちを見抜かれたと思うも、違うとは言えなくて言葉が出なかった。

「権力、財産のいらない君にとって……公爵夫人とは、何ら楽しいと思えるものではないのだろうね。恐怖を覚える未知なるもの、面倒なもの……そう思う、素直な気持ちが伝わってくるよ」

アナベルの不安を的確に見通している彼の優しい口づけと囁きは、とても心に沁みた。

「セイン……」

「堪え性のない男ですまない。ゆっくりでいいと言っておきながら、答えを聞きたくてつい、余計な真似をしてしまった……女主人のことは考えなくていい。私の傍にいると言ってくれただけで充分だよ。ありがとう」

アナベルの頬にキスをしたセインは、申し訳なさそうに眉が下がっていた。その顔を見て、アナベルは胸だけでなく身体中が痛むほどの衝撃を受けた。

セインに寂しい思いをさせた、自身の言動を物凄く後悔する。アナベルは急いで自分のほうから顔を寄せ、セインの頬に心を込めてキスをした。

「セインの言うとおり、私には公爵夫人とは、なっても楽しいとはあまり思えないものです。それでも、こうしてあなたと手を繋ぐのも、キスをするのも私だけであってほしい。この、私の中で何より強い望みは、恐怖も面倒も吹き飛ばします」

口にすることで、より強い自覚が芽生える。どんなに腰が引けても、この望みだけは自分の中で揺らぐことはない、と……。

「アナベル……」

セインが、震える声でアナベルの名を呼んだ。

「ですが、完全に吹き飛ばすには……ごめんなさい。もう少しだけ時間をください」

申し訳なく思いながらも、アナベルはあと一歩が踏み出せない。求婚承諾のはっきりとした返事は、先延ばしにしてしまった。

「もちろんだとも。でも、そんなに難しく考える必要はないよ。私の手を離さずにいてくれるなら、それだけでいいのだ。公爵夫人という肩書に、何も畏怖《いふ》することはない。君は、自身の価値こそを誇るべきだ」

「価値？」

「五百年ぶりに誕生してくれた上級白黒魔法使いのほうが、はるかに貴重で素晴らしい存在なのだよ」

最後は悪戯っぽく笑ったセインを見て、アナベルの緊張がほぐれる。顔が綻《ほころ》びかけたところで、魔法使い、との言葉にはっとした。女主人よりも、今しなければならないことに思い至る。

「セインを逆恨みしているブルーノの所在がつかめず、どうしても不安が消えません。盾となる魔法を強化しておきます」

セインの両の指に自身の指を絡めて握り、じっくりと魔法をかけた。

「自分にもかけているかい？」

「私が先に倒れては、セインを守れません。隊長も、護衛の方もいらっしゃるのはわかっています。それでも、私もあなたを守りたいのです。守らせてください」

互いの両手をしっかり繋ぐだけでなく、額もくっつけて囁き合う。

公爵夫人の肩書は正直どうでもいい。でも、セインと過ごすこの満ち足りた空間、喜びの時間を守るためなら、自分は何でもできるだろうとアナベルは本気で思う。

「ここで私が見せなくとも、明日になれば、君は会場でラッセル侯爵の姿を見るだろう。くれぐれも、ブルーノ・カウリーを捕まえようと無茶だけはしないでおくれ」

「会場で大暴れして、王太后様を不愉快にすることだけはしないとお約束します。彼らの捕縛は隊長の危機が去ってから、こっそりおこないます」

人避けの結界魔法を使い、誰にも邪魔されないようにして、必ず捕まえる。アナベルは、その決意を胸の内でふつふつと燃え滾らせた。

「アナベル。なんだか、君の気配が怖いよ……」

「気配、ですか？」

ブルーノを絞って白状させるために気合を入れただけで、気配を怖くした覚えなどない。アナベルは、どこか怯えの見えるセインに首を傾げた。

「あ、元に戻ったね。うん、それがいい」

ほっとした様子で満足そうに笑うセインに、アナベルはますます首を傾げてしまう。とはいえ、それがいいと言ってくれているので、問題はないのだろう。

「あの、王太后様のことですが、明日のお祝いには何をお持ちになるのですか？」

漆黒の薔薇が奪われたからと、手ぶらで訪問するというのは、いくらなんでもないと思う。それでも気になって問うてしまうと、セインが視線を温室の奥のほうへと向けた。

「この先をずっと進んだ場所に、母の気に入りの一つがある。父と私が愛でるようにと、世間には公開しないと言っていた物だ」

手を繋ぎ直して歩き始めたセインに、アナベルは素直について行く。

「未公開の薔薇……」

「それを王太后様にと決めた私を、天の国でさぞ怒っているだろうが……ここは堪えていただくよ」

苦笑を零すセインを、アナベルは複雑な気持ちで見つめた。

母君の薔薇が選ばれれば、きゅきゅの問題は解決する。その代わり、公開しないと母君が言い遺した薔薇を贈るというのは……セインの苦しみ、心の負担になるのではないかと思えた。単純に、代替品があってよかったですね、とはとても言えなかった。

やがて足を止めたセインは、アナベルに一つの薔薇を示した。それは、桃色と紫色が混じり合い、角度により色の趣が異なって見える、とても雅《みやび》な物だった。

「美しい薔薇ですね……」

さすがは、公爵夫人お気に入りの品である。説明がなくとも、目にしただけで特別な品種だとわかった。それほどに目の前の薔薇は、美しい薔薇たちの中でもさらに秀でた美を備えていた。

「正直に言うと……残念ながら、ジョシュアの咲かせた漆黒以上とは思えないのだがね。でも、この薔薇で明日、王太后様が私に笑いかけてくだされば、私は何も言わず……証拠を固めて非道なおこないをした者だけを処分できる」

「そうなることを、切に願います。セインが安心して気持ちよく過ごされることが、私の何よりの望みです。悪者の捕縛は、どうぞ私にお任せください」

その時を、一刻も早く迎えたい。

「私は君に守ってもらうばかりの、何の魔法も使えない非力な存在だ。それでも、君を守れる人間になりたいと思う」

「非力ではありません。セインはとても素晴らしい魔法使いです」

耳にした言葉をアナベルがきっぱりと否定すると、セインが首を傾げた。

「うん？　私に魔法は……」

「セインは、私を何より幸せな気持ちにしてくださる最高の魔法使いです。この先、あなた様以上にその魔法を使える人と、私は出会うことはないと思います」

不思議そうにこちらを見ている大切な人に、アナベルは胸に抱く想いを紡いだ。

だからこそ、セインには酷い目に遭ってほしくない。いつも心安らかに、幸せに微笑んでいてほしいのだ。

どこかにジョシュアの漆黒以上の……王太后の心を確実に虜《とりこ》にする、誰の物でもない特別な薔薇は咲いていないだろうか。

そんな、都合のいいことがあるわけがない、と思いつつも、アナベルはその考えを捨てきれなかった。

「アナベル。これは、驚かせるためではないよ」

「え？」

問い返した時には、柔らかな唇が自身の唇に触れていた。

頬へのキスとは異なる再びの口づけに、アナベルは吃驚して目を見開く。でも、逃げようとは思わなかった。

セインから、自分へ対する惜しみない愛情が伝わってくる。全身に力をくれるあったかいそれに、アナベルは身を委ねて目を閉じた。

自分のほうからも唇を重ね合わせ、深まる口づけを快く受け入れた。

「……なんだか、とてもどきどきします」

「怒ったのかい？　どうしても愛しい君に触れたくて……」

どこかおろおろと、恐る恐るといった様子で問われ、アナベルは笑顔で首を横に振った。

「魂まであったかくて……あの魔法の鍵が外れそうです」

「君は、毎日私を喜ばせすぎだよ」

心地よい腕に抱きしめられて、アナベルはうっとりする。

「私もセインにたくさん喜ばせてもらっています。少しでも、その喜びをお返しすることができているなら、嬉しいです」

「少しじゃない。この上なく返してもらっているよ」

まるで大事な宝に触れているかのように、頭を撫でられる。

月明かりが照らす麗しい薔薇たちに囲まれた場所で、アナベルも大切な人を抱きしめた。

二人だけの美しく静かな空間で、永遠に手放したくない幸せに浸った。


その夜、アナベルはセインときゅきゅきゅと笑って暮らす、最高の夢を見る。

自身の魔法力がどこまでも高まるのを感じながら目覚め、王太后の誕生祝賀会当日を迎えた。

第五話　勝利の薔薇と真実の眼

「こ、これ……セインの誕生会の時より、すごい物だわ」

王太后の誕生祝いの場に出席するのだ。失礼にならない装いを求められるのは、わかる。わかるが、これほど豪奢な物は着たことがないので、過剰に緊張してしまいアナベルは落ち着かなかった。

「あの折は急なことで、至らないところがたくさんございました。その分を取り戻すべく、今回はご用意させていただいております」

早朝よりアナベルの着付けをし、今はさらに着心地がよくなるように、微調整をおこなっている家政婦長のモリーが、手を止めてにっこりと笑った。

「至らないところなんてなかったわ」

文句を言おうものなら罰が当たると本気で思いながら、着せてもらったものだ。

「左様ですか？　アナベル様は特別な魔法使い様であられるのに、とても奥ゆかしいお方ですね。……仕上がりましたが、いかがでしょうか？」

不思議そうな顔をするモリーに、衣装の具合を訊ねられる。

自分は奥ゆかしいのではない。没落貴族に相応しい感覚を持って暮らす人間である。とはいえ、ここでそれを訴えたところで、この衣装が変わるわけではない。アナベルは質問に答えるべく、正面にある姿見に、全身を映した。

身に纏うのは、アナベルの瞳の色とよく似た碧を基調とする、上質な絹地によるエンパイアスタイルの正装だった。波打つように裾を引くロングトレーンが特徴的である。

両肩に、膝下まで届く赤いリボン。胸の下あたりには、数などわからないほど宝石の織り込まれた、銀色のレース生地を巻いている。そこから切り返してスカート部分とし、花模様が緻密に刺《し》繍《しゅう》された生地が、すとんとまっすぐに下りていた。袖も、少し動くたびにふわりと広がる。優雅に揺れるよう、スカート部分と同じく刺繍入りの生地を惜しげなく使っている。

ロングトレーンには、小さく砕いたダイヤとエメラルドとサファイアまで用いて模様が描かれており、価格を知れば絶対倒れる……と、言い切れるドレスだった。

「どこにも不具合のない、完璧な仕上がりだわ」

ドレスは見事な調整によりアナベルにぴったりである。あまりに上等すぎることには落ち着かないものの、他の感想を言うなど神をも畏《おそ》れぬ行為としか思えなかった。

モリーをはじめとする召使たちが、アナベルの言葉に安堵の笑みを浮かべた。続けて、後頭部でふんわりと大きく膨らませるように髪が結われる。複雑に結った部分に、黄金とエメラルドを用いた宝石の髪飾りが燦然と輝いた。首飾りも、同じく黄金とエメラルドで形作られた品だった。

これらも、価格は知らないほうが平常心でいられる。間違いなくそうだとアナベルは思う。

化粧も終わり……支度の整ったアナベルは玄関ホールに降りた。

「お待たせしました」

「…………」

ダークブルーを基調とする正装を纏い、姿勢のよい姿で立っていたセインは、こちらを見てどこ

か呆《ほう》けた顔をした。

アナベルとしては静かに礼儀正しく歩いているのだが、上手くできていないのだろうか。不安になり、その顔をじいっと窺ってしまうと、ぽかんとしているセインの肩できゅきゅが大きく鳴いた。

『きゅう。きゅう！【なに、ぼうっと見ているの！お嫁様が輝いているのよ。ここは、全力で褒めるところでしょ。無神経な男になっては駄目よ！】』

猛烈に非難するきゅきゅの声に、セインがはっとして小さく肩を揺らした。

「君がどこまでも綺麗で、声が出なかった。ジョシュアが昔、薔薇の精霊はとても美しい女性の姿となって現れると話してくれたのだが……私の薔薇の精霊は君だ」

「それは、言いすぎです」

しみじみと語るセインは、本気で褒めてくれている。それがわかるからこそ、余計に恥ずかしくて、アナベルははにかんでその姿を見つめた。

「言いすぎではないよ。君は、私の誰より愛しい薔薇の精霊だ」

囁きと共に、そっと顔を寄せられる。

「薔薇の精霊……」

アナベルは、その存在に不思議な高揚を覚えた。

『薔薇の精霊が寄り添う者は、素晴らしい薔薇を育てることができる』

「おじいさん？」

セインの育種家のおじいさん……ジョシュアの声が唐突に、まるで雷鳴のごとくアナベルの脳裏に響いた。

『君は、そんな育種家を知っているはずだよ』

「薔薇の精霊が寄り添う。育種家……」

「アナベル？」

ジョシュアの囁きに触発されて呟くアナベルに、互いの唇が触れそうなほど間近にいるセインが、きょとんとして瞬きした。

「私、薔薇の精霊が寄り添う、守護まで持つ、素晴らしい才ある育種家を知っています！」

アナベルは意気揚々と、会心の笑みを浮かべた。誰も知らない特別な薔薇……存在を諦めていた薔薇は、すぐ傍にあったのだ。

「え？」

「彼女は、何年もかけて特別な薔薇を育てているのです。私は、これから彼女の許へ行き、その薔薇を見せてもらいます。彼女の薔薇はラッセル侯爵の薔薇よりも、王太后様のお心を魅了する物であると私は信じます」

勢い込んで話すアナベルに、セインは困り顔で苦笑していた。

「アナベル。その薔薇はもう咲いているのかい？」

「いえ、それはまだかと……」

「蕾《つぼみ》の薔薇では、王太后様の納得は得られないよ。それに、薔薇の品種改良とは、そう容易《たやす》く成し遂げられるものではないのだ。特別な薔薇がこの世に誕生する確率は、とても低い……」

ぽんぽん、とセインがアナベルの気持ちを宥めるように、優しく肩を叩いた。しかし、そのおこないを受けても、アナベルの気持ちの高ぶりは静まらなかった。

「それでも、母君様の遺言は守るべきです。母君様の薔薇は、一途《いちず》な愛で結ばれた父君と、愛しいお子であるセインに残されたものであり、たとえ王太后様であろうとも、所有者になってはいけないと思います。どうか、王太后様に母君様の薔薇を見せないでください。お願いします！」

「君の気持ちは、ありがたいが……」

セインがすまなそうに小さく首を横に振るも、アナベルは引き下がらなかった。逆に詰め寄り、その胸元をぐっと両手で掴んだ。

「たとえ母君様の薔薇が駄目でも、セインには王太后様に何も言わせない切り札があるようですが、切り札とは、すべての手段が閉ざされた場合に使うべきだと思います」

「あ、アナベル……」

驚いて目を白黒させるセインに、非礼は承知でアナベルは言葉を畳みかけた。

「まだ、手段は残っているのです。隊長の命はもちろん大切ですが、王太后様のお気持ちに波風を立てず、円満にことを終わらせるためには、最高の薔薇を用意したほうがいいと思います」

途方に暮れている黄金の瞳を、アナベルはまるで戦いを挑むがごとく見つめた。

するとセインの肩にいるきゅきゅが、その頬を口で突っついた。

【私も、母親の遺言は守るべきだと思うわ。あなたをこの世に産んでくれた、大切な人間ですもの

ね。ここは副隊長に時間をあげて。私からもお願いするわ】

「きゅきゅ……」

アナベルの意見を後押ししてくれたきゅきゅを、セインがそっと撫でる。やがて、小さく微笑んで頷いた。

「アナベルの信頼する育種家の薔薇を……私も、特別であると信じるよ」

「セイン！」

彼の納得を得られたことに、アナベルは嬉しくなって目が輝く。

「王太后様は毎年、お昼を少し回った時刻に、最もお気に召された薔薇を贈った者の傍に立たれる。事前に贈る者の薔薇は先にご覧になられているのだが、私のように当日贈る者もいるからね。そのすべての観賞を終えるのが、それくらいとなるのだよ」

セインが真率な声で教えてくれた。

「お昼まで……後、二時間ですね」

「それだけしか君に時間を用意できないが、構わないかい？」

残り時間を教えてくれたセインと、説得に加わってくれたきゅきゅに、アナベルは大きく頷いた。

「ありがとうございます！　薔薇を手に入れ次第、すぐにセインの許まで飛びます。祝賀会場は一度も行ったことのない場所ですが、セインの気配はとても光り輝いていてわかりやすいので、狂いなく移動できると思います」

「気をつけて。くれぐれも無理だけはしないでおくれ」

「可能な限り、急いで戻ります」

アナベルは先日の魔法治療で覚えた、プリシラの魂の輝きに向かって移動する。無理をしない、とは約束できなかった。


「プリシラ。突然お邪魔してごめんなさい！」

「アナベル？」

非礼を承知でその目の前に姿を見せたアナベルに、プリシラは仰天して目を丸くした。でも、怒るようなことはなく、部屋にいた男爵夫妻と共に、アナベルをあたたかく迎えてくれた。

「アナベルさん。……驚きましたが、ちょうどよい時に訪ねてくださり嬉しいです」

「ちょうどよいとは、男爵？」

思いも寄らない言葉に首を傾げると、プリシラが満面の笑みにてアナベルの両手を取った。

「アナベル、見てください。あと少しで咲きそうなのです！」

軽く引っ張るようにして案内された先には、白い鉢に植えられた蕾の薔薇があった。

「プリシラ……もしやこれが、銀色ではないけど、光り輝く物だと教えてくれた薔薇なの？」

セインに勝利をもたらす薔薇なのかと思うと、問う声は自然と緊張して固いものとなっていた。

「そうです。どんな姿を見せてくれるのか、とっても楽しみです！　何度挑戦しても途中で枯れるばかりで、初めてなのです。ここまで育ってくれたのは！」

興奮気味のプリシラの肯定を得るも、茶色の丸テーブルに乗せられたそれは、満開には程遠い。

この状態では、どのような薔薇が咲くのか判断するのは難しかった。

「この子……後、どれくらいで咲くのかしら？」

「半日くらいでしょうか……その間、お茶にしましょう。美味しいローズティーとお菓子を用意しますね」

「半日、間に合わない……」

プリシラが朗らかに誘ってくれるが、アナベルは絶望感のほうが勝り、呆然とその場に立ち尽くしてしまった。

「アナベル。どうしました？」

「なんとか、あと二時間以内に咲かせる方法はないかしら」

心配そうに問われ、無茶を承知でお願いしてみる。途端にプリシラは眉を下げ、困った様子で首を横に振った。その後ろでは、レイン夫妻も困惑していた。

「周りを囲ってあたためれば可能かもしれませんが、そのように強引な手で咲かせれば、美しさが半減すると思います。もしくは、枯れてしまうかも……。繊細な子なのです。ごめんなさい」

「こちらこそ、無理を言ってごめんなさい。セインに、どうしてもこの薔薇を見せてあげたくて」

薔薇の事情も考えずにわがままを言った己を恥じ、アナベルは頭を下げた。

「謝らなくていいです。ですが、マーヴェリット公爵様にはジョシュア様がいらっしゃいますから、私の薔薇をお喜びにはならないかと……さすがに、ジョシュア様に勝る薔薇を育てられたとは言えませんので。まだまだ、この先も研鑽《けんさん》を積まねばなりません」

苦笑を零すプリシラに、アナベルはきょとんとした。

「プリシラはおじいさん……ジョシュアさんのことを知っているの？」

「もちろんですとも。この大陸の育種家で、奇跡としか思えない品種改良を成し遂げる、ジョシュア・リーゼル様のことを知らない者などいません。あの方は、皆の憧れの天才です」

「天才……」

ジョシュアは、アナベルが思う以上に有名人であったようだ。でも、確かに、そのような人物でなければ、漆黒の薔薇を育てるなど不可能だろう。

その彼の最高傑作。消失してしまった薔薇を、本当に惜しく思う。

セインに特別な薔薇は手に入らなかったと、報告しなければならない。偉そうに言って出てきておきながら、何もできなかった己が心底恥ずかしい……。

アナベルは落ち込みから立ち直れないまま、プリシラと男爵夫妻にあいさつしてその場を離れかけた。

『公爵様を守ってくれる、薔薇の精霊さん。お困りのようだね。助けてあげるよ』

「え？」

天の国に旅立ったはずの声が、再び聞こえた。

『薔薇の精霊に愛されるお嬢さん。君の愛情が一心に注がれたこの子を、どうか、公爵様に譲ってあげてほしい』

プリシラの薔薇の側に、白い靄が現れる。人型を取り、はっきり姿が認識できるようになると、その顔を見たプリシラとレイン男爵は大いに驚いた。

「ジョシュア様？」

「ど、どうして……」

二人が呆然として問いかけるのに、アナベルは苦しい気持ちで、彼が亡くなっていることを伝えた。

「ジョシュア様がお亡くなりに……」

プリシラが愕然として身を震わせる。

「あなた様の薔薇が奪われ、代わりに娘の薔薇を……」

レイン男爵も、衝撃を堪えきれずにいた。一方、薔薇を求められたプリシラは、怯えて首を横に振った。

「いくらなんでもジョシュア様の薔薇の代わりなど、とても務まりません！　マーヴェリット公爵様が王太后様に献上される薔薇にするなど、滅相もないことでございます！」

『謙遜《けんそん》は必要ないよ。君のこの子は素晴らしい子だ』

「ジョシュア様、ですが……」

否定しようとするプリシラの口元に、そっとジョシュアの手が触れていた。

『君こそが、誰よりもこの子の美を信じてあげなければ駄目だ。そうでなければ、この子は悲しんで寂しい花を咲かせることになる。育ての親たる私たちは、常に、世界一の花を咲かせると信じて誕生を待たねばならない』

ジョシュアがプリシラに、優しい声で説く。

「誰よりも信じる……」

『そうだよ。愛する薔薇に寂しい思いをさせてはいけないよ』

プリシラはその声に深く感銘し、雰囲気が変わった。怖《お》じ気《け》が消え、優秀な育種家たる力強さが全身に漲り、毅然として頷いた。

「私はこの子を信じます。寂しい思いなどさせません。この子は、世界で一番美しい花を咲かせます」

プリシラが蕾の姿に向かって宣言する。

ジョシュアがそれを見て満足そうに微笑み、そのまま蕾の上に手をかざした。すると、薔薇の精霊たちが一斉に現れる。

大勢の華やかな美女に驚くアナベルの前で、精霊たちは艶麗《えんれい》に微笑み、ジョシュアとプリシラ、そして彼女の育てた薔薇の株を取り巻いた。

蕾の薔薇に虹色の輝きが宿る。

あまりの眩《まばゆ》さに、アナベルは目を開けていられない。きつく閉じてしまうも、すぐに輝きは消えた。その代わり……。

「プリシラの薔薇が……」

奇跡としか言えない姿で、咲いていた。

それも一つだけでなく、四つの蕾すべてが美しく艶やかに……。

まるで、その場に神が降臨したかの如く凛然と存在し、大輪の花は清らかで幻想的な輝きを纏っていた。

「ジョシュア様、すごいです。素晴らしいです！」

薔薇の咲き姿に感激したプリシラが、ジョシュアに向かって深々と頭を下げる。

『違うよ、お嬢さん。この薔薇を咲かせたのは君だ。君が、世界一だと信じてあげたから、この子はその気持ちに応えて咲いたのだよ』

「ジョシュア様。私、あなた様のような育種家となるため、生涯努力します！」

優しく微笑むジョシュアに、顔中紅潮させたプリシラが真剣に誓った。

『薔薇の精霊に愛されし君は、私よりもはるかに素晴らしい存在となれるよ。どうか、君の薔薇で公爵様をお助けしておくれ』

「アナベルに捧げるために、育てた子です。アナベルの意思に任せたので、よろしいですか？」

プリシラの問いに、ジョシュアは心より安堵した面持ちで深く頷いた。

『そうしてくれるのが、何よりだよ。……頼んだよ、薔薇の精霊さん』

ジョシュアは最後にアナベルを見て宙に溶け消えた。同時に、薔薇の精霊たちも霧散する。

夢のような時間は、そうして終わりを告げた……。

「薔薇の精霊、とは？」

ジョシュアの消えた場所を見つめていたプリシラが、不思議そうにこちらへ目を向けた。

説明を欲する眼差しに、アナベルは曖昧《あいまい》な笑みを浮かべた。

「何か誤解があって……ジョシュアさんは私のことをそうと勘違いしているの」

「誤解ですか。でも、アナベルが薔薇の精霊というのは、とてもいいですね！」

プリシラが溌剌として笑う。そのまま部屋に設《しつら》えられた棚まで歩み、大きな紙とリボンを取り出すと戻って来た。

「運ぶ間に痛まないよう、包んでおきますね。私の薔薇がアナベルのお役に立てると思うと、とても嬉しいです」

「せっかく咲いた薔薇なのに、取り上げてごめんなさい。あなたは私の一生の恩人よ」

深く深く腰を折ってプリシラの才能と厚情に、アナベルは礼を述べた。

「アナベルは高度な魔法を使っても威張ることなく、親友を助けるのは当然だと言ってくれました。私も同じ思いです。恩になど着なくていいです。主であり、親友でいてくれることが喜びです」

プリシラの手が、そっと肩に触れた。その優しい手の動きに従い、アナベルは正面に立つ彼女の顔を見た。プリシラはとても愛情深い目で微笑んでくれていた。

「一緒に王太后様の誕生祝賀会に……育種家として皆に紹介するわ」

あったかい親友の存在に感涙《かんるい》し、声が震えてしまう。

しかしその提案に、プリシラの笑顔が凍った。ぎょっとして、丸っこい目をさらにまんまるに見開いた。そのまま、ぶんぶん、と大きく首を横に振る。

「そ、それは、いいです！　ベリル中の上級貴族が集まる場所など、緊張して転ぶだけです。恥を掻きたくないので、許してください！」

思い切り強く断られてしまう。涙目にまでなっているプリシラに、無理を強要するのは駄目だと思い、アナベルはその意向に従った。

「では、後でセインに紹介するわね。公爵家のお屋敷にはとても大きくて広い薔薇の温室があるの。プリシラの何か役に立つかもしれないから、見せてくれるようにセインにお願いしておくわ。本当に、最高の薔薇を咲かせてくれてありがとう！」

アナベルは、プリシラから薔薇を受け取る。これで、セインの心の重荷が少しでも軽くなると思うと、とても嬉しかった。

「その大きな薔薇温室とは、もしやマーヴェリット公爵夫人の温室ですか？」

プリシラは、異様に思うほど瞳を輝かせてアナベルを凝視していた。

「知っているのね。そうよ。ジョシュアさんの薔薇もきっとあると思うわ。見れば、勉強になるのではないかと……」

少しでもお礼になれば、と考えての提案だったが、余計なお世話でしかなかっただろうか。プリシラを怒らせたいわけではないアナベルは、彼女の様子を窺うようにその目を見る。

すると、勢いよく詰め寄られた。

「是非とも。是非ともお願いします！　公爵夫人の温室に入れるなんて、夢みたいです！　あの温室は、ベリルで薔薇に携わる者なら、一度は入りたいと誰もが望む場所です。王族の方ですら、滅多なことでは入れてもらえないのですよ！」

「え？」

胸の前で両手を組んだプリシラの、尋常でない熱の籠《こも》った眼差しと口調に、アナベルは唖然としてしまう。

王族すら滅多に入らせないなんて……。

まさかそんな場所とは露知らず、簡単に見学の話をしてしまった。知り得た事実にアナベルは顔が強張り、背中に冷たい汗が伝う。

そう言えば、未公開の薔薇が置いてあった。気軽に誰でも入れる場所であるなら、そのような重要な物は置かない……。

「私も、娘のつきそいということで……是非とも、公爵様にご許可を取ってください。よろしくお願いします！」

レイン男爵まで深々と頭を下げて懇願してきた。

温室の貴重さを侮った己の発言を後悔するも、後の祭りである。素晴らしい薔薇をもらっておきながら、ぬか喜びさせるわけにはいかない。二人から多大な期待を寄せられるアナベルは、引き攣りそうになる口元をなんとか動かして、請け負った。

「一生懸命、セインにお願いします」

怒られるのは覚悟で、ここは彼の優しさに縋るしかない。アナベルは、一礼してその場を離れようとした。

『アナベル。窓磨きがまた来ておる。時間があるならこちらに来ておくれ。おまえに用があるそうじゃ』

「おばあちゃま。グレアムが……」

祖母から届いた報せに、セインの許に行かねばと思うも、グレアムの用件も気になった。

『急がずともかまわぬよ。今日は床を磨きながら待ってもらうとするでな』

『なっ！　老女よ、勝手に決め……その指輪を使うんじゃない！』

グレアムの野太い悲鳴を最後に、連絡は終わった。

「わざとゆっくり戻って、床磨きをさせてもいいのだけど……」

なぜか、グレアムには今すぐ会っておいたほうがいい気がする。アナベルは、セインのことが気になるものの、移動先は祖母の魔法屋とした。


「あら……なかなか手慣れた磨き方だわ。窓磨きより、床磨きのほうが得意なのね」

グレアムはすでに床磨きをさせられていた。せっせと磨いてピカピカにしている姿に、アナベルはからかうように笑った。

「私を愚弄するなら、証拠の品は渡さないぞ」

苦々しげに睨みつけられるも、アナベルの目は俄然《がぜん》輝いた。

「証拠の品があったのね！　渡さないなら呪縛の魔法をかけて、かさかさに干からびるまで床と窓を磨かせるわ。どちらでも、好きなほうを選んでちょうだい」

「……渡す。蛙の次は窓磨きの呪縛など、冗談ではない」

低い声でいやそうに返してきたグレアムは、胸元を探ると麻で編まれた小袋を取り出した。無造作に、こちらに投げて寄越す。

アナベルは薔薇の包みを丁寧に宙に浮かせ、手にした小袋を開けて見る。

「これが、証拠？」

書類か帳簿の類がもらえると期待したのも束の間だった。

手に入ったのは、片手に収まる小袋。しかも中には、バラバラに砕《くだ》いているとしか思えない無色透明の欠片しかなく、アナベルは顔を顰めた。

「それ以上の証拠はないと思うがな。おまえのような魔法使いが、まさか、わからないとでも言うつもりか？」

意地悪くグレアムが笑う。欠片を凝視したアナベルは、そこでピンときた。

「この欠片は水晶で……『真実の眼』の魔法がかかっているのね！」

真実の眼は上級風魔法の一つであり、記録をおこなうものである。

ただし、偽りや妄想は記録できない。実際にあった出来事しか記録できないこの魔法は、白黒どちらの魔法使いであっても上級魔法使いであれば使用可能である。前長官は記録媒体に水晶を用いているが、これは特に決まりはなく、宝石であれば種類は問わない。

祖母がお客の貴族から製作を依頼され、中級には無理と断るのを、アナベルは見たことがあった。国政の重要会議の場には必ず置くとされているほか、貴族たちが大切な取引の場に用いたいと、王宮魔法使いに製作を依頼することもある。

裁判の際には、何より正確な証拠として用いられる魔法だった。

「遺品を整理中に、父が魂となって現れた。それを復元することができれば、ラッセル侯爵を破滅させられると言ってな」

「どうして砕いて割っているの？」

前長官はラッセル侯爵の手のひら返しが、余程無念だったのだろう。それでグレアムの許に現れた、というのはわかる。でも、こうした物はもしもの時を考えて、大事に保管するのではないだろうか。もともとそのつもりで記録するとも思うので、砕いているのは意外だった。

「父が好きで割ったわけではない。別邸の愛人たちが父の書斎でたまたまそれを見つけ、綺麗だからと取り合って喧嘩をした。結果、落として割ったというだけだ」

父親をあざ笑うかのように鼻を鳴らし、淡々と答えたグレアムに、アナベルは肩を竦めた。

「管理が甘かった、ということね」

「父は復元魔法を使うことができない。それでも復元を考えて、捨てずに残しておいたそうだ。長官であった父や私でさえも不可能な復元魔法。他の魔法使いであればお手上げだろうが、おまえは違うのではないかと思ってな……持ってきた」

「私、復元魔法大好きよ。あれ、とっても便利ですもの。『全属性よ、集え！　砕かれし水晶玉よ。

元の美しさを取り戻せ。復元。ふくげ～ん！』」

　虹色の光が、アナベルの手にある水晶の欠片を取り巻いた。瞬く間に欠片は一つに纏まり、元の姿を取り戻す。青い光を放つ水晶玉となった。

　その中に、前長官と身なりのよい髭の紳士が話している姿が見える。

「これよ、これ！　二人が、奴隷買いについて会話してるわ！　この、あなたの父君と話している髭の紳士が、ラッセル侯爵なのでしょう？」

　アナベルは興奮を隠せず、わくわくしながら問うた。

「なんだ？　おまえは侯爵の顔も知らず、奴隷買いの証拠を求めていたのか？」

　怪訝そうにこちらを見るグレアムに、痛いところを突かれたアナベルは、少し興奮が冷める。

「まあ、そうなるわね。……それで、この紳士がラッセル侯爵で合ってるわよね？」

「そうだ。本当にふざけた呪文としか思えないが、簡単に復元してしまうとはな。この規格外め……」

「約束を守ってくれて、ありがとう」

　最後をぼそっと呟いたグレアムに、アナベルは素直に感謝した。期待薄と思っていたからこそ、余計に嬉しかった。

　奇跡の薔薇を手にした上に、ラッセル侯爵を断罪できる証拠まで握ることができた。これを知らせたときのセインの笑顔を想像するだけで、アナベルは幸せで胸がいっぱいになる。

「母は後遺症一つなく、もう自力で歩いて家人たちに葬儀の指示を出している。新しい家に向かう準備も同時に進め、泣き喚くイブリンに厳しく説く姿は、以前よりも溌剌としていて、とても健康だ。おまえの治療に手抜きはなく、ならば、私も偽りなく約束を果たさねばと思っただけだ」

そう言うと、グレアムは祖母に視線を転じた。

祖母が頷き、ネックレスの指輪に囁きかける。途端に支配の魔法が解けたようで、グレアムが大きく息を吐いた。

「証拠の品を渡しに来て……なぜ床磨きなど、させられねばならないのだ……」

モップを祖母に渡しながら彼は不平を零すが、店舗の床は物凄くピカピカに光り輝いている。祖母はその様子にご満悦のようだった。アナベルも、グレアムの思わぬ掃除力に素直に感心した。

「これは本気で言うのだけど、あなた、床磨きの才能があると思うわ」

「そんなものはいらぬ！」

アナベルは褒めたつもりだったのだが、思い切り怒鳴られる。こちらを睨みつけたまま姿を消そうとしたグレアムの腕を、アナベルは咄嗟に掴んでいた。

「ベリルを追放されたあなたが、外国でどう生きるも自由よ。でも、快楽で人を死なせた分、この先出会う人の、役に立つ魔法を使って。人があなたの闇魔法で苦しんで死ぬ姿よりも、あなたの魔法で幸せになった時に見せてくれる笑顔のほうが、きっと心に残るはずよ」

償いを求めるアナベルに、グレアムの口元が不満げに歪んだ。

「……おまえの言うことを聞く、と誓いを立てたのは私だ。違えれば死ぬ呪いもかけているのだから、誓いは守るしかない」

肩を竦めてつまらなそうに言うと、グレアムは姿を消した。

この先、外国で彼がどのような生き方をするのか、それはアナベルにはわからない。でも、悪事を働いて弱者を泣かす真似はしないだろう。心持ち柔らかくなっていた気配に、なんとなくそう思える別れだった。

「外国に行くのか、それは残念じゃ。ここで掃除人として雇っても面白かったのだが……」

「おじいちゃまが怒って化けて出るから、それは絶対駄目。おばあちゃまが男性を雇うなんて、どんな恐ろしい事態になることか……」

にこにこ笑ってとんでもなく背筋の寒くなることを言った祖母に、アナベルは口元が引き攣った。

「天の国から舞い戻り……じいさま大暴れか。それも楽しそうじゃ」

「あんまり、楽しくないと思う」

アナベルは半ば本気で言っている祖母に、複雑な顔をしてしまった。

「そうかの？　それより、何か重要な集まりにでも出席するのかい？　お姫様のように綺麗じゃぞ。おまえの両親やじいさまにも見せてやりたいな」

アナベルの姿を称賛し、しみじみとして語る祖母に小さく微笑む。

「王太后様のお誕生会に出席するからと、セインが用意してくれたの……あ！　何だかいやな感じ、

『光、集え！　光の演舞で目晦《めくら》まし。会場中に、幻影の薔薇を大盤振る舞いよ～っ！』

セインに、心に黒い刃を持つ人間が近づいて苛めている。そう感知したアナベルは、それを止めるため、この場からセインの許へと魔法を放った。

「じいさまよりも、滑らかに魔法を使うのう……」

「それじゃ、行ってきます」

感心しきりの祖母に断り、アナベルはドレスの裾を翻《ひるがえ》す。明確に捉えているセインの気配の傍へ、一気に飛んだ。


「ラッセル侯爵の薔薇は、神業としか言えないな。私の贈った物など、足元にも及ばない」

「白銀とは……。まるで新雪の輝く姿だったたな」

白大理石の柱に誘引された様々な種類の蔓薔薇により、見事な花のアーチが数多く形成された美麗な庭。華やかな王太后誕生祝賀会の会場では、招待客たちが思い思いの場所にて語らっていた。

蔓薔薇がメインの庭であるが、明るい色合いの木立ち性の薔薇たちも通路を彩る。王太后の気に入りの庭の一つだった。

中央部が円形となっており、平素はそこにも白大理石造りのテーブルと椅子がいくつか置かれ、王太后のよき散歩の場となっているのだが、本日はない。

代わりに、円形に沿う形で、大きな白い鋼《はがね》の棚が置かれていた。

三段からなるそれには、鉢植えの美しい薔薇たちが数多く乗せられている。貴族たちから王太后に贈られた、誕生祝いの品だった。

この棚は庭の中央だけでなく、他の場所にも設置されており、そこにも鉢植えの薔薇は乗せられている。王太后はそれらを眺めながら庭を散策し、最後に最も気に入った薔薇の傍に、その贈り主と共に立つのだ。

自身の気に入りの薔薇の咲く庭に、王太后は祝いの薔薇を並べさせる。贈る側は心を砕いた祝いの品なのだが、王太后はこの庭に咲く物以上でなければ、最初から相手にしないのである……。

「どうやら、マーヴェリット公爵は薔薇を贈らないようであるし……今回は、王太后様を最も喜ばせるのはラッセル侯爵となるだろうな」

ジャンと共に祝賀会場に入ったセインは、庭の中央部から少し離れた場所にいた。八重咲きの紅薔薇が、大きな房となって下垂《しただ》れるアーチの傍にて、貴族たちの雑談を耳に佇《たたず》んでいる。

セインの頭よりも高い位置から大量に咲き乱れる薔薇が、ちょうどよい衝立代わりとなり、大きな身体であっても隠してくれる。おかげで、背後にいる者たちはセインの存在にまったく気づくことなく会話を交わしていた。

ジャンがその内容に顔を顰めるのを見て、セインはその腕をぽんぽんと軽く叩いて宥めた。

「マーヴェリット公爵の薔薇は、移送中にならず者に襲われて消失したと聞くが……それにしても、何か贈るべきであると思うが……」

背後に居る者たちは気づかなくとも、別の方向から歩いてきた者はセインの存在に目を留める。こちらに寄って来ようとした。

自身の周囲に人だかりなどできれば、この場の主役が気を悪くするのは目に見えている。セインは彼らに向かって軽く手を振り、話を拒む姿勢を見せた。

その主役。王太后は中央部にて招待客のあいさつを受けながら、贈られた薔薇たちを鑑賞している。

「あいさつもまだされていない……いくら不仲とは言え、王太后様の誕生祝いをしないというのはさすがに……フィラム王家とマーヴェリット公爵家の関係が完全に破綻しそうで、怖いな」

セインは彼らの言うとおり、王太后にまだあいさつをしていない。特別、いつしなければならない、といった決まりがあるものではないのだ。アナベルが来てくれるまで、セインはこの場から離れるつもりはなかった。

「ラッセル侯爵と彼の支持者たちは、この状況を喜んでいるがな……」

「七公爵以外で初めて外務大臣となった。その勢いで、マーヴェリット家に成り代わろうと何やら暗躍しているようだが、あまり大きな波風は立てないでほしいものだ」

「あの増長ぶりでは、マーヴェリット公爵がこれぞという厳しい態度を示さない限り、無理だろうな……」

本日、王太后は多くの者のあいさつを受ける。ゆえに、あいさつが終わった者は、すぐに次の者へと場を譲るのが暗黙の了解となっている。

ところが、あの増長、と彼らが揶揄《やゆ》する通りに、一人だけその礼儀を平然と無視する者がいた。

王太后の傍にいつまでも離れず立っているラッセル侯爵の姿に、セインは冷笑する。

「マーヴェリット公爵の提唱する一般市民の生活向上政策は、素直に賛同し難いところもある。だが、上級貴族を今以上に優遇すべきとのラッセル侯爵の案も、納得し難い。やりすぎて、一般市民に恨まれての暴動など面倒だからな」

「一般市民の数は増え、その上、知恵もついて来たからな……公爵が言うように、鞭ばかりというのはもはや時代遅れなのかもしれぬ。我ら貴族に不満を抱かせないためにも、この辺で飴をやる必要があるのだろう」

その考えが議会に集う全貴族に理解されれば、政務がかなり楽になるのは間違いない。一日でも早くその日を迎えたいものだ、とセインは空を見上げて未来に期待する。

「なあ、セイン……ラッセル侯爵が何か言ったようだぞ。王太后様がおまえを見ている」

隣にいるジャンに、軽く袖口を引っ張られる。その視線を辿ると、薔薇の鑑賞をやめた王太后が、ラッセル侯爵と談笑しながら確かにセインを見ていた。

「あいさつせずにアナベルを待つ、というわけにはいかなくなったな」

ラッセル侯爵に何を吹き込まれたのか、王太后は自らの足でこちらに向かって歩んで来た。

王太后が侍従を使ってセインを呼び寄せたなら、多少の時間稼ぎはできる。それが、あからさまにセインを見て自ら足を運んで来るとなれば、知らぬ顔はできない。

セインは心の内で一つ息を吐いた。そのまま歩を進め、王太后の前に立つ。

「本日はお誕生日、誠におめでとうございます」

「後はそなたの薔薇を見るのみだが、見当たらぬな。いよいよ、本性が出たか?」

祝いの言葉に、形だけでも喜ぶ素振りもみせない。王太后は、漆黒のレースの扇を口元に添え、空色の瞳で冷ややかにセインを射るだけだった。

「本性とは？」

言いたいことはわかる。それでも気づかぬ振りをするセインに、王太后は眉間に皺を寄せた。

「ジョシュアが亡くなり、遺作となった薔薇は消えたと聞いておるが……真実は違うのであろう。疎《うと》ましい私に、彼の遺作を贈るのがいやなだけなのだろう？」

棘だらけの問いに、セインは軽く胸元に手を添え、心を落ち着かせる。

「彼の遺作となった薔薇は、我が家に置く物ではなく、王太后様に献上する品として育成を命じた物です。手元にあれば必ず献上致します。決して、ジョシュアが亡くなったからと、隠したりなど致しません」

「それで、何も持たずに堂々と来たのか？　そなたになど仕えておったから、ジョシュアは殺されたのだ！　今年はどんな薔薇よりも、ジョシュアを私に差し出せと命じたい。惜しい者を、死なせおってからに……」

怒声を上げた王太后は、ジョシュアの死を悼《いた》む分、セインに対する憎しみが常よりも増していると感じた。

ジョシュアは、王太后に強く望まれても王家に仕えることはなかった。ただ、可能な限り御前に赴き、王太后の薔薇の育成研究の手助けをしていた。親しくお茶を楽しむ間柄であったともセインは聞いている。だからだろう……。その右手首から、セインにも感じられるほどに強烈な、暗く邪悪な気配がこちらに向かって迸《ほとばし》っていた。

「ジョシュアを守り切れなかったことは、お言葉通り私の咎です。ですが、今日の良き日を祝うお品はご用意しております。すべての薔薇をご覧になられた後であっても、私の贈る薔薇はなんら見劣りいたしません。必ずや、新鮮な喜びと最高の感動をお届けいたします。自信があるからこそ、最後となるのを待っておりました」

王太后から目を逸らさずに、セインは言葉を紡ぐ。だが、いくら心を籠めたところで笑顔が返ることはなく、その場にはラッセル侯爵がセインを非難する声だけが大きく響き渡った。

「何を偉そうに……まともな薔薇を育てられなかったと素直に言えばいいものを！　虚言で王太后様を謀《たばか》るなど、公爵は不敬罪で牢獄に繋がれたいとみえる」

「公爵よ、どこに用意してあると言うのだ。私には何も見えぬぞ。私を祝う気のない不忠者の顔など、これ以上見とうない。不愉快だ、早々に立ち去れ！　ラッセル侯爵、今年はそなたの薔薇を最も愛で……？」

王太后はセインを罵倒すると、喜色満面のラッセル侯爵のほうへ顔を向けた。

ところが、王太后の目の前に、ぽ、と深紅の光が灯る。ラッセル侯爵の勝利を確定する言葉は、それにより途切れた。

薔薇の花弁を模した光は、瞬く間に様々な色となって増え、王太后の周囲を取り巻いた。

赤、赤紫、紫、青紫、青、青緑、緑青、緑、黄緑、黄、黄橙……光の薔薇が舞う光景に、王太后は異変に恐怖するより先に魅了された。

「王宮魔法使いがやっておるのか？　不思議なことだが……美しい」

ラッセル侯爵は勝利の言葉を欲しそうにするも、王太后が楽しんでいる所に水を差すことはできない。仕方なさそうに光が消えるのを待つ姿勢を取った。他の招待客たちも、興味深げに光の薔薇に見入っている。

しかし、セインは納得できなかった。

これは、本当に王宮魔法使いのおこないなのだろうか。今日の会で、このような余興があるなど聞いていないのだ。

もしや、ベリルの重鎮《じゅうちん》が集うこの場を狙う、他国の魔法使いによる攻撃の始まりでは……。

どうしても疑惑を払拭できないセインの全身を、柔らかくあたたかい物が覆った。

「アナベル……」

愛しい人の気配に安堵する。すべて彼女のおこないだったのかと頬が緩みかけるも、周囲の様子に異変を感じて目が険しくなった。

誰も自分を見ていない。他者の視線をまったく感じず、まるで自身がこの場に存在しない空気にでもなったような事態に緊張が走る。

すぐ傍にいるジャンですら、セインを認識していないのではないだろうか。

まったくこちらを見もしない彼に顔を顰め、ジャンの腕を掴んでこちらを向かせかけた、その時……。

「セイン。遅くなって申し訳ございません。お約束の品です」

目の前にアナベルが立った。それでも、誰も何も言わずに光の薔薇の演舞を楽しんでいる。

「どうして、誰も私たちを見ないのだろう？」

待ち人の到着はとても嬉しいことだったが、自身の身に起きている不可思議の正体も気になる。

首を傾げるセインに、笑顔のアナベルが腕に抱く包みを渡してくれた。

「私たちの周囲に、他者の認識から消える結界魔法を使っています。魔法を解くと同時に、私は最初からこの場に存在し、セインはその薔薇を手にしていた。そのように、この場にいる人間の記憶もすり替えます」

「そんな魔法もあるのか……」

アナベルの使う魔法は、魔法に対する自分の想像などいくつも超えている。五百年ぶりに誕生してくれた奇跡の魔法使いの素晴らしさに、セインは改めて圧倒された。

呆然として立ち尽くすセインに、アナベルが悪戯っぽく笑った。

「私は、割と便利な存在だと言ったではありませんか。私、大切なセインに嘘は言いません」

囁きながら、セインの頬に優しいキスをしてくれる。そしてアナベルは、パチン、と指を鳴らした。光の薔薇がすべて消える。

王太后をはじめとして、貴族たちからも残念そうな声が数多くあがった。幻想を楽しんでいた皆の意識が再び現実に戻ってくる。そんな中を、セインは王太后のすぐ傍まで進み出た。

「王太后様。セイン・マーヴェリットより今日の良き日を祝し、心よりのお品でございます」

胸元に抱えた物の包みをほどき、そのまま王太后に差し出した。アナベルが自信をもって持参してくれた薔薇に、セインは確認などせずとも、一筋の不安も抱かなかった。

「そなたは、何も持っているようには見えなかったのだが……はて……だが、今更……お？」

王太后は首を傾げ、ラッセル侯爵たちも訝しげな顔をしてセインの手元を凝視している。

自身の記憶がはっきりしないことに困惑しつつも、今更遅い、と王太后はセインの薔薇を突っぱねようとして……固まった。

「おおっ！　な、なんと秀逸な薔薇だ。花弁が七色に変化している……その上、まるで神が宿るごとき気品と輝き。マーヴェリット公爵よ、それは奇跡ではないか！」

王太后は顔中真っ赤にする勢いで興奮し、限界までその目を見開いていた。

セインの手にある物は、花びらが様々な色に変化している。まさしく虹色に輝く薔薇だった。

「今年、そなたから贈られる薔薇は漆黒とばかり……それがまさか、七色に変化する薔薇とは……」

感極まった様子の王太后は、素早くセインの手から鉢を取り上げる。

「香りも素晴らしい！　さわやかで清々しく、それでいて優雅だ！」

七色の薔薇に顔を近づけた王太后は陶酔《とうすい》し、先ほどまでの不機嫌が嘘のように相好を崩していた。

「お褒めの言葉を賜り、とても嬉しく存じます」

「口惜しいが、やはり今年も、私が最も愛でるのはそなたの薔薇だな。これほどの感動と喜びを味わえるとは……」

どこか残念そうに、だが、薔薇は絶対に手離さない、と言わんばかりに大事に胸元に抱く王太后に、セインは丁寧に一礼した。

「今年もお喜びいただけしこと、何より幸せに存じます」


セインの贈り物を、最も愛でると王太后が言った。

確かに聞いたその言葉に、アナベルはほっと胸を撫で下ろし、改めてプリシラとジョシュアに感謝した。

これで、きゅきゅから危機が遠ざかる。

セインも安堵しているのだろう。表情をとても柔らかくして王太后と向き合っていた。二人の間にはとても和やかな空気が流れ、薔薇談議に花が咲いている。

たとえ、それが今日一日限りのものだとしても、その光景に喜ぶ者……。逆に、不服そうに顔を顰める者……薔薇の庭にはそれぞれ存在した。

その中で、最も不満を露わにしたのは、王太后の傍に立つラッセル侯爵だった。

「な、七色の薔薇など自然に咲く物か！　造花でないなら、魔法で咲かせたのだ。その娘は、白黒両方使える上級魔法使いと聞くぞ。自然の摂理に反する薔薇を咲かせるのも、容易いことではないのか！」

アナベルを指差しての大音声による主張に、王太后が驚いて手元の薔薇を凝視する。招待客たちも、大いにざわめいた。

「そのような真似はしておりません！　育種家の努力を汚す言葉はお控えください！」

アナベルは大勢の目を一斉に向けられるも、怯まず反論した。薔薇はプリシラの努力と愛情で咲いたのだ。それを侮る言葉は許さない。

「我らには不可能なことをやってのける魔法使いの否定など、まったく信用ならぬ」

ラッセル侯爵が、睨むアナベルをあざ笑う。それを見たセインが怒って声を発しかけるも、彼より先に動いた人がいた。

「黙っておれ、侯爵。この薔薇は本物だ」

凛と声を響かせたのは、意外なことに王太后だった。

自分の意見に賛同しない王太后が信じられないのだろう。ラッセル侯爵は愕然とし、その姿を見つめていた。

「王太后様……」

「造花や、おかしな魔法や薬剤が使われていれば、私の腕輪が教えてくれる。こうして持っていても枯れないということが、この奇跡の薔薇の美が本物である証拠だ」

腕輪、と言って王太后は右手首を見た。ドレスの袖に隠れているが、そこから気持ちの悪い気配がひたひたと広がっている。間違いなく、セインを呪う力を持つ腕輪が、あそこにあるのだ。

しかも、腕輪はただセインを呪うだけでなく、なんと偽物の薔薇を見抜く能力も備えているらしい。

「王太后様、その薔薇を偽りと断じて捨て置けば、マーヴェリット公爵を……」

ラッセル侯爵が困惑顔にて、王太后の説得を試みる。普通であれば、セインを窮地に陥らせるため、ここはラッセル侯爵の意見を採用するところだ。侯爵もその取り巻きたちも、そう考えているのが明らかだった。

ところが王太后は、ラッセル侯爵の言葉をぴしゃりと跳ね除《の》けた。

「いやじゃ！　公爵は持ち帰れば、二度とこの薔薇を私に見せない。マーヴェリット家が薔薇の育種に力を入れているのは、公爵の母が好きだったからに過ぎない。前公も、そこにいる公爵も、薔薇を愛する心など持たぬ朴念仁《ぼくねんじん》じゃ。私への腹いせに、持ち帰って灰にするのが目に見えている！」

何があろうと手離さない、という気迫が王太后の全身に漲っていた。セインの許に戻ることがあれば燃やされる。本気でそう考え、非力な薔薇を悪の手から守っているようにさえ感じた。

一方セインは、王太后のその主張に薄く笑っている。彼の気配に少し悪辣《あくらつ》なものを感じたアナベルは、そう言って脅しくらいはかけそう、となんとなく思った。

「このような薔薇をそなたの育種家は生み出せるか？　私に仕える者たちであっても不可能じゃ！せっかくの祝いの日に、七公爵筆頭の顔を潰すのも外聞が悪い。今日は何もせぬ！」

自身の祝いの日であるからこそ、思い切り潰して楽しもうと考えていたであろうに、まったく真逆の態度を取る。そんな王太后に、アナベルは必死に踏ん張って堪えていないと、大声をあげて笑い転げてしまいそうだった。

「王太后様はね、あの通り……ある意味かわいいお人なのだよ」

アナベルの傍に立ったセインが、笑いを噛み殺しながら囁いた。その、楽しげな顔を見つめると、彼はこちらに向かって頭を下げた。

「間に合ってくれて、ありがとう。七色など夢にも思わなかった……。君は、いつでも私を助けてくれる人だ」

【副隊長。やったわね！】

セインときゅきゅに感謝の眼差しを向けられ、アナベルは面映ゆく思いながら微笑んだ。

「私も、まさか七色の薔薇とまでは思っていなかったのですが……プリシラの努力と、ジョシュアさんの尊い想いが助けてくれました。セインを心配して、あの薔薇を本来より少し早く咲かせてくれたのです」

周囲の者に聞こえないよう小さな声で返した。

「ジョシュアが……」

セインが感じ入って呟くのと同時に、ラッセル侯爵の焦っているのがよくわかる声があがった。

「王太后様。どうかお考え直しを！　今年は私の薔薇を選んで飛竜を……」

「効能のはっきりしない物だ。しかも、世界各国が守る絶滅危惧種を死なせるなど、容易く決断できることではない。陛下の御名に傷をつけかねないことだ」

事前の密約は反故《ほご》、といったところだろうか。王太后はラッセル侯爵から顔を逸らし、その態度は至って素っ気ないものだった。

「病死ということで、よろしいではありませんか！」

「マーヴェリット公爵が、それを納得すると思うか？　それに、公爵の飛竜は、陛下も時折愛《め》でておる。食べるなど、お身体のためといくら私が諭したところで、心優しき陛下は承諾せぬだろう」

ラッセル侯爵が食い下がるも、王太后の心はまったく動かなかった。とにもかくにも、薔薇が欲しいからセインのいやがることはしない、と如実に物語る姿だった。

「薔薇好き万歳」

横目でセインを見て、アナベルは会心の笑みを浮かべる。勝利を祝って軽く拳を握っていると、その手にそっと彼の手が触れていた。

自分を見て微笑む黄金の瞳は、同じことを思っているのだと言われずとも伝わってくる。アナベルは、セインとしっかり手を繋ぐときゅきゅきゅともに目を見交わす。三人で朗らかに笑い合った。

「隊長は、陛下のお心も掴んでいるの？」

新事実に少し驚きながら問いかけると、きゅきゅの緑の瞳がきらん、と美しく光り輝いた。

【私のかわいいは、何にも勝る正義よ】

自信満々の笑顔を向けられ、確かに最強正義だと納得した。

「マーヴェリット公爵。今日は一日、私の傍にいるとよかろう」

「喜んで。王太后様、初めて紹介いたします。私の婚約者、アナベル・グローシア嬢です」

セインに肩を抱かれ、前に出るよう促される。アナベルは自分に視線を当てた王太后に、膝を折ると丁寧に礼をした。

「初めまして、アナベル・グローシアと申します。本日は、お誕生日誠におめでとうございます」

唐突にあいさつすることになり緊張するも、何とか声を震わせずに言うことができた。

「よりにもよって魔法使いとは……結婚するな、と強要はできぬが……」

王太后はどこか忌々しげにアナベルを見据えるも、その視線はすぐにセインを捉えた。

「そろそろ中に入るとするか……その娘も、同行させるとよい」

この庭から直接入れる館のほうへと、王太后は一歩を踏み出した。誕生祝賀会はこれで終わりではなく、まだ続くようだ。

そこにアナベルの同行を許してくれた、ということは、セインと結婚するのは厭わしいが、この場で邪険にするつもりはないのだろう。王太后の対応に、薔薇の効果は素晴らしいと改めて思う。

貴族たちも総じて館の中へと進み始める。それを見てアナベルは、セインの差し出してくれた手に手を預け、機嫌よく歩み始めた。

「セイン。薔薇以外にも、お土産を持ってきました」

「お土産？」

きょとんとして首を傾げるセインに、アナベルはにっこりと微笑む。

「とっても喜んでいただける物と思います。……風！」

自分たちの脇をすり抜け、王太后を追い駆ける人物の足元に向けて、アナベルは魔法の風を吹かせた。

「王太后様、お約束が……うわっ！」

地に転がし、その正面にセインと共に立つ。

「そこをどけ、小娘。今はおまえごときと話をしている時間はない！」

ラッセル侯爵は膝を撫でながら立ち上がり、殺気を込めてアナベルたちを睨みつけてさた。

「どきません。王太后様はセインの薔薇を選び、陛下の治療薬に飛竜を使うことはないとはっきりおっしゃいました。あなたの思う通りにはなりません」

侯爵の行く手を塞《ふさ》ぐアナベルも、目に力を込めて睨み返す。諸悪の根源を相手に、必死で堪えていなければ、怒りに任せて威力の大きな魔法をぶつけてしまいそうだった。

「なんだと、生意気な小娘が。魔法使いだからと、いい気になりおって……」

ラッセル侯爵は額に青筋を浮かべ、アナベルの存在に激しい苛立ちを見せた。

「してはならないことをしたあなたは、これで終わりです。確たる証拠を手に入れました」

アナベルは至近距離まで侯爵に歩み寄る。その額に、グレアムから手に入れた水晶玉を軽く触れさせた。

「何をっ！」

侯爵は硬直し、その顔面から滝のように汗が伝った。

「よく見えるでしょう？　ご自身の悪事を働く姿が」

「なぜ、こんなものが……」

「上級風魔法『真実の眼』です。前長官の遺品としていただきました。私には詳しい内容までは理解できませんが、帳簿の類も記録されています。前長官は、あなたの屋敷でいろいろと見ていたようですね」

「あやつめ……勝手な真似を……」

侯爵が憤って唸るが、アナベルは奴隷買い以外のことも水晶に記録されているのを知り、大満足だった。

「内容を理解できる方にお渡ししますね」

「なっ！　宰相、それを見るんじゃない！　娘よ、私に寄越せ、寄越さぬかっ！」

晴れ晴れと笑いながらセインのほうを向いたアナベルに、ラッセル侯爵がひしゃげた悲鳴をあげた。

「私は、あなたの命令に従う人間ではありません」

侯爵が必死の形相で手を伸ばしてくるが、アナベルは魔法で弾く。自分たちには指一本触れさせないようにして、セインの手に青く光る水晶玉を渡した。

「お土産です。再生しろ、と念じると、中に記録されている物が意識に入ってきます」

「……これは、私の欲しいと思う物が記録されているではないか」

すぐにアナベルの言うとおりに再生してくれたセインが、感激して声を震わせた。頬も紅潮している表情に、かわいくていい、とアナベルは心が浮き立った。

「外に映せ、と命じると、どこにでも水晶内に記録された物が投影されます」

「ありがとう。本当に何と言っていいか……抱きしめても構わないかい？」

水晶を大切に上着の内ポケットへ収めるセインに、思わぬことを問われてアナベルは目を瞬く。

そのまま、セインから水晶玉を奪おうとばたばた暴れているラッセル侯爵に、ちらりと目を向けた。

「二人きりでないので、駄目です」

ご褒美にぽよふわを堪能できる……その誘惑に一瞬目が輝くも、今はそうしてのんびりできる状況ではない。残念に思いながらも断ると、セインもつまらなそうな顔をしてラッセル侯爵を見た。

「あれが、邪魔か……」

「誰か、誰か来てくれ！　この二人が私から大事な物を盗《と》ったのだ。泥棒を捕まえてくれ！　どうして、誰も私を助けないのだっ！」

何をしてもまったくこちらに触れられないラッセル侯爵が、半狂乱になって叫ぶ。

でも、誰もこちらに注目しない。すぐ近くにいる娘のオリヴィアさえも、侯爵に対して一切関心を払わなかった。隣に立つ男性と話をしながら館の中に入って行く。

それはジャンにも言えることで、彼もセインのことを気にする様子は一切見せなかった。

「なぜ、誰も私の声を聞かないのだ。こちらを見て、私を助けろっ！」

侯爵は恐慌状態に陥っていた。

「無駄ですよ。誰も私たちを見ないように、魔法で結界を作っています。それに、皆がこちらに関心を寄せれば、あなたのほうが困ったことになりますよ。セインがここで、水晶の記録を外に投影すれば、あなたは何も言い逃れできないのでは？」

アナベルが面白そうに笑ってみせると、侯爵はぶるぶると大きく身を震わせた。

「小娘～っ！」

ギッとアナベルを睨み据える侯爵に、セインがのどを鳴らして笑った。

「あなたが大事にする地位も財産も今日限り……。明日、ラッセル侯爵家はこの世から消える。ベリルの面汚《つら》しめ。痴れ者《しもの》に相応しい罰を用意してやるから、楽しみに待つことだ」

「なんだと、それは陛下がお決めになることだ。おまえごときに決定権はない。奸臣が、国王気取りでほざくな！」

強気で怒鳴った侯爵に返ったのは、セインの冷めきった眼差しだった。その気配も極限まで怖くなっている。アナベルは背筋が思い切り寒くなった。

「その通り。貴族の家の取り潰しは、陛下にのみ決定権のあることだ。だから、証拠を求める陛下の命に従い、今日までラッセル家が存続することを堪えてきた。証拠さえ揃えば、罰は私の裁量で好きにして構わないとおっしゃっていただいている」

「嘘だ。そんな許可がすでに下りているなど……それでは陛下は本当にきさまの傀儡《かいらい》ではないか。きさまが証拠さえ積み上げれば、私の話は聞かずに断罪する。そんな王など、玉座に座るだけの、ただの飾りだ！」

顔面蒼白となり、いやだとばかりに首を横に振るラッセル侯爵を、セインが腕を組んで睥睨した。

「陛下に無礼な口を叩くな。公に広まれば、ご尊名に傷がつくおこないを平然と為《な》したあなたこそが、この国の主たる方を最も侮り軽く見ているのだ」

「ふん。なんとでも言え……これで私を殺して十年も経てば、王冠を被って玉座でふんぞり返っているのはきさまであろうよ。傀儡は離宮で幽閉か。はたまた病死か……」

ラッセル侯爵は憎々しげにセインを睨んで鼻を鳴らした。

「十年後、か……」

セインが呟きアナベルを見る。とても嬉しそうに目を細めた。

「セイン？」

この場にそぐわない表情に思えて、アナベルは怪訝な声でその名を呼んだ。

「私たちの娘が、お元気になられた陛下に見守っていただきながら、王子殿下と婚約式を挙げているくらいだろうかね」

「はい？」

どうして、そんな話に……。こちらに同意を求める口調だったが、アナベルはぎょっとするばかりでまともに言葉が返せない。顔中が熱くなり、口もぱくぱく動くだけだった。

「そういうことで……私が陛下の第一の臣であることは、何年経とうと変わりはない。水晶には前長官の死やジョシュアのことは記録されていないが、取り潰しに合わせてあなたの屋敷は詳しく調べる。そこでそれらの証拠も出るだろう。罪状はどれほど積み上がるものか……」

滔々《とうとう》と述べるセインを、侯爵はせせら笑った。

「何もかも私の仕業にしたいのだろうが、そう都合よくいくものか！」

「あなたの許に、ほんの少しでも漆黒の薔薇の灰が残っていれば、私が復元します。それが微かな塵であってもやり遂げてみせます」

ジョシュアをはじめとする不当に死なされた人々の無念を晴らすために、アナベルは自分に可能なことであれば何でもするつもりだった。

「それを復元したからと、何だと言うのだ。漆黒であれば、何でもマーヴェリットの物か？　勝手に決めるな、小娘」

開き直って薔薇の強奪を認めない侯爵に、アナベルはひんやりと笑った。

「幽霊はお好きですか？」

「は？」

状況に合致《がっち》しない頓珍漢《とんちんかん》な問いと思ったのだろう。侯爵は胡散臭《うさんくさ》そうにアナベルを見た。

「お好きですか？」

「そんなもの、好きな人間がいるはずなかろうが！　第一、幽霊とは、夢想が過ぎる人間の作りだした、ただの妄想だ。不愉快な小娘よ、訳のわからないことを聞かせるな！」

再度問うたアナベルに、侯爵は激怒した。その反応に、アナベルの笑みは深まる。

「お好きでないようで、安心しました。ではこれから毎夜、あなたの許へ私が幽霊をご案内します。妄想ではない、あなたが身勝手な欲で死なせた人々を……」

「な、なんだと？」

ぎょっとし、泡を食って自分を凝視する侯爵を、厳しく見据えた。

「薔薇の強奪を認めないと言うなら、あなたに殺された人々の身の上話くらいは聞いていただきます。皆、死にたくて死んだのではない。その無念を受け止めていただきます！」

「はははは……それは、楽しそうだ。この先、夜が退屈せずに済みますね、侯爵。それでは、今日のところはこの辺で……王太后様のお傍にあらねばなりませんので」

セインが哄笑《こうしょう》し、アナベルの肩を抱く。君はいつも最高だね、と囁き、上機嫌で歩き始める。

アナベルはつられて歩を進めながら、背にラッセル侯爵の燃え滾る憎悪と悪意をひしひしと感じた。セインも感じているだろうに、笑みを湛えるその表情に変化はない。泰然とし、足取りも颯爽《さっそう》としたものだった。

断罪による恨みを恐れない、何よりの証《あかし》をその姿に見る。

アナベルは、そんな場合ではないと思っても、ぽやんとした心地になった。

セインの存在がとても嬉しくて自然と頬が緩んでしまい、身の内に抱えきれないほどのあったかい花が咲くアナベルだった。


どんなに手を伸ばしてもするりと躱《かわ》されるばかり。魔法使いの娘もマーヴェリットの若造も捕まえることができず、デニスはみすみす逃がしてしまった。

あまりの悔しさにはらわたが煮えくり返っていると、ぱちん、と耳の奥で何かが弾ける音がした。同時に、自身の周囲を覆っていた奇妙な空気の膜も消える。だが……。

「ここで追いかけても、館の内で恥を掻かされるだけだ」

苦々しく思いながら呻くも、あの若造から水晶玉を取り上げなければ、自分は終わりだ。

憎きマーヴェリットは必ずラッセル家を完全崩壊させる。地位も財産も、すべてあの豚男に奪われるのだ……。おまけに夜ごと幽霊を送りつけられるなど、冗談ではない。

「マーヴェリットを断絶に追い込み、七公爵筆頭となるはずだったのに……」

まさか、王太后がマーヴェリットを追い落とすよりも薔薇を優先するとは、とんだ誤算だった。

マーヴェリットに王冠を奪われると、日夜戦々恐々としているくせに、なぜ、追い落とせる絶好の機会に手を緩めるのだ。薔薇が欲しいからやめるなど、暢気すぎる。

ふざけた思考の持ち主であった王太后には、失望するばかりである。

爪が手の皮膚を傷つけて血が出るほどに握りしめ、デニスは奥歯を噛んで歯ぎしりする。

「お父様？　館の中に入られたものとばかり思っていましたが、まだこちらにいらしたのですね」

周囲に誰もいなくなった庭に、オリヴィアとレオが連れ立って現れる。どうやら忌々しい娘の魔法で、デニスは館の中にいると思い込んでいたようだ。

「ブルーノを連れてこい」

「今日の結果は悔しいですが、今更ブルーノをここに来させても何の解決にもなりません。毒呪の剣の副作用で、今は深く寝入っておりますし……」

低い声で命じたデニスに、彼を公の場に出すのは得策ではない、とオリヴィアは難色を示した。

「いや、なんとしても今日中に、マーヴェリットの若造と、あの魔法使いの小娘を殺さねばならないのだ。どれほど眠っていようと関係ない。叩き起こして来なさい。奴らに明日まで時間を与えれば、我が家は破滅だ。私もおまえもすべてを失い、惨めに死なねばならん」

「お父様、それはいったい……」

オリヴィアが吃驚し、紅の瞳がデニスを凝視する。

「知られてはならぬ我が家の秘密……その証拠をマーヴェリットに握られた。しかも陛下におかれては、最初から我が家の存続を許すつもりはなかったのだ。マーヴェリットが証拠さえ提示すれば、後は無条件で罰すると決められていた」

身体中に激烈な怒りが駆け巡り、心臓が痛い。声を絞り出すたびに、ひどく痛む。

デニスが苦痛を堪えて最悪の事態をオリヴィアに告げると、その顔色は紙よりも白くなっていた。

「あんな豚に我が家が潰されるなど、あってはならないことですわ！」

多少声は震えているものの、毅然と顔を上げたオリヴィアに、デニスは満足の笑みを浮かべる。

「さすがは我が娘だ。この事態に、泣き喚かぬ姿が美しい」

「今日中に、必ずブルーノに二人とも仕留めさせます。陛下の許に、我が家の秘密の証拠が届くことはありません」

「マーヴェリットを仕留めたら、ブルーノはその場でレオに始末させろ。それで、綺麗に片がつく」

三つ死体が並べば、後は社交界の暇人《ひまじん》どもが勝手に話を作ってくれるだろう。

捨てた元婚約者が惨めに暮らすどころか、公爵と婚約して自分よりも華やかな道を歩む。それだけでなく、公爵の権威を利用して自分に恥を掻かせた。その鬱憤《うっぷん》と恨みを晴らすためにブルーノが復讐に走り、惨劇が起こる。巻き込まれた公爵は、哀れな犠牲の羊……と。

「いや、生贄《いけにえ》の豚だな。はははは、私は負けぬ！」

デニスは胸を張って天を仰ぎ、己を鼓舞《こぶ》して力強く笑う。

「どんな手を使ってでも、私は必ず逆転してみせる。勝利を掴み、マーヴェリットのほうを断絶させてやるのだ」

固く拳を握り、決意を全身に漲らせたその時……。館内が妙に騒然となっていることに、デニスは気がついた。

「うん？　何か良くない事態となっているな……これは使えるかもしれぬ。私が見ておくから、おまえたちは早く、ブルーノのところへ」

デニスは、激しくざわついている館の中へ向かう。オリヴィアとレオは、ブルーノを起こして邪魔者の始末を命じるため、王宮を離れた。

第六話　偉大な魔法使いの望む、幸せ

「今年も、無事に公爵様の薔薇が選ばれましたね。恙《つつが》なく終わりそうで何よりです」

アナベルがセインに連れられて、薔薇の庭から館の大広間に入ると、途端に大勢の貴族に囲まれた。口々に安堵と祝福の言葉をかけられる。

セインがそれらの声に鷹揚《おうよう》に応えながら、アナベルの紹介もおこなった。

「お初にお目にかかります。アナベル・グローシアと申します」

王太后にあいさつした後だからだろうか。上級貴族相手であっても、アナベルはさほど緊張せずにあいさつすることができた。

やがてひと段落ついた頃には、周囲に目を配る余裕も生まれていた。

この大広間の祝賀会は、立食形式となっている。招待客たちは料理人に好きな料理を取ってもらい、それぞれ食事と会話に花を咲かせていた。

そうした楽しげな光景を眺める内に、アナベルののどがごくりと鳴った。

「美味しそう。でも、駄目よね……」

特別おなかがすいているわけではない。それでも自然と意識が引っ張られてしまい、声にしてしまう。とはいえ、王太后の傍に立つのが先である。

アナベルは物凄く後ろ髪引かれる中、たくさんの料理たちから何とか目を逸らした。

「好きなだけ食べてもいいよ」

「え？」

隣から柔らかな声が届いて首を傾げる。貴族たちと会話を交わしていたセインが、いつの間にかアナベルを見ていた。

「この会はまだ長く続く。王太后様のお傍に立つと言っても、食事を摂ってはいけないという決まりはないから、大丈夫だよ」

目が合ったセインは朗らかに、お日様のように笑ってくれた。アナベルの気持ちをとってても楽にしてくれる、最高の笑みだった。

「で、では……少しだけ……」

我慢しなければならない、と思いながらも、セインの優しい気持ちに甘えてしまう。

「あちらのほうで、お肉料理を食べようか」

「はい！」

誘われて、浮き浮きとお肉の許へ向かおうとした矢先。横合いから咳払いが聞こえた。

「おまえさんたち、いつここに来たのだ？　私は、セインがいるようでいないおかしな気分だったのだが、おまえさんたちは王太后様そっちのけで、暢気に花園を作って住んでいるわけだ」

薄目でこちらを見て呆れかえっているジャンが、そこには立っていた。

「空腹で王太后様のお傍にいるのは辛いだろうから、先に食事をと誘っていただけだ」

「食事優先……。その余裕の態度は、今日一日王太后様の隣にべったりくっつくことを目論んでいた、ラッセル侯爵やその取り巻きどもに、さりげなく喧嘩を売っているな」

「そのラッセル侯爵だが、アナベルのおかげで明日にも断罪できる」

愉快そうにジャンに話しながら、セインがアナベルの背を軽く押した。大きな塊肉《かたまりにく》を焼いている前に案内してくれる。

肉汁が滴《したた》りあめ色に輝く、何より最高の馨しき香り……。

胸いっぱいに吸い込んで、うっとりしながらアナベルは料理人に切り分けを頼んだ。

「どうして、いきなりそんな話になっているのだ？」

「侯爵が言い逃れできない悪事の証拠を、アナベルがくれたのだ。薔薇でも救ってもらい、もう本当に感謝するばかりだな。私は彼女に、一生頭が上がらないとさえ思うよ」

ぽかんとしているジャンに、セインが上機嫌で説明する。そのままこちらを、深く敬うように見つめた姿に、アナベルは二枚目のお肉をフォークに突き刺して笑った。

「セイン、このお肉とっても美味しいです。さすがは王宮の料理ですね。いつも美味しい物をたくさん食べさせてくださり、誠にありがとうございます。私もセインに一生頭が上がりません」

噛まずとも口の中でとろけるお肉に、身体中が喜びすぎてぷるぷるするほどだ。

一枚、二枚では足りない……目の前に見える特大の塊をすべて食べ尽くしたい。そんな欲望が高まり、アナベルは目がぎらぎらしそうだった。

「ラッセル侯爵を破滅させる証拠が、肉一つで相殺とはね。侯爵は随分と軽く扱われるものだ」

ジャンがこの上なく楽しそうに笑い、セインの背を軽く叩いた。

その時、虹色の薔薇をご満悦で自慢している王太后の許に、招待客ではないと一目でわかる、制服姿の侍従が慌てた様子で駆け寄った。

「王太后様、一大事でございます！」

「今、何をおこなっているか見えぬのか？　後にせよ！」

不快を露わにして侍従を睨み据える王太后に、睨まれた侍従は怯むものの、素直に下がることはなかった。

「陛下が突然お倒れになり、ご危篤《きとく》にございます！」

最悪な報告に会場内が騒然となる。アナベルは肉を食べるのをやめて、王太后を注視した。

「なんということ……医官長は、魔法使いの長官は何をしておる！」

王太后が激しく動揺し、甲高い声で侍従を怒鳴りつけた。王の許へと足早に会場を後にしようとする面前に、ラッセル侯爵が悠々とやって来た。

「すぐに、飛竜の生き胆の毒見をおこない、効力を見て陛下に召し上がっていただくべきです。ベリルの主が危篤状態など、何たる不幸。この災いは一刻も早く取り除くべきです！」

力強く主張するラッセル侯爵に、王太后の瞳が揺れる。王を助けるためなら何でもするべきではないか、とばかりにこちらを見た。

セインにきゅきゅを差し出せ、と今にも言い出しそうなその人の前に、アナベルは急いで進み出た。

「私に、陛下へ魔法をかけさせてください！」

予定と違う事態となってしまったが、無言でいれば再びきゅきゅの危機が訪れる。それは看過《かんか》できなかった。

「そなたに？」

「白黒両方使える上級魔法使いの、全力を持ってあたります。最高の治癒魔法をお目にかけるとお約束します！」

アナベルは誠意を込めて誓う。しかし、セインの肩にいるきゅきゅから、目の前に立ったアナベルに視線を移した王太后は、嫌悪感を剥き出しにしていた。

「マーヴェリット公爵の妻となる魔法使いなど、信用できない。陛下の意識がないのをいいことに、死の魔法を使われては堪《たま》らぬ！」

「そのような真似は……」

「黙れ、聞きとうない！」

最後は怒鳴りつけられて、アナベルは奥歯を噛みしめる。でも、きゅきゅを差し出すのだけは、何があってもいやだ。

「伯母上さま。私に希望を与えてくれた彼女は、信用に足る者です。マーヴェリット公爵の王位を望む魔法使いであるなら、私の治療などしません。私が王子を産まぬほうが、公爵にとって有利と判断するでしょう」

「ソフィア……そなた、なにを言っておる？」

毅然として進み出てきたソフィア妃に、王太后が怪訝な顔をする。

「医官の診察を受けました。私の身体にはどこにも異常がなく、子が産めるそうです。ですから、私は陛下のお子をこの手に抱くことを諦めたくありません。私の身体に若さと健康を取り戻してくれた、素晴らしい魔法使いである彼女に、陛下の治療をお任せいただきたく存じます。陛下が亡くなるなど、受け入れられません！」

王太后へ切々と訴えるソフィア妃に、招待客すべての視線が集まる。その視線は、続けてアナベルへ……。

異様な熱を感じる視線を向けられて、アナベルは魔法屋に詰め掛けてきた令嬢たちを思い出す。体内癒しの注文が山と来そうで、正直にぞっとした。ソフィア妃は王太后に、懸命に執《と》り成《な》してくれているだけだとわかっていても、顔が引き攣りそうになる。

「なんだか、若返っているように見えたが……そういうことであったのか……」

王太后が呟き、こちらを見た。若返りというのが魅力的に心をくすぐったのだろうか。アナベルに対する警戒が、少し薄れていると感じた。

「伯母上さま、なにとぞ……」

ソフィア妃が今にも泣きそうな目で懇願する。王太后はその眼差しに負け、ついに頷いた。

「……治療の場に王宮魔法使いの精鋭を配せ。もし、少しでもおかしな魔法を使用したなら、その娘もマーヴェリット公爵も即刻抹殺せよ。それでもよいなら、治療を許可する」

重々しく響いた王太后の声に、大広間がざわざわと波打った。

「それならば、まあ……よろしいのではありませんか」

ラッセル侯爵とその支持者たちが満足そうに笑う。

「抹殺など、それはあまりに無体《むたい》な……」

一方、ジャンをはじめとするセインの側に立つ者たちは、そんなことは受け入れられないと拒否の声をあげようとした。

「それでよろしいのでしたら、彼女に治療をお任せください」

その彼らを制し、誰の声よりもよく通る声を発したのは、セインだった。

自身に対する抹殺指示にまったく臆することなく、ゆったりと微笑みさえ浮かべている。泰然たる態度に、アナベルは我が身への絶対の信頼を感じて、胸の奥がとても熱くなった。

「ほう。よく言った！　皆も確かに聞いたな。陛下のご容態が安定しない場合、マーヴェリット公爵は生きて王宮の外には出られない。本人が承諾しておるのだ。マーヴェリットの一族の者どもよ、どのような結果であれ、王家を恨んで盾突くでないぞ」

セインから言質《げんち》が取れたので、悪くないと思っているのだろう。王太后がどこか嬉しそうに宣言し、アナベルに治療許可を与えた。

誕生祝賀会は急遽中止となる。

アナベルは侍従に先導され、急いでその場を離れた。もちろんセインもジャンも、ソフィア妃や王太后も一緒である。

「アナベル。本当に大丈夫か……」

「ジャン。余計なことを言うな」

ジャンが、耳元で不安げに問うてくる。それは微かな声だったが、セインには聞こえていた。彼は咎めるようにジャンを睨んだ。

「私の命に代えても、セインの抹殺だけはさせません。必ず、お守りします。それだけは信じてください」

ジャンが大切な主としてセインの身を案じるように、アナベルも、この世で一番大切な人としてセインを守る。こんなところで死なせるつもりなど毛頭ない。

その瞳をまっすぐに見つめるアナベルに、ジャンは満ち足りた顔で頷いた。

「主を敬う目でなくなったな。恋する乙女は誰より強い。よい報告を待っている」

侍従が、王の寝所の扉を開けた。真っ先に王太后とソフィア妃が入室する。続けて侍従に促されたアナベルは、セインと手を取り合って入室した。


優美な曲線を描く家具調度品の置かれた広い寝所で、医官も王宮魔法使いたちも、皆が必死で王の治療にあたっていた。それでも、絹の寝具に包まれた高貴な麗人は、まるで彫像のように固く目を閉じたまま、その目蓋の開く様子はまったく見られなかった。

顔は土気色……呼吸もか細く、とても頼りないものだった。

「アナベル殿！　あなたも治療に来てくださったのですか」

王の額に触れて解熱呪文を唱えていた新長官がアナベルの存在に気づき、喜びに目を輝かせた。

「その者が、少しでもおかしな魔法を使う素振りをみせたら、即殺せ。マーヴェリット公爵も同罪として、生きてこの場より外に出すな。それを条件に陛下の治療を許した。皆、その娘を厳しく見張れ！」

王太后の声が、殷々《いんいん》と響き渡る。場の緊張がさらに増した中、アナベルは手を繋いだままのセインを見る。

「必ず、皆が幸せになる結果を手繰《たぐ》り寄せます」

「ありがとう、頑張っておくれ」

いつも、アナベルを案じるばかりのセインが笑顔でくれた言葉は、以前アナベルが望んだものだった。苦労をかけてすまない、とは言ってほしくないアナベルの気持ちを、セインはきちんと汲んでくれているのだと知り、嬉しくなる。

でも、少し強くアナベルの手を握ったセインの手は、微かに震えていた。隠そうとしているが隠しきれていない心配そうな眼差しからも、いつも通りに『無理しないでおくれ』と言いたいのだと、伝わってきた。

「お任せください」

さらに嬉しい気持ちになったアナベルは、誰よりもセインの喜びと幸福を掴むために、この治療を成し遂げてみせると改めて心に誓った。

「王太后様。陛下に触れてもよろしいでしょうか？」

アナベルはセインと繋いだ手を離し、王太后に願う。

「……否と言っては治療が始まらぬだろうからな。許可する」

王太后は腕を組み、渋々であったが頷いた。

アナベルは、新長官の空けてくれた場所に立つ。少し身を屈めるようにして、王の額に触れた。

「っ！」

あまりの熱さに目を見張る。それを目にした、隣にいる新長官が苦しそうに首を横に振った。

「いくらおかけしても、解熱の魔法が効かないのです」

「効かない……」

やはり、王太后の腕輪が影響しているのだろうか。ならば、ここで破壊しておかなければ、治療の妨げになる。王に解熱魔法を使うより先に、王太后に掛け合うべきか……。

考えながら床に膝をつき、王の状態を詳しく読み取るアナベルは、熱が高すぎることよりも、危篤状態にあることよりも、違うことにぎょっとした。

「え？　嘘……」

思わず、王太后を仰《あお》ぎ見てしまう。まじまじと凝視するアナベルに、王太后がいやそうに顔を顰めた。

「早く陛下の治療をせぬか！　それとも、偉そうに言っておきながら、何もできない言いわけでも考えているのか？」

今にも寝所に待機させた近衛や、王宮魔法使いたちにアナベルを殺せと命令を下しそうな王太后に、アナベルは立ち上がって歩み寄るとその手に触れた。目で見るだけでなく、直接触れてしっかりと確認しないことには、気が済まなくなっていた。

「無礼者！　断りなく、この私に触れるなど……」

「魂に重なるものが、ない。どうして？　では、陛下は……」

王太后に厳しく咎められるが、アナベルは自身の感じるものに多大な衝撃を受けるばかりで、呆然と立ち尽くしてしまった。

これは、知ってはいけないことだったのだろうか。手だけでなく、身体中すべてが震える……。

「駄目だよ。それ以上は口にしてはいけない」

背後から、セインの手がそっとアナベルの口を塞いでいた。

「セイン……」

「王宮魔法使いにさえ、これまで誰も気づく者はいなかったのに……さすがとしか言えないな。でも、今は忘れておくれ。真実は、君が本当に私の妻となり私と同じものを見ると誓った時に、教えてあげるよ」

誰にも聞こえないよう耳元に、本当に本当に小さな声で囁かれる。

アナベルの感じた違和感の正体を、セインは知っているのだ。もしや、これがセインの握る王太后を黙らせる切り札なのだろうか。

問いたくも、しかしセインはアナベルより手を離し、王太后に向き直っていた。

「私のほうから、心よりお詫びを。慣れぬ場に、緊張してしまったのでしょう。どうか、お慈悲をもってお許しください」

そのままセインが腰を折り……それを見たアナベルは、場を弁《わきま》えずに動いてしまった己に気がついた。動揺したからと、自分はあまりにも愚かすぎることを仕出かしてしまったのだ。

「も、申し訳ございません！　感知する陛下の魂があまりに高貴で素晴らしく、感動してご生母様にも触れたくなってしまいました。我慢がきかず、非礼極まりないおこないに、恥じ入るばかりでございます」

慌てて頭を下げて言い募る。王の魂が高貴で素晴らしいことに、嘘はない。場を取《と》り繕《つくろ》うための追従ではなく、まさか二人も、その属性の魂を持つ者を見ることになるとは思わなかった。

「ほほう……アルフレッドは魂まで高貴なのか。それはよい。その言葉に免じて、無礼は許してやろう。早急に治療にかかれ」

アナベルの謝罪に、王太后は相好を崩した。満足そうに笑う姿は愛情に満ち溢れたもので……心より、王を大切に思っているのがよく伝わってくる。母性愛に偽りはない……でも……。

再び考え込みそうになるも、アナベルは頭を振って意識を切り替えた。今は、王を全快させることだけを考えるのだ。

自分が知っていいものなのか、不安ではあるが、真実は後でセインに教えてもらえばいい……。

『水、集え！　陛下のお身体を苛《さいな》む、いらない熱を一気に下げ～る。熱いの、ないないな～い！』

まずは熱を下げて、危機的状態の改善を試みる。アナベルは、上級白の解熱魔法を使ったのだが……。

「なんだ、そのふざけた呪文は。そなた、手抜きして陛下を愚弄しておるのか！」

王太后に大音声で怒鳴られる。

「え？」

アナベルが驚いて目を丸くするのと同時に、王の身体に吸収されるはずだった魔法は弾かれ、霧散していた。

「呪文ひとつ、まともに唱えられない。そんな魔法使いがいるものか！　そなたも公爵も、この場で処刑だ！」

「お待ちください！　決して、陛下を愚弄などしておりません。私は平素から呪文はあのように唱えているのです。手抜きなどしておりません。不快に聞こえましたのなら、申し訳ございませんー！」

「ならばなぜ、アルフレッドの意識は戻らぬのだ！」

王太后が激高《げっこう》すると、その右手首から発する邪気が増した。邪気は王太后を取り巻くだけでなく、セインに向かって飛んで行こうとする。

アナベルは邪気がセインに触れる前に払おうとするも、それより早く彼の魂の力が弾き飛ばしていた。さすがは光属性と感心するも、置かれた状況の悪さに、笑顔にはなれなかった。

『水の力よ我が許に集え！　優しく柔らかな癒しの手となり、悪辣《あくらつ》なる病魔を払え。陛下のお身体を蝕む熱を下げよ！』

今度は、王太后に余計な刺激を与えないように、平素はあまり使わない呪文を唱える。固い呪文は苦手、と心の内で苦笑いしていると、やはりこれも弾かれる……。

それどころか、王の吐息がさらに儚げなものとなり、今にも途絶えてしまいそうな事態となった。

「そなた……アルフレッドを殺す呪文を使っているのか！」

王太后がアナベルの腕を掴む。力任せに握られて、アナベルは痛みに顔を顰めた。

「王太后様。どうか乱暴はおやめください！」

セインがアナベルを助けるため、王太后に非難の声をあげた。しかし、間に割って入って来たことで、王太后がますます気色ばむ。

「うるさい！　やはりそなたの魔法使いなど信じるのではなかった。二人とも、生きてここから出られると思うな！」

「今のままでは、陛下の治療はできません！」

王太后の金切り声を掻き消す勢いで、アナベルは叫んだ。場が、しんと静まり返る。

王太后は引き攣った笑みを浮かべ、アナベルの腕を離した。侮蔑《ぶべつ》の眼差しで、射るように見つめてきた。

「何が、最高の治癒魔法をお見せします、だ。大口を叩いておきながら、その体たらくとは……斬首か縛り首、毒……どれでも好きなものを選べ」

王太后が吐き捨てる。その憤激は、なんだかんだとアナベルの魔法に期待していた証拠だ。

王の意識が戻らないことを、心が千切れそうなほど案じているのがよくわかる王太后に、アナベルは決めた。

ここで、何としても腕輪を捨てさせる。

「その腕輪を処分してください。王太后様がそれを手離さない限り、私がどのような魔法をかけても無駄です。陛下の命の灯《ひ》が消えてしまうまで、残り時間は後わずかしかありません」

まっすぐに王太后の右手首を指さし、低い声で宣告した。

「そなた、自分の力不足を棚に上げ、私を愚弄するつもりか？　そなたの役立たずの魔法と、私の腕輪に何の関係があるというのだ！」

わなわなと全身を震わせた王太后は右手を振り上げ、それで思い切りアナベルを打とうとする。

「その腕輪は王太后様の味方ではありません！」

アナベルは、頬を打たれる前に王太后の右腕を掴んで止めた。

「なんだと？」

「陛下のお命を守ってくれる物でもないのです。人間の命を吸いたいから、王太后様を利用している邪悪な物に過ぎません。これ以上腕輪に依存なされば、セインを死なせる前に陛下が亡くなります。それでもよろしいのですか？」

王太后の腕に触れていると、ひしひしと伝わってくる。人間の命を啜《すす》るのが大好きだ、と舌なめずりしている腕輪のどす黒い思念が……。

「そんな言葉で、私を脅すつもりか？」

「脅しではなく事実を話しています。腕輪は王太后様の憎しみと、大切に思う人の生命力を吸って呪いの力としています。御身の傍で、不自然に人が亡くなることはありませんでしたか？」

「っ！」

そんなことはない、とは言えないようで、王太后が唇を噛む。無言でアナベルを睨んできた。

「腕輪が呪い攻撃を放つたびに、王太后様が大切に思われる方の生命力が吸われ……最も愛されている陛下も、もちろん吸われています。それでも、他の者たちのように亡くなっていないのは、陛下の魂が滅多に生まれることのない光属性だからです。そうでなければ私の診るところ、心の臓がとても弱っておられる陛下は、とうの昔に亡くなられています」

「不愉快な話ばかりするでない、この痴れ者がっ！」

王太后が激怒する。同時にアナベルが掴む右手首から、邪悪な力が猛烈な勢いで吹き出した。

アナベルは、腐った血を連想させる赤黒い力の波動を、寝所にいるすべての者が見られるよう、顕在化《けんざいか》の魔法を使った。

『人間の命……啜りたい。美味しい命……我に永遠に、啜らせろぉぉぉぉ』

まるで地底から響く凶悪な声が、寝所を震わせた。

「な、何だ、この気持ちの悪い物は！　身体に纏わりついてくる！」

「不気味な声が……き、気分が悪い……めまいが……」

「吐き気がする……寒い……」

恐怖と、嫌悪と、体調不良を訴える声が次々と上がる。

「何だ、これは？　禍々《まがまが》しい……人間の命を手当たり次第啜りたいなど、こんなのは違う！　私に応えてくれる声は、いつも優しくあたたかかった。アルフレッドの安泰のため、虎視眈々《こしたんたん》と王位を狙うマーヴェリットを排除してくれると……」

腕輪の真実を目の当たりにした王太后は、あまりの毒々しさに呆然としていた。

『光、集え！　人間の命を欲す、邪悪なる闇を払え！』

右手を横に振ったアナベルから、浄化の力が波となって寝所を駆け抜ける。

清らかな黄金の風が、ねっとりとした赤黒い邪気を払う。暗く陰っていた寝所が元の明るさを取り戻し、邪気の毒に苦しんでいた人々が、ほっと息を吐いた。

「王太后様、どうか邪気を放つ悪辣な物ではなく、私の魔法を信じて腕輪を放棄してください。それさえ叶えば、陛下のお目覚めをお約束します。不可能であった場合は、斬首を甘んじてお受けします」

アナベルの心を込めた求めに、王太后は複雑な顔をするも、拒絶することはなかった。ゆっくりと、自身の右腕をアナベルのほうへと差し伸べた。

「……偽りなく、首を刎《は》ねるぞ。その覚悟をもってことにあたれ」

「畏《かしこ》まりました」

腕輪が味方ではなく、ただの禍々しい物であったと知ったことで、頼るのをやめた。王太后のそのおこないにアナベルは安堵し、腕輪に触れた。

『聖なる光よ、集え！　ただひたすらに、人間の不幸を望む物を塵に。人を呪う物に永遠の消滅を。邪悪なる腕輪よ、消えなさいっ！』

腕輪が、消滅を回避しようとこちらに邪気を叩きつけてくる。アナベルは、その邪気を上回る浄化の光魔法を腕輪に放った。

腕輪にひびが入り、硬質な音を立てて砕け散る。瞬時に塵にまで分解され、存在はすべて消え失《う》せた。

アナベルは無事に消滅させられたことに微笑み、再び王の傍に移動した。

目を閉じて深く息を吐き……完全に吐き切ると目を開けた。勢いよく肺に空気が入って来ると同時に、全身に魔法力が満ちる。

王の胸元に両手を置き、上級魔法を重ねる呪文を唱えた。

『全属性よ、我が許に集え！　我、上級白黒魔法使いたるアナベル・グローシアが求める。この国の主たる方を苦しめる熱を下げよ。邪悪な病魔に蝕まれしお身体を癒し、弱き体質の改善も促せ。強健、頑健。悪いところはすべて、ないないないな〜い！』

最後はいつもの癖が出てしまったが、アナベルの呪文により、寝所に黄金と青、そして緑、赤、茶、白銀……様々な色の光が乱舞する。

そのまますべての光が混じり合い、王の身体に吸い込まれて行く。今度は弾かれることなく、解熱と体内癒しの魔法は無事、王の全身に浸透した。

まず、王の熱が下がったことがアナベルに伝わってくる。今にも途切れそうだった呼吸も、安定を取り戻した。

寝所にいる皆が、呼吸の改善を見て歓声をあげた。王太后の緊張に強張っていた顔も、少し緩む。ところが、王の意識が戻らない。

プリシラとは異なり、王は死の気配に完全に捕らわれてはいなかった。だから治癒魔法が効いたというのに、これは……。

「陛下の魂が、こちらの世界を見ない」

黄泉の入り口に留まる王の魂に、何の動きもない。本人が、生きることを放棄しようとしているのを感じ、アナベルの目が険しくなる。

「なんだと?」

途端に王太后から厳しく睨まれるも、アナベルはその声には答えなかった。

「セイン。あなた様の全身全霊で、陛下の魂にこちらの世界に戻るようにと呼びかけてください。あなた様の魂の力を貸してください」

セインの右手を取り、王の胸元へ置いた。

「喜んで」

微笑んでアナベルを見るセインに頷き、魔法を使用しかけたところで、背後から肩を掴まれた。

「なぜ、マーヴェリット公爵なのだ? アルフレッドの意識を取り戻す呼びかけであるなら、必要なのは私や、妃たちではないのか。妃は三人とも揃っておるし、何なら王宮魔法使いでもよいのではないか? そなたは、呼びかけぬのか?」

王太后が、不満と不安の感情が入り混じる目で、アナベルを凝視していた。

「私は、陛下の魂を見ることはできます。でも、それだけなのです。いくら呼びかけたところで見知らぬ他人です。陛下のお心に触れることは敵わず、こちらを向いてくださることはありませんん。ですから、親しい間柄の人間が必要なのです」

「親しい人間と言うなら、私が一番……」

食い下がってくる王太后に、アナベルは小さく首を横に振る。

「申し訳ございません。陛下の魂は死の気配に捕らわれてもいないのに、先日治療した瀕死の友人よりも、黄泉に強く引かれ過ぎています。それを、こちらの現世に呼び戻すには、ただ親族というだけでは難しいのです。陛下と親しく、しかも、その魂をこちらに引っ張る力のある魂の持ち主でなければならないのです。私の見るところ、この場でその条件を備えるのはセインだけなのです」

「だが……」

「では、王太后様。陛下に触れて、目覚めるようにと呼びかけてください。他の方も、我はと思う方はご遠慮なくおこなってください。もし、陛下の魂を感じられた方がいらしたなら、セインではなくその方に呼びかけをお願いします」

納得しがたい顔をしてアナベルをひたすら睨む王太后の前にて、無視してセインと二人で魔法を使うわけにはいかないだろうと、心の内で肩を竦めて提案した。

すると、王太后が真っ先に王の右手を握った。ソフィア妃をはじめとする、おそらく二妃と三妃であろう美しい女性たちも必死に、祈るように呼びかける。

新長官や王宮魔法使いたちも、医官や近衛たちも……その他、部屋にいるすべての人員が、王の目覚めを願って一心に呼びかけた。

「アルフレッドの魂とはなんだ、わからぬ……」

「私もですわ。伯母上さま……」

寂しげな声が、王太后とソフィア妃からあがる。それは、他の者たちも同様で、新長官でさえ、何も掴めないと辛そうに首を横に振った。

「闇の中に……黄金の、小さな光が見える……」

呟くようなセインの声は、落胆の感情が広がる寝所によく響いた。

アナベルはその言葉に瞳が輝く。会心の笑みを浮かべた。

「その光こそ、私が見ている陛下の魂です。セインと同じ……光属性のとても清らかな魂です。お二人は共鳴しているのです。だから、セインの呼びかけこそが、陛下に届く唯一の希望となりえるのです」

まさか、光属性の人間に、続けて二人も出会うことになるとは思わなかった。

でも、病弱であろうとベリルの民を思い、悪辣な貴族たちを許さず政《まつりごと》をおこなう王に、光属性の魂というのは、この上なく相応しい。

「共鳴……アルフレッドは、公爵とだけ……」

なんだかひどく落ち込み始めた王太后に、これはまずいとアナベルは焦った。

「陛下の魂が、こちらの世界に向かって戻り始めたならば、王太后様の呼びかけも、お妃様方のお声も届きます。必ず陛下のお力となりますから！　決して、セインだけが陛下のお役に立つと言っているわけではないのです！」

懸命に言い募る。ここで王太后の機嫌を損ねることになれば、治療の妨げとなるおかしな命令を近衛たちに出されてしまうかもしれない。それは非常に困る。

「……わかった。私は黙って目覚めを祈ることにする。そなたの思う通りにするがよい」

王太后が、どこか拗ねているように見えるが、少し下がる。妃たちも同じようにしたので、寝台の傍に空間ができた。

アナベルは悪い命令が出なかったことに安堵し、再びセインと並んで床に膝をつく。王の胸元に互いの手を重ねて添えた。

「セイン。今、目にしている光に、黄泉ではなく、この世で未来を見ることを望む、と強く伝えてください」

「わかった」

返事と共にセインが固く目蓋を閉じた。一心に祈りを捧げる姿を見て、アナベルも一呼吸して目を閉じる。

『全属性よ、我が許に集え！　高貴なる魂に力を満たせ。微かな命の灯を、大きな輝きとせよ。ベリルの王者よ、死の手に身を委ねるな。現実を生きる喜びを思い出せ！　永遠の眠りはまだ早い。眠るな。眠るな。共鳴者セインの声を、聞・く・の・よ～～～っ！』

取り繕うのをやめ、いつも通りに呪文を唱えた。

「やはり、あんまりな呪文だと思うが……」

王太后が、呆然とした様子でぼそりと呟くも、アナベルはその声を無視した。慣れない呪文を唱えると、変に緊張して魔法が使いにくいのだ。

『死の闇に沈まず光を……セインという光を見てください、陛下。どうか、陛下……見～る。見～

る』

ところが、どれほど魔法をかけても王の生命力は満ちない。まったく生者の世界を見ようとしないことに気が焦り、アナベルの額に汗が伝った。

存在を希薄にし、黄泉の国へと旅立とうとしているのに、アナベルは首を横に振る。苦渋に満ちた表情で立ち上がった。

「身体を治療してもこれでは駄目。陛下は、元々この世に未練がないお人なのか……魂に、生への執着が感じられない」

死にたくない、助けてくれ！　と叫ばれたほうがずっとましだ。そのほうが、圧倒的に魔法のかかりがよいのだ。

でも王は……セインに玉座を託して死んでも構わないと本気で思っている。

セインもそれを感じ取っているのだろう。固く引き結ばれた口元がとても辛そうで、苦しい気持ちでいるのが伝わってきた。

「ベリルの普通の民であったなら、とうの昔に死んでいる。それが、王族というだけで生かされる。高度な治療が受けられることを喜ぶべきなのであろうが、正直、儘《まま》ならぬ身体が憎い。私の治療分、生活の苦しい民に回してやれ……と、侍従長に語るアルフレッドの声を、何度も聞いてきた……」

暗い声が、アナベルの耳を打った。

「王太后様……」

「聞かぬふりをしてきたが、アルフレッドが生きることに喜びを抱いていないのは、わかっていた。

死にたがっているのも……それでも、死んでもいいなどと、どこの親が口にするものか！」

悲痛な面持ちの王太后の空色の瞳には、涙があふれていた。

「そなたは、五百年ぶりにベリルに誕生した奇跡の使い手なのだろう？　なんでもする。なんでもそなたのいいようにするから、助けてくれ。アルフレッドを生かしてくれっ！」

アナベルの足元に今にも縋りつかんばかりにして懇願する王太后に、頷く。

「陛下に、是非とも生きる喜びを知っていただきたいと思います。『全属性の最上最強の力よ、我が許に集え！』」

全属性使用の最上級魔法の重ねがけ。すべての属性の最上最強の力の光が、重なり合ってアナベルの全身を取り巻き、虹色に輝く。

その絶大な光の力を凝縮し、アナベルは己の胸元に、まるで太陽の光を放つ玉を抱いた。

『陛下。本来の寿命でないのに、私の見ている前で死ぬなど認めません。あなたがここで死ねば、残されたセインが不幸になる。そんなことは許さない。生きることに執着がないからと、私の全力を振り切って死ねると思うな。魔法使いを舐《な》めるな～～～～っ！』

本人が拒否しても、そんなものはお構いなしだ。

アナベルは、思い切り王の身体に光の玉を押し込む。自分の声は届かないとわかっていても、それでも、耳を塞がずセインの呼びかけを聞け、と命令した。

生命力を満たし、さらには活性化も促す魔法。最強治癒魔法の力を、死にたがりの土の魂にありったけ注ぎ込む。

「……あ！　渋々だけど、こちらを向いたわ」

とても面倒くさそうではあった。けれども、生命力の満ちた王の魂が、セインの呼びかけに応えたのを、アナベルは確かに掴んだ。

「陛下が、私に……」

セインも、感激に声を震わせている。喜びの眼差しでこちらを見たと同時に、アナベルは両手を王にかざした。

『生きることを皆に望まれし、高貴なる人よ。死の闇はさよ～なら。光を手に、目・覚・め・よ～～っ！』

黄金の光が、王の全身を包み込む。永遠のようで、一瞬の時間……。

「…………宰相？　今日は母上の誕生を祝う日ではなかったか。どうして、ここにいる……母上も、なぜ？」

ゆっくりと目蓋を開けた王は、水晶のように美しい紫の瞳で周囲を見渡すと、困惑気味に瞬きした。

「お。おお……アルフレッド！　よくぞ目覚めてくれた、アルフレッドよかった！」

セインが返答するより先に、王太后が強引に押しのけて王に飛びついていた。

「はあ。終わった～」

アナベルはその光景を見ながら、大きく息を吐く。

ここまで魔法力が切れて脱力するのは初めてだった。これまで、限界を超えて眠くなっていたのは、まだ真の限界ではなかったのだと知る。

今の自分は立っているだけ……何もできない。

「アナベル。ありがとう、よくやってくれた！　でも、君はすぐに休まなければ。今にも死んでしまいそうに見える。私は気が気でないよ」

慌てているセインが、隣から抱き上げてくれる。自分の足で立たなくてよくなり、アナベルはほっとして頬が緩んだ。

「いくらなんでも、死ぬことはありません。しばらく眠れば、元通りです。陛下は、もう大丈夫です。具合の悪いところはありません。どこまでだって自由に走れます。滅多なことでは熱が出ることもないでしょう。セインと同じくとっても健康です」

「それは真か！　意識を戻しただけではないのか？」

王太后にも聞こえていたのか、勢いよくこちらを向いた。顔中紅潮させて期待している姿に、アナベルは悪戯っぽく微笑む。

「私のいいようにするとまで言っていただいているのに、意識を戻すだけなど、そのような中途半端な治療で済ませたりなど致しません。王太后様、私の望みは一つ……」

「うっ！　な、何でも好きに申すがよい」

いやそうではあったが、王太后は自身の言葉を知らぬ存ぜぬ、記憶にないとは言わなかった。

「どうか、この先はセインを苛めないでください。陛下の第一の臣……ベリルを守るよき宰相であると、信じてください」

「アナベル……」

セインが感極まった様子でアナベルの名を呼ぶのに、ふふ、と笑ってその顔を見つめた。

「セインが悪いことをしたなら、この私が全力をもってお仕置きするとお約束します。私は、王位簒奪を企む悪のマーヴェリット公爵ではなく、陛下をお助けしてベリルに幸せをたくさん運んでくださるセインに求婚されたから、お嫁に行くのです」

ああ、もう意識が飛びそうだ……。早く、眠りたい。

「母上。苛めはよくないことですよ。その娘の言うとおり、私は今、呼吸がとても楽で、胸が痛くないのです。この身体の軽さは言葉で言えるものではありません。これが、健康であるということですか……」

王の柔らかな声が寝所に響く。皆が一斉にそちらに注目すると、誰の助けも借りずに身を起こし、とても血色のよい顔で穏やかに微笑んでいた。

「アルフレッド……」

「母上。娘に、望むとおりの褒美を与えてやってください。娘よ。私からも、何なりと望みの品を取らせるぞ」

王の最後の言葉は自分に向けられていると感じたが、魔法力が完全に切れたアナベルは、とにかく眠かった。

「私の望みは、セインのお部屋で眠ること……褒美は、私専用のクッションをひとり……」

「それでいいのかい？　では、お望みのままに」

とても機嫌のよいセインの声を耳に、アナベルは半ば眠りながら頷いた。

「クッションをひとり、とは？　それにしても随分と眠そうだな。宰相の屋敷に戻るまで我慢せず、すぐに横になったほうがよいのではないか。ここで眠るか？」

怪訝そうに首を傾げるも、ぽん、と自身の隣を気軽に叩いた王に、寝室中が騒然となった。

「アルフレッド何を……」

「陛下、それは……」

王太后とソフィア妃が吃驚して高い声をあげる。セインは硬直しているのが、アナベルに何となく伝わってきた。

「何を皆、慌てておる。功労者の娘に、寝心地のいい場所を与えてやろうと言っているだけではないか。無論、私は場所を移すぞ。着替えて宮殿中を歩いてみたい。いや、王都の町に出るのもいいな」

慌てる人々にからかうように言って、王は寝台から出ようとした。その軽快な動きに皆が驚き、制止の声があがらない様子に、アナベルはなんとか眠るのを我慢して声を発した。

「陛下。治療直後ですので、今すぐ激しく動かれますと逆にお身体が疲れてしまいます。二、三日は安静に……それで安定いたしますので、後はお好きなように……。陛下の寝台を私が使うなど、恐れ多いことでございます」

王とは、もしかすると結構とぼけた性格の人間なのかもしれない。皆を煙《けむ》に巻いて楽しむ姿に、アナベルはちらりとそんなことを思った。

「娘、素晴らしき使い手たる魔法使いよ。私に、眩い光を与えてくれしこと……心より、感謝する」

寝台に座る王が、その額が膝につくほど腰を折っていた。

再び、寝室中が騒然となる。

アナベルも眠気が吹き飛ぶほどに仰天し、セインの腕の中から転げ落ちそうになった。

「おやめください！　ベリルの国王陛下が、私にそのようなことをしては駄目です。創造神様にしか頭《こうべ》を垂れないお方が……」

慌てたセインに抱え直してもらうアナベルに、王がのどを鳴らして愉快そうに笑った。

「そなたは、自身のことを誇らないのだな。誰も為せなかった国王の治療を成し遂げたそなたの名は、きっとベリルの歴史に残るぞ。自身が偉大な魔法使いであることを、わかっていないとみえる」

「偉大な魔法使い……」

幼いアナベルに祖父が、そんな者になるよりも静かに平穏に生きたほうが幸せだと言っていた。

当時はよく意味がわからなかった。でも、今ならわかる。祖父の言うとおり、偉大な魔法使いの称号など、自分には必要ないことが。

「そうだ。偉大な女魔法使いとして歴史に名を残し、ベリル中の民の敬意を受ける立場となるだろう。古《いにしえ》の王妃のように……」

意味深な目を向けられるも、アナベルは古の王妃に憧れることはなかった。

「私の名など、どこにも残らなくて構いません。ベリルの歴史には、セイン・マーヴェリット宰相公爵が、生涯幸せに、笑って暮らしたと残れば本望です。それこそがきっと、私も幸せに生きた証となるから……」

駄目だ、と思っても声が出なくなって目蓋が閉じてしまう。

王がセインに何か話しかけているが、アナベルの耳はその音を拾えない。

意識は、途切れてしまった……。


「宰相……いや、従兄として話そうか、セイン。その娘を私にくれと言ったらどうする？」

アルフレッドの問いに、セインが答えるより先に寝所中が大きくざわめいた。

「便利な魔法使いであるから、お側に置きたいということですか？」

低い声でセインが問い返すと、アルフレッドは笑って首を横に振った。しかし、セインを見つめる紫の瞳は笑っておらず、真率なものだった。

「闇の中で、私はそなたの声も聞いたがその娘の声も聞いた。眠りたがる私に、あなたが眠ればセインがひどい目に遭うから眠るな、起きろと何度も何度も容赦なく怒鳴りつけてきた」

「…………」

セインの声しか届かないと言っていたが、この様子ではアナベルの声も届いていたようだ。

もしや、自分の声よりもよく届いていたのではないだろうか……。

「怒鳴られるなど生まれて初めてだったが、不愉快とは思わなかった。そなたのことだけを想って懸命に私に呼びかける声に、どのような人間なのだろうと興味を抱いたところで、目が覚めた」

柔和な目でアナベルを見つめるアルフレッドに、セインは非常にまずい状況にある気がして、落ち着かない心地となった。

「私の目に映ったのは、声の通りの娘だった。『そなたの幸せが、自身の幸せの証となる』。どれほど偉大な称号よりも、それを欲する一途な心に感動した。その言葉を私に言ってくれないものかと……娘に選ばれたそなたが、この上なく羨ましく思えた」

「私を今のまま臣下としておきたいなら、そのお気持ちは忘れてください。そうでないなら、この命尽きるまで戦おうとも、渡しません。アナベルは私の唯一の人です」

静かに返したセインに、アルフレッドが苦笑する。王太后たちが何か言おうとするのを制し、優しい目でセインを見た。

「忘れた。そなたと娘、この先も二人で私の傍にあり、ベリルのために尽くしてくれ。下がってよいぞ。娘をゆっくり休ませてやるといい」

「喜んでお傍におります。それでは、失礼いたします」

セインは、アナベルを抱く手に自然と力が入ってしまう。

たとえ相手が王であろうと誰であろうと、彼女をこうして抱きしめるのは自分だけなのだ。そのためにに必要ならば、自分は王冠を狙うかもしれない。

王家に忠節を尽くして生きろと遺した両親に反する思いが、初めて胸の内に芽生えた。そんな自分に苦笑しつつ、セインは王の寝所を後にした。

「見事に、陛下の快癒を成し遂げてくれたな。おまけに王太后様に、陛下の前でおまえを苛めるなとまで言ってくれたのも最高だ。ラッセル侯爵も消える。彼女はまさしく、おまえの勝利の女神だな」

廊下に出ると、そこにはジャンが待っていた。朗らかに笑う彼に、セインも自然と笑みが零れる。

「さらに、頭が上がらなくなったよ」

「今、馬車を王太后様の館のほうからこちらに向かわせている。魔法を使った後のアナベルは、疲れて眠っているはずだから、おまえは屋敷でゆっくり休ませると言うだろうと思ってな」

王宮よりも、完全にセインの手の中となる自邸に……。その寝室で、二人きりになりたいとの気持ちを正確に見抜いているジャンに、セインは一つ頷いた。

「公爵様。申し訳ございません」

回廊を、王家に仕える侍従と共に、自身の護衛騎士の一人が足早に駆け寄ってきた。

「どうした？」

弱り切ったその表情からも、問題が起こっているのは容易に推測できた。

「馬車の車輪に不具合が生じまして、ただいま調整しております。作業は急がせておりますが、お帰りは今しばらくお待ちいただきたく存じます」

護衛騎士が、深く腰を折って詫びる。

「……そういうことであるなら、仕方がないな」

セインは苦笑して、騎士の頭を上げさせた。

形ある物は壊れる。きちんと手入れをしていても、突然調子が悪くなる不運は避けられないのだ。

「調整が終わるまで、あちらのお部屋で過ごされてはいかがでしょうか？」

侍従の言葉に、セインは素直に甘えることにした。護衛騎士とジャンと共に、その案内に従って回廊を進む。

「なあ、セイン。アナベルの目が覚めたら、牛一頭プレゼントしてみるというのはどうだろう？」

冗談ではなく、本気の表情でジャンが提案してきた。

セインが言葉を返す前に、肩にいるきゅきゅきゅが大きく鳴いた。

『きゅう。きゅう！　【それ、私も食べたいわ！　副隊長が目覚めたら、牛のお肉パーティをしましょうよ！】』

「そうだね。満足するまで食べてもらうとするかな」

上機嫌のきゅきゅに合意する。屋敷の料理人たちに腕を振るわせた、牛一頭分の肉料理。それを目にしたアナベルの反応を想像するだけで、セインの心は弾んだ。

「二頭、にしたほうがいいかも……」

ぽつりと呟いたジャンに、予備の肉も必要かと納得しかけたところで、侍従が足を止めた。扉を開ける。

「どうぞ、こちらでお寛《くつろ》ぎください」

「馬車の調整が終わるまで、誰も私たちに構わずともよい。陛下の治療者に会いたい、と望む者がいても、ここは教えないでくれ」

「承知いたしました」

侍従が一礼して下がる。護衛騎士も、室内には入らず扉の外に立つ。周囲を警戒する姿勢を取った。

セインはそれを見て応接間となっている部屋に入る。後に続くジャンが扉を閉めた。

ざああっ、と不気味な音を立て、正面から風が吹きつけてきた。


「！」

部屋の窓はすべて閉じているのに、風……。

異常事態に目を険しくするセインの視界が、一気に暗くなった。黒い靄が室内を覆い尽くす。

「なんだ、これは……扉が開かない！」

ジャンが異変に声を荒げ、扉を開けて廊下に出ようとする。ところが、ノブをいくら回しても扉は開かない。続けて力任せに叩いてみるも、廊下から反応はなかった。

通常であれば、この騒ぎに護衛騎士が気づかないはずがない。

それが無反応。

室内の異変はまったく外に伝わっていないのだ。

「魔法の力がこの部屋に満ちているのだろう。助けを求めても無駄だな……」

間違いなく、邪悪な魔法が自分を狙って動いている。危機を察したセインが顔を顰めると、腕の中のアナベルが身じろいだ。

「起きたのかい？」

長く眠ると思っていただけに、目蓋を擦《こす》りながら目を開けたアナベルに、セインは驚きを隠せない。

「いやな気配が……」

厳しい目をしたアナベルが、低く唸った。そのままセインの腕の中から離れて、床に降りようとする。

「まだ疲れているだろう？　動かず、眠っていたので構わないよ。この場は、私が何とか切り抜けるから」

魔法に対して確たる対抗手段はないが、これ以上アナベルに負担を強いるわけにはいかない。

セインは彼女をしっかりと抱きしめて、眠るように促す。ところが、アナベルはセインの手を擦り抜け、床に立ってしまった。

「ブルーノ！　来ているのでしょう。姿を消していても、気味の悪い気配は感じるわよ。おかしな武器でセインを傷つけるなど、絶対に許さないから！」

アナベルが、セインを背に守って両手を広げる。

「駄目だよ、アナベル。そんな真似はしなくて構わない。……ブルーノ・カウリーよ。おまえがラッセル侯爵の犬となったのならば、私こそが邪魔なはずだ。侯爵を破滅させる証拠は、私が所持している」

セインはアナベルの肩に手を置き、自身の後ろに下がらせる。

命を狙うなら、アナベルではなく自分を。セインはそれを望み、声を張った。

第七話　この世で最も愛しい人に、祝福の魔法を

気持ちの悪い気配が迫ってくる。自分の命だけでなく、セインの命まで狙っている。

起きなければ！　眠っている場合ではない。起きて、セインを守らなくては……。

強烈な危機感が、アナベルの意識を眠りから浮上させる。

目覚めたアナベルは、柔らかくあったかいセインの腕の中にいることを微笑むより先に、視界が暗くなっていること、部屋に満ちる尋常でない不気味な気配に眉を顰めた。

『光、集え！　視界を阻《はば》むこの靄を……痛っ！』

靄を消そうと魔法の使用を試みるも、呪文の途中で激しく頭が痛み、唱えきれなかった。

「アナベル。無理をしてはいけない」

「私……陛下の治療に力を使いすぎました。セインの、盾の魔法まで切れてしまっています。こんなところにいては駄目です。早く、セインだけでも逃げて……」

魔法が唱えきれなかったことで、最悪なことまで知ったアナベルは、焦ってセインを扉のほうへと押した。

「駄目だ、アナベル。この扉は開かないようにされている」

「そんな……」

ジャンに教えられたアナベルは、ならばと、自身の身体を盾にしてセインを守ることにする。

しかし、セインに肩を掴まれ、逆に彼の背後に回されてしまう。

疲れ切っていて踏ん張りのきかないアナベルはよろけてしまい、その通りに下がってしまった。

「ここで私を殺せなければ、私は、おまえもラッセル侯爵も必ず断罪する。手心は一切加えない。ベリルに存在を残すなどしないぞ」

セインの冷酷な声が、重々しく室内に響き渡る。

「ちっ！　豚が、生意気な。大人しく死の恐怖に震えていればいいものを……」

ブルーノが忌々しげに舌打ちするのが聞こえた。やはり、この部屋のどこかにいるのだ。セインが堂々と立ち、少しも攻撃を恐れないことに、かなり苛立っているようだった。

アナベルは、何とかブルーノの立ち位置を掴もうと目を凝らす。

「姿を消していないと、私は襲えぬか？　物陰から人を襲うことしかできぬ卑怯者は、大成せぬよ。矮小《わいしょう》なる者の行く着く先は、惨めな死だ」

セインがブルーノを挑発しあざ笑う。同時に、アナベルから見て右奥で、不気味な気配がググッと大きく膨らんだ。

「最高の貴族に生まれた苦労知らずの豚が、偉そうにほざくな！　私の武器で、この世から消え失せろ！」

猛火のような殺気と憎悪が、セインめがけて真っ直ぐに突っ込んでくる。アナベルは咄嗟に、後ろにいなさいと自身の背後に隠そうとするセインの手を掻《か》い潜《くぐ》り、その前に飛び出した。

「セインは、絶対に殺させない！」

「おまえは邪魔だ。目障りな女め！」

ブルーノの怒声と共に、毒々しい血色の刃が、アナベルの身体を深々と刺し貫いた。

「ぐっ！　あ、うぅ、く……」

アナベルは全身に焼けつく痛みを覚える。のどを、一気に気持ちの悪い物がせり上がり、どす黒い血を吐いた。

それでも、ブルーノが刺した刃を引き抜けないようにその腕を掴み、足を開いて踏ん張る。

「アナベルっ！」

セインが、アナベルの惨状に絶叫した。急いでブルーノを攻撃し、アナベルから引き離そうとするのに、首を振って叫んだ。

「駄目です。触ってはなりません！　ブルーノに触ればセインも毒呪に侵されてしまいます。この魔法道具で、今の彼は、自身の身体を少し触れさせるだけで、相手を殺せるのです！　まずは、魔法道具を破壊してから……」

「そんなことより、君の手当てを早く！」

「私のことは、いいのです」

アナベルは身を案じてくれるセインに感謝しつつ、正面に立つブルーノを厳しく見据えた。

「捕まえたわよ、ブルーノ。これで、あなたはもう姿を消して逃げられない！」

はっきりと視認できるようになったブルーノは、アナベルの知る彼よりもさらに目がつり上がり、何倍も酷薄な容貌となっていた。

人間味がまるで感じられない。彼から漂ってくる腐臭と血臭も酷い物だった。

もしかすると、本当に人間ではなくなってしまったのかもしれない……。

「おまえは陛下の治療をしたことで、自慢の魔法は使えないと知っているぞ。女の細腕で、この私を止められるものか。間抜けめ！」

「あなたとはあの婚約破棄ですべて終わったと思った。それが夜会で再会、毒呪の剣……随分と因縁が続いてしまったけど、それもこれで終わり。決着をつけましょう」

「そうだな、おまえたちが死んで終わりだ」

ブルーノは、自信の漲る顔で力強く笑った。

「いいえ。セインには私の命が尽きても、指一本触れさせない！」

自分はもう助からない。

強力な毒呪が全身を蝕み、死が、ひたひたと覆い尽くしていくのを感じる。

もし、今まともに治癒魔法が使えたとしても、この毒呪の解呪は不可能だろう。だからこそ、ここで絶対にブルーノの魔法道具は破壊し、セインの安全を確実なものとしなければならない。

アナベルは何よりもそれを思い、気力を奮い立たせて萎《な》えそうになる足に力を込めた。

「虚勢を張るな。何が宰相の婚約者だ。おまえは、私に恥を掻かせたことを詫びながら死ね！」

「魔法力が切れても、私にはまだできることがある」

ぼたぼた、と音がするほど激しく、刃が突き立った場所から血が流れ落ちる。酷いめまいがして意識が飛びそうになるも、アナベルはブルーノを睨んで笑ってみせた。

彼の腕が動かないよう、渾身《こんしん》の力で固く握りしめる。魔法力が尽きた状態で魔法を使える唯一の手段、己の全生命力を代償とした魔法を使う準備に入った。

セインとジャンが、必死になって医者を呼べと外に伝えてくれている。きゅきゅも、悲痛な叫びをあげるが、それでも扉はまったく開こうとはしない。

標的を必ず死なせる毒呪と言うだけでも恐ろしい力であるのに、気配や姿隠しだけでなく、結界張りまで可能とするとは、忌々しいが大した魔法道具だと思う。

「今の私に敵う者はいない。私を不愉快にするばかりの地味女と豚が、晴れてこの世からいなくなる。今日は良き日だ！」

ブルーノが哄笑し、刃をさらに深くアナベルの身に押し込んだ。

「うぐっ！」

衝撃と痛みに、視界が激しくぶれる。それでもアナベルは大きな悲鳴をあげたくなくて、歯を食いしばった。唇の間から血が流れ落ちる。

「痛いだろう。やせ我慢はやめて、情けなく泣き叫べよ。どうせ、おまえは毒に侵されて死ぬのだから、さっさと手を離せ。この馬鹿力め、こんなところでおかしな取り柄を披露するな」

腕を掴む力を一向に緩めないアナベルを、ブルーノが愚弄する。にゃ～っ、とまるで口が裂けたのではないかと思うほどに大きく横に広げ、大量の血を吐くアナベルをあざ笑った。

「やめろ！　彼女を傷つけるな！」

セインが、堪らずブルーノに飛びかかって押さえようとする。

アナベルは精いっぱいの声を張り上げ、それを制止した。

「近づかないで！　近づけば、ブルーノは絶対にあなたに触ります。あなたはこんなところで死んではいけない人です！　私は大丈夫。この魔法道具を、必ず破壊します！」

「大丈夫なんかじゃないっ！」

セインの、泣いているような声が耳を打つ。そんなことないですよ、と笑って安心させてあげたいが、身体中痛くてさすがに無理だった。

「ふん、地味女が格好をつけるな。はやく、私の毒で腐って真っ黒になれ。死にたくないと喚けよ！」

己の優位を誇り、ブルーノが鼻を鳴らした。

その時、アナベルの生命力のすべてが魔法力へと変換される。

『聖なる光よ、我が許に集え！　邪悪なる魔剣を、清らかなる光にて破壊せよ。未来永劫《えいごう》毒呪の発動を許すな。上級白黒魔法使いたるアナベル・グローシアが消滅を命じる！　塵となり、この世から、消・え・去・れ〜〜〜っ！』

呪文を唱えきると同時に、アナベルの浄化魔法の黄金と、ブルーノの魔剣が纏う白銀の光が、二人の間で猛烈な火花を散らした。

「な、なぜ魔法が使えるのだ。やめろ！　私の魔法道具を壊すなど、きさまはどこまで私の邪魔をすれば気が済むのだ！　余計なことをするな。地味女は大人しく死んでいろ！」

ブルーノも毒呪の剣も、消滅を拒んで抵抗してくる。だが、アナベルの全生命力を込めた最上級魔法は、それを上回った。毒呪の剣は塵となり、吹き消えた。

靄も晴れ、部屋は元の明るさと清々しさを取り戻す。

「ブルーノ。これで、あなたはただの人に戻ったわ。もう何もできない。大勢の命を奪った罪……罰を受けて」

アナベルは呼吸が整わない中、それでも充実感に満たされていた。しかし、償いを求めるアナベルに、ブルーノは悪鬼のような形相で吠えかかってきた。

「よくも、私の魔法道具をっ！　おまえという奴は……ぎゃあっ！」

ブルーノはアナベルを掴もうとして敵わず、悲鳴をあげた。

セインが思い切りその身体を蹴ったのだ。ブルーノは部屋の中央辺りまで飛び、ソファにぶつかり意識を失った。

「……この先、毒呪の剣がセインを襲うことはありません。不安は消えました」

アナベルは安堵し、自身が流した血だまりへ崩れ落ちかけるも、セインが抱き留めてくれた。

「アナベル！　医者を。ここに医者の手配をすぐに！」

外に向かってセインが声を限りに訴える。今度はすぐに反応があり、護衛騎士が扉を開けた。室内の惨状に泡を食い、すぐさま医者の手配に走った。

「アナベル。すぐに医者が来る。治るから。ちゃんと治るから、気をしっかり持ってくれ」

アナベルの流した血に汚れるのも構わず、己の膝に抱いたセインが、優しく頬を撫でてくれる。

死なないで、と必死に願う彼の気持ちがひしひしと胸に伝わってきて、アナベルはこんな時なのに頬が緩んだ。

「セインに怪我がなくて、本当によかったです。どうか、ジョシュアさんたちの無念を晴らしてください」

「私を襲わせるはずだったのに……こんなことになって……すまない。すまないっ！」

アナベルを固く抱きしめて何度も何度も詫びるセインに、力の抜けていく手をどうにか伸ばしてその頬に触れた。

「守ってくれてありがとう、がいいです。あなたに謝られるのは、きらいです」

「アナベル……」

「誰もここに入れないでください。セインと隊長だけで、見送ってほしい……私は、もう助かりません。この毒呪を解呪する術はないのです」

セインも、きゅきゅも涙目になっているのが、霞む視界に捉えられる。

いやだ、とばかりに二人揃って首を横に振る姿に、アナベルは微かに笑った。

ジャンが、無言で意識のないブルーノを引き摺って部屋から出て行く。扉の締まる音を聞いて、アナベルはセインを見た。今度は、彼の袖をそっと掴む。

「セインに出逢えて幸せでした。月の欠片を譲ってもらえたから……だけではありません。私に、魔法使いだから求婚するのではない、と言ってくださったのが嬉しかった。私という人間が好きだと……寝相が悪くて申し訳なかったのですが……一緒に眠るのは、とても楽しかったです」

血止めは、最後の力を振り絞りなんとかなったが、それでも息苦しいのは変わらない。内臓の損傷を治癒させるには今の自分では力が足りず、毒呪のほうには手も足も出ない。

「楽しかった、など言わず……これからも君専用のクッションにしておくれ。アナベルお願いだ。頼む。生きると言ってくれ」

弱々しい声で懇願されるも、それだけは聞けそうになかった。

「ごめんなさい。ずっとお傍にいてお守りすると、お約束したのに……果たせそうにありません。ああ、あなたに……祝福の魔法をかけて差し上げたい。セインの未来が、光と幸せに満ち溢れたものであるように……あなたをずっと見守っていたい。ぽよふわも、もっと……」

「祝福の魔法などいらない。どんなに貴重な魔法よりも、君がいなければ駄目だ。私は、ひとりでは幸せになれない！」

縋りつくようにぎゅうぎゅう抱きしめられる。アナベルは、自身が死にかけていることを一瞬忘れてしまうほど、幸せな心地になった。

「光属性の魂を持つセインは強いお方です。私がお傍にいなくても、必ず幸せを掴みます。私のことは、記憶の片隅にでも置いてやってください」

セインが幸せに過ごす姿を見られないのは残念だが、この状態でそれを言っても仕方がない。アナベルは諦めて目蓋を閉じた。

「アナベルっ！」

【副隊長っ！　セインを、強い人間と決めつけないで。家を守るのは辛いばかりと……泣くことのほうが多い、弱い人間なのよ。敵に足元を掬《すく》われないために、無理して強がってるだけなのよ！ここであなたという強い光を亡くしたら、セインはもう強がれない。萎れて死んじゃうわ！】

きゅきゅの悲痛な叫びに、アナベルは何とか目を開けてそちらを見る。

「私が光なんて、大げさ……」

【大げさじゃないわ。死なせないから、私の全力で死なせないから！　セインが望んだ、たった一人のお嫁様。こんなとこで死なせたら、聖獣飛竜の名折れだわ！】

セインの肩から飛び、翼を目いっぱい広げて気合を入れているきゅきゅの全身が、緑色の光を放つ。それは徐々に色を変え、黄緑……黄金……最後には眩い純白となった。

「隊長……その素晴らしい力は、セインに使ってあげて。セインのこの先の幸せのために……私は、ここでさよなら……二人とも、元気で……誰よりも、幸せに生きて……大好き、です」

「アナベル、いやだ。やめてくれ、死なないでくれっ！」

セインの慟哭《どうこく》を聞いたのが最後、毒呪がアナベルの全身に浸透した。すべての力が抜け、彼の袖を掴んでいた手も落ちる。

アナベルの魂は、冷たい死の傍……闇の深淵《しんえん》へと沈んだ。


「お願いだ、アナベル。目を開けて私を見てくれ！　何でもする。何でもするから、アナベル。私を……」

強く強く抱きしめて、なりふり構わず叫ぶ。常に冷静であれと教育されてきたことも、それを守って生きてきたことも、今のセインはすべて忘れていた。

だが、どんなに呼びかけても、返事は一切返らない。その指の一本すら、動いてはくれなかった。

本当なら今頃は、アナベルはセインをクッションにして安らかな夢の中。セインは、寝ぼけたアナベルにおなかを叩かれるも、それを楽しく見守りながら、穏やかであったかい時間を過ごしていたはずなのに……。

それが、どうしてこんな、暗闇と寒気しかない地獄になってしまったのだ。

【セイン。めそめそ泣いている場合じゃないわよ！　しっかりしなさい！】

「きゅきゅ……」

どこまでも絶望に沈み込むセインの意識を、きゅきゅの怒声が思い切り叩いていた。

【私の力で、何とかぎりぎりで副隊長の命を繋いでいるわ。副隊長も、セインに負けず劣らず強《きょう》靭《じん》な魂の持ち主だから、なんだかんだと簡単には死なないのよ。早く、魔法使いに治癒魔法をかけさせて。まずは身体を治して、毒呪の解呪方法を探すのよ！】

純白の光をアナベルに送り続けるきゅきゅは、セインを睨み据えていた。

【生涯一人と……やっと出逢えたお嫁様でしょ！　あなたはその大切な人間を、こんなところで無駄に泣いて死なせる甲斐性なしだったの？　私、そんな情けない親友ならいらないわよ！】

「死なせたく、ない……」

厳しい叱咤《しった》に、諦めてはいけないのだとセインの胸の奥に力が宿る。

ちょうどのタイミングで扉が開き、ジャンが新長官を供なって現れた。

「医者がそのアナベルを診ても、状態は改善しないと思った。魔法使いに頼るべきと判断し、陛下のご許可を願った」

【女好き！　今のあなたは最高よ！】

きゅきゅが歓声をあげ、ジャンの許に飛んで行く。初めてその肩に乗り、褒め称えて頬にキスをした。

「陛下は、すぐに私の派遣をお許しくださいました。直々に、こちらにも来られるのではないかと思います」

新長官がアナベルの傍に膝をつく。意識のない姿に痛ましげな顔をしながら、治癒魔法を放った。

アナベルが身体に負った傷は、すぐさま治る。

「私の力では、これが限界です。毒呪のほうは消せません」

新長官は項垂れ、セインに深々と頭を下げて詫びた。

【副隊長の魂は、黄泉の国には行っていないけど……意識は戻らない。仮死状態だわ……】

きゅきゅが、寂しげに呟いた。

「魔法道具。毒呪の剣とアナベルは言っていた。使用者が標的に触れるだけで、毒の呪いを与えて死なせる物であると……。長官は、気配や姿隠しも可能とする、そういう道具のことは知らないか？」

「それは、かなり高度で特別な道具ではありませんか？　上級魔法使いであっても、作製は難しいかと……我らが保管する資料にも、そのような道具の記載はなかったと存じます」

ここでも役に立てずに申し訳ない、と新長官は辛そうに目蓋を伏せた。

「王宮にも資料はないか……」

【副隊長のおばあさんに聞いてみてはどうかしら！　とても素晴らしい気配の持ち主で、なんといっても副隊長のおばあさんなのよ。何か特別なものを持っている可能性はあるわ！】

セインが八方塞がりかと眉間に皺を寄せていると、きゅきゅが妙案とばかりに声を張った。

「アナベルの祖母殿……あの、魔法屋の主のことかい？」

【そうよ。すぐに訪ねて助言をもらいましょう。私の力は長くは持たない。早く解呪しないと、いくら副隊長でも死んでしまうわ】

焦るきゅきゅに、セインも焦燥《しょうそう》に駆られながら頷いた。

「アナベルの祖母殿……それだけで、理屈でなく希望を持っているように思えるのが、不思議だ」

アナベルを抱き上げて立ち上がると、新長官が軽くセインの腕に触れた。

「馬車で移動されるよりも、その魔法屋を頭に思い浮かべていただけるなら、私の移動魔法でお送りいたしましょう」

ありがたい申し出に、セインはすぐさま魔法屋グローシアを思い浮かべる。ふら、と身体が揺れた次の瞬間には、望みの魔法屋の前だった。

『きゅううううううううううううっ！　【魔法屋のおばあさん！　副隊長・・・・アナベルを助けて！　お願い、出てきてーーーっ！】』

きゅきゅが、魔法屋の壁が振動するほどの声を発する。呼び鈴を鳴らそうとしていた新長官がぎょっとし、あまりの大音波に顔を顰めた。

「聖獣飛竜よ。いくら用事があろうとも、あまり大きな声で鳴くでない。近所迷惑になる」

ゆっくりと扉が開いて小柄な老婆が姿をみせた。苦笑交じりにきゅきゅを見て、窘《たしな》める。

「アナベルが、私を庇って毒呪の剣で刺されたのです。どうか解呪のご助言を……誰より大事にすると約束しておきながらの、この失態。罰はいかようにもお受けいたしますので……なにとぞ」

セインが進み出て頭を下げる。老婆は意識を失っているアナベルを見て、沈痛な面持ちとなった。

「毒呪の剣、とな……」

それでも老婆は嘆かなかった。セインに非難をぶつけるでもなく、冷静な目をしてアナベルの身体に手をかざした。すると、その胸元で黄金の光が瞬いた。

『ああ、やはりその若造は蛙だ、蛙！　あの時、いぼ蛙にでもしておけばよかった。そうしておけば、私のかわいいアナベルが、このような酷い目に遭うこともなかったのだ！』

黄金の光はすぐに人型を取り、猛烈に機嫌の悪そうな老爺《ろうや》となった。腕を組んで宙に浮いている姿に、呆然とした老婆が声をかけた。

「じいさま……どうして、ここで出て来るのじゃ？」

『かわいいアナベルの危機なのだから、当然だろう？　アナベルを死なせないでくれと、娘夫婦が泣いて仕方がない……と、いうのもあるがな。それと、おまえさんが男の掃除人など雇わぬように、見張りに来たのだ』

ふんぞり返り、どこか威張《いば》って答える老爺に、老婆は面白そうに笑った。

「なんじゃ。それくらいで現れてくれるなら、もっと早く男を雇うと言えばよかった」

『あまり好きにこちらに戻ると、天界の見張りがうるさい。いくら私でも、何もかも自由とはいかないのだ』

老爺は、老婆の頭を撫でるように手を置いた。

セインが、目の前で繰り広げられる不思議に呆気《あっけ》に取られていると、老爺がこちらを睨んだ。

「っ！」

自分に向けられる途轍もない冷酷な眼差しに、セインは魂まで凍りそうな寒気を覚えた。

この老爺は尋常でない力を持つ魔法使いだ……。誰に言われずとも、その醸《かも》し出す雰囲気がはっきりとそう物語っていた。

『昔、ばあさまに求婚したふざけた若造。やはり、大物貴族だったわけだ……宰相にまで上っているとはな。よくもくだらぬ権力争いに私のアナベルを巻き込み、犠牲にしたな。蛙では生ぬるい。もっと気味の悪い生き物にでもしてくれようか……』

見ているだけでセインの素性を正確に読み取っているらしき老爺は、忌々しげに口元を歪めた。

「申し訳ございません」

セインは素直に頭を下げる。たとえ、本当に気味の悪い生き物にされたとしても、それでアナベルを救ってくれるのならば、構わない。

『そんなに簡単に頭を下げられると、逆につまらぬぞ』

「え？」

老爺からの思わぬ返事にセインが目を瞬くと、老婆が呆れた口調で老爺に釘を刺した。

「じいさま。いくらアナベルがかわいいからと、意地悪 舅《しゅうと》 になって婿いびりをするのはやめよ。目覚めたら怒るぞ。アナベルはその公爵殿がお気に入りなのじゃからな」

『あの下種な従兄よりは、ましな人間のようだからな……。今回だけは助言をくれてやる。もし次があれば、おまえは蛙にして毒沼に突っ込むぞ。宰相公爵であろうと、私は容赦せぬ』

老爺はむっとした様子で言葉を繰り出してきた。けれども、確かな希望の感じられるそれに、セインの目は俄然輝いた。

「ありがとうございます。感謝します！」

『ばあさま。私の杖をこの若造に渡してやってくれ。……若造、おまえは月の欠片を手に入れろ。両方を使い、アナベルから呪いが消えることを一心に祈れば、解呪が叶うだろう』

老爺の指示を受けて、老婆が足早に店の中へと入って行く。セインはその背を見送りながら、解呪道具として再び聞くことになった名を、低く呟いた。

「月の欠片……」

今のベリルで所有しているのは、セインの知るところではフィラム王家のみだ。

「公爵様は、お持ちではなかったですか？　これで、アナベル殿は助かりますね。よかったです！」

新長官が安堵の笑みを浮かべるが、セインは笑い返せなかった。そこに老婆が戻ってくる。その手には先端が少しねじれて丸まっている、長さがセインの肘から指の先ほどの、白銀の杖が握られていた。

「なんですか、その計り知れない力を秘める杖は……どうやって作製されたのです？　私が一生分、魔法力を込めたとしても、とても作れない……」

新長官があんぐりと口を開け、愕然として呻いた。老爺が、衝撃を受けて立ち尽くす姿に、鼻を鳴らした。

『私の杖が、その辺の魔法使いに作れるものか。今のベリルで作れるとすれば、アナベルだけだ。……若造。目覚めたアナベルに、私からの贈り物と言って渡してやってくれ。力の増幅効果があるから、身を守る助けになるとな。おまえのようなのと結婚するとなると、自衛は万全にしておかねばならん』

セインは老婆から杖を受け取ると、老爺に頭を下げた。

「必ず、渡します。……長官。王宮まで運んでくれ」

「王宮ですか？　お屋敷に戻られないのですね……」

怪訝な顔をしつつも、新長官はセインの望む場所へと移動魔法を使った。


『あの若造なら、月の欠片を手に入れて、アナベルを目覚めさせるだろう……。ばあさま、久しぶりに水入らずじゃな』

どこか暢気な声で老爺が言った。

「まあ、わしも大丈夫とは思うが……。まさか、本当にあの若者とアナベルが結ばれるとはな。人の縁とは、まことに不思議なものじゃ」

店に入る老婆に、黄金の靄の老爺が続く。

『アナベルの伴侶《はんりょ》は普通の男がよかった。それが、よりにもよってベリル一の名門貴族の当主とは……。最高の当たりくじか、はたまた、どうしようもない外れくじか……』

「心配せずとも、わしはアナベルがあの公爵殿を引いたのは、大当たりじゃと思うよ。アナベルはわしとおまえさま、二人の力が倍以上になって受け継がれた、奇跡の魔法使いじゃ。そんなアナベルが、静かなだけの人生を歩むのは、もとより不可能な話だったのじゃよ。多少騒がしい人生であろうとも、娘夫婦の分まで幸せになってくれるなら、わしはそれでいい」

諭す口調の老婆に、老爺が苦笑しながら相づちを打ち、魔法屋の扉は閉められた。


セインが王宮の元居た部屋に戻ると王が来ていた。ジャンがその傍らに立ち、ことの経緯を説明している。

「毒呪の効果のある魔法道具を使い、この王宮で娘魔法使いを襲うなど……私の住まいで慮外者の暴挙を許したこと、恥じるばかりだ。セイン、解呪の手立ては見つかったのか?」

ソファに座っている王が、心配そうにセインの抱くアナベルを見つめた。その隣には王太后まで座っており、同じくアナベルを案じているように見える。

会わなければならないと思っていた二人の存在に、セインは頭を下げた。

「彼女を正面のお席に寝かせても、よろしいでしょうか？」

「もちろん許す。すぐに寝心地のよい部屋も用意させる」

王が傍らの侍従に目を向けると、その者は一礼し、命令を遂行するため部屋から去った。

セインはアナベルをソファに寝かせ、彼女の頬を優しく撫でる。そのまま跪いて王を見つめた。

「彼女の毒を解呪して目覚めさせるには、月の欠片が必要です。我が家の欠片はすでになく、現在ベリルで所有されるのは王家のみ。どうか、お願いします。欠片を私に譲ってください」

深々と頭を下げ、セインは王の答えを待った。

「いくらその娘がアルフレッドを救ったからと、それは承諾できぬ！　創造神様からいただいた物を失えば、王家にどんな禍が降ることか。もしや、そなたは自家の欠片を温存し、王家の物を奪おうとそのような話を……」

声を発したのは王ではなく、王太后だった。疑惑の目を向けられたセインは、非礼を承知で最後まで言わせなかった。

「陛下と王太后様に作り話を語るなど、不忠な真似は致しません！　我が家の欠片は、彼女に填められた死の呪いをもたらす腕輪を破壊するために使ったのです。我が家の物が手元にあれば、すぐに解呪しております。彼女は、私のただ一人の人なのです。一分でも一秒でも早く、目覚めさせたい。それを、このような願いをお二人に口にして、時間を使うなど致しません！」

「欠片を失ったことで、そなたの家に不穏《ふおん》な波風は立ったか？」

王太后が反論するより先に、王の冷静な問いがセインに届いた。

「いいえ、何も……。一族内に争いごともなく、財政は安定しております。今年の薔薇も、我が家の物を選んでいただけました」

きゅきゅの生き胆危機や、ジョシュアたちが犠牲になってしまったことは、不穏な波風である。

それでも、どうしても月の欠片が欲しいセインは、それは言えなかった。

「そうか。私もあの欠片に、我がフィラム家の命運を左右する力があるとまでは、思っていないのだ」

「そうは言っても、アルフレッド……」

王太后が、納得できない様子で首を振る。王はその人の手を取り、優しく包み込むように握った。

「母上。私の手はあたたかいでしょう？　いつも不調が原因で、氷のように冷たいばかりであったのに、今はこんなにもあたたかいのです」

「そなたの手があたたかいことを、私は何より幸せに思う」

王太后が、しみじみと頷いた。

「私は、このぬくもりを与えてくれた魔法使いに報いたいのです。もう、いつ死んでも構わないとは思いません。死にたくないと生まれて初めて思うことができる、幸せを与えてくれたことにも……」

「…………」

王太后は王が語る途中で俯き、無言で肩を震わせ涙していた。

「私は、欠片一つ失う程度のことで、フィラム家を崩壊させる弱き当主ではありません。この先の生涯でそれを証明してみせます。それでももし、不可能であったなら……必ず、マーヴェリット家は道連れに致します」

最後はセインを見て面白そうに笑った王に、全霊を賭して誓った。

「フィラム家を崩壊させはしません。この身のすべてを投げ打ち、その隆盛をお守り致します。滅びるのであれば、それは我が家のみです」

アナベルを救う手立てをくれるならば、生涯二心を抱かず仕える。いや、いついかなる場合でも盾となり、セインは必ずフィラム家を守り続けるだろう。両親の遺言だからではなく、今初めて、自身の意思で心がそう定まった。

「その言葉、忘れるでないぞ」

王の承諾に、王太后はもはや反論せず静かに頷くだけだった。


侍従長の手により、王家の月の欠片が恭《うやうや》しく運ばれてくる。深紅の布が敷かれた台座に載せられたそれは、マーヴェリット家が所有していた物の倍以上はあった。

セインはアナベルの胸元に、欠片と杖を置く。彼女の手が両方を抱くようにし、その手の上に自身の手を重ねた。床に膝をつき、一心に解呪を……目覚めを祈る。

「私のただ一人の人……この先の未来も、共に歩んでほしい。君がいてくれないと、私の生涯が幸せなどとは、きっとどこにも残らないよ。お願いだ。もう一度、笑顔を私に……」

セインの祈りに呼応し、月の欠片が虹色の輝きを帯びた。清らかな輝きは、アナベルとセインの全身を包み込む。

杖も白銀の光輝を纏う。

虹色の輝きがそれに触れると、輝きがさらに増した。部屋中を埋め尽くす勢いで光が舞い、あまりの眩しさに部屋にいる全員が目を閉じる。

「うっ！　な、何だ……」

突如、どくん、と大きく心臓が鼓動を刻む。セインは視界が歪んで呼吸が苦しくなり、胸元を握り締めた。

背を丸めてその場に蹲《うずくま》る。

太るだけなら構わない、と呪いにかかることを許可した時と、同じ感覚に襲われた。

自分の身体なのに、自分の物でないような。自由が利かず、勝手に作り替えられていく……。

「セイン。おまえ……」

【おじいさんの杖の増幅効果かしら。あなたの呪いも解けたようね】

やがて、視界の歪みがなくなり、セインは身体の不調が治まった。軽く首を振っていると、ジャンときゅきゅがこちらを見て驚愕していた。

どうしたのだと思うも、セインは二人に問うより先に、何より望む幸せに出会えた。

「アナベル！」

固く閉じられていた愛しい人の目蓋が、確かに開いていた。

【乙女の憧れ……かっこいい求婚者の、愛の言葉。せっかく元に戻ったのだから、ここはビシッと決めて、副隊長の愛をしっかり掴む！　服はぶかぶかで決まらないけど、頑張ってときめき成分増加を目指すのよ！】

きゅきゅの激励には苦笑するも、まだぼんやりしていて状況を把握しきれていない様子のアナベルに、セインは喜びを噛みしめながらキスをした。


セインときゅきゅが、黄泉に行くなとアナベルの魂を必死に引っ張っている。二人は魔法使いではないのだから、そんなことをすれば精神力が摩耗して、魂が疲れてしまう。だからやめてほしいとお願いしたくても、伝えようがない。

闇の中で困って立ち尽くすアナベルに、懐かしい祖父の声が聞こえた。

『あの若造の許に、戻ってやりなさい。おまえの両親も、それを望んでいる』

「でも、おじいちゃま。帰りたくても毒呪が……え？」

苦しい思いで首を振ったと同時に、すさまじい勢いで浄化の力が全身に浸透した。瞬時に毒呪が消え、代わりに途轍もない生命力と魔法力が満ちる。

『無敵の魔法使い、復活だ。それでもまだ、ここから現世に帰れないと言うかい？』

面白そうな声で問われ、アナベルは目を輝かせて満開の笑顔となった。

「言わないわ！　おじいちゃま、お父様、お母様。ありがとうございます！　私、セインのところに、みんなの許に戻ります！」

大切な人々に感謝を伝え、そのまま愛する人の生きる世界へと一直線に飛んだ。

「…………」

目を開けると、そこには尋常でない美男子がいた。

先日夢で見た殿方に似ている……。

なぜか、彼はとても嬉しそうに微笑み、何かに感動しているようにも見える。でも、セインの顔が見たいアナベルは、眉間に皺が寄ってしまう。

【ここはビシッと決めて、副隊長の愛をしっかり掴む！　服はぶかぶかで決まらないけど、頑張ってときめき成分増加を目指すのよ！】

きゅきゅの声だ。また、ときめき成分について語っている。アナベルには正直それは意味不明なのだが、それでも確かにきゅきゅの声だ。

アナベルは姿の見えないセインについて訊ねたくて、視線を動かしてきゅきゅを探す。

「ときめき成分増加、というのはよくわからないが……目覚めてくれて、ありがとう。愛してる、アナベル。もう二度と離れたくない」

知らない美男子の顔が近づいてきてキスされる。

「え？　あ……」

ぎょっとして驚くも、アナベルは押しのける前に、彼がセインなのだとわかった。

「君の負った毒呪の解呪に月の欠片を使ったのだが、その作用が大きすぎてね。ついでに私の呪いも解けたのだよ」

「呪いが解けた……」

だから、ぶかぶかの衣服を何とか形になるように着て、困り顔で笑うセインは、もうまんまるおでぶさんではないのだ。アナベルは我知らず手を伸ばすと、その胸元にぺたっと触れていた。

「ぽよふわじゃない……筋肉質で硬いわ。よく鍛えた身体……」

「この私は、駄目かい？」

残念に思って呟くアナベルに、セインが不安そうに問うてきた。その、物凄くこちらの反応を気にしている顔は、アナベルの心の琴線にとても強く触れるものだった。

姿かたちが少々変わっても、セインのアナベルを想ってくれる心には、何ら変わりはないのだ。

それこそが、一番大切で幸せなことである。アナベルはそれを実感し、晴れやかな心地で笑った。

「駄目ではありません。ぽよふわさんと同じく、好きです。私を諦めず、この世に戻してくださり、ありがとうございます！」

アナベルは上体を起こすと喜びの感情のまま、勢いよくセインの身に抱きついた。

「アナベル、私のただ一人の人。君を、諦められるわけなどない」

しっかりと抱き返してくれる腕の中で、しかし、アナベルは猛烈な違和感を覚えた。喜びや幸せに浸る以上に、アナベルはセインの背中に自身の腕がきちんと回せることに、目を瞬く。

まんまるぽっちゃりさんの時には、彼の背中の途中でアナベルの腕の長さが足りなくなってしまい、その服を掴むだけだった。

セインの背中で、自分の両手を重ねることなどできなかったのだ……。

ぽんぽん、と軽くその背を叩いてみるも当然、ぽよん、とした反応はない。

「……姿かたちではなく、大切なのは心……」

そうとわかっていても、抱きしめようにも腕が回り切らない圧倒的な質量。そして、ぽよふわの心地よい感触が恋しくて、ちょっと物悲しいアナベルだった。


アナベルは、自分の負った毒呪を解いたことにより、王家の月の欠片が消滅したのを知る。

とんでもない事態に愕然とし、詫びるアナベルに王は寛容だった。目覚めを祝う言葉までかけてくださり、アナベルは深く感謝を述べて、その御前をセインと共に辞した。

「これは、君の解呪に祖母殿を頼ったとき、現れてくださった祖父殿から、君へと託された物だ」

屋敷に帰る馬車で、セインから白銀の杖を渡される。だから、黄泉の一歩手前にいたアナベルに、現世に戻れと祖父が語りかけてくれたのだと合点がいった。

「おじいちゃまの、あったかい力を感じます。これで燃費問題が解決しました」

両手でしっかりと杖を握り、祖父の愛を感じてアナベルは微笑んだ。

魔法力増幅効果のあるこれがあれば、威力の大きな魔法を連続使用したとしても、眠気もおなかがすくのも、きっと軽減するだろう。とてもありがたい贈り物だった。

「燃費問題？」

隣に座るセインが首を傾げる。アナベルはその疑問には答えず、右手を差し出した。

すぐに、アナベルの望み通りにセインの手が重ねられる。

「こうして、セインと手を繋げるのが嬉しいです。あったかくていいですね」

言葉通りあったかい。だが、お肉がなくて骨ばっている。多少残念感も抱いてしまう、長い指の美しい殿方の手だ。

でも、触れているとなんだかとてもどきどきする。アナベルの心を弾ませてくれる手でもある。

「ずっと、こうしていたいね」

セインも嬉しそうで、にこにこしている。そのまま、二人ときゅきゅで幸せな時間を堪能しながら屋敷に到着すると、少しして、王宮から思わぬ報せが届いた。

「ブルーノが、死んだ？」

断罪はこれからだと思っていた矢先の訃報《ふほう》に、アナベルはしばし呆然としてしまう。

「牢内で、突然苦しみ始めたのです。ものの僅かな間に全身がどす黒く染まり、血を吹き出して……そのままこと切れてしまいました」

使者の説明に、毒呪の剣を使用した反動だろうかと思う。

「あれほど強力な魔法道具ならば……使用者に代償を求める物であってもおかしくないわね」

身の丈以上の権力を求めた果ての……終焉《しゅうえん》。なんとも虚しい従兄の最期に、アナベルは目蓋を伏せた。


ラッセル侯爵にも最後が訪れる……。

「わ、私の屋敷が奴隷どもに……」

セインの暗殺が失敗に終わると、ラッセル侯爵は領民や私兵を使って抵抗を試みた。だが、すべて無駄な足掻きに終わる。

王命によりラッセル侯爵家の断絶が決まり、ベリルの礎《いしずえ》を担う大領主たる十公爵すべてが、それを支持した。

社交界では、ラッセル侯爵と親交があると囁かれていたアンズワース公爵であっても、王とセインの目を気にして、庇う素振り一つ見せなかった。

結果、ラッセル侯爵の傍に残る者は、誰もいなくなったのである。

セインの配下に捕まったラッセル侯爵には、すぐに斬首の沙汰が下った。

刑実行の前日、セインは彼を獄舎から出した。移動式の檻《おり》に入れ、ラッセル侯爵家の本宅の前に連れてきた。

アナベルも同行しているそこでは、侯爵が奴隷として過酷労働を強《し》いていた人々が、鉱山より解放されて屋敷中を好きに物色していた。

ありとあらゆる貴金属、家具調度品、貴重な美術品など……絨毯《じゅうたん》もカーテンも……厨房の食材に至るまで、彼らは元気よく、屋敷の中からすべて持ち出している。

広大な庭に置かれた白大理石造りの彫像や、噴水まで持って帰りたいと言う声まで聞こえてきた。

「汚い手で私の宝に触るな！　この、愚民どもめ！」

ラッセル侯爵が檻の鉄格子を掴んで激しく揺らす。侯爵は屋敷を一目見た時からずっと、憤怒《ふんぬ》に顔中真っ赤にして、喚き続けていた。

ある意味、これは斬首よりも侯爵にとっては、厳しい罰なのかもしれない。

セインもそう思うからこそ、彼に酷い目に遭わされた人々に、この屋敷を好きにさせているのではないだろうか、とアナベルは感じた。

「愚民とはあなたを差す言葉だな。彼らは実に寛容で善良な人間たちだ。奴隷買いの首謀者たるあなたの全財産を差し出せば、それで許すと言ってくれた。今頃は、別邸のほうも同じ状態となっている」

檻の傍に立つセインが、中の侯爵を冷めた目で睥睨した。

「何だと、きさま……」

侯爵が、ぎろっとセインを睨む。だが、セインは何の痛痒《つうよう》も感じないといった様子で、淡々と言葉を返すだけだった。

「長年税金を誤魔化して溜めた隠し口座の金。外国に渡り、それで起死回生をはかろうと目論んでいたようだが、残念だったな。すべて解約してこちらと別邸に運んでいる。他の持ち運びできない財産も、残らず私が換金した。彼らにきちんと分けて渡すから、よく見ているといい」

セインは、奴隷とされた被害者たちに、ラッセル侯爵の所有する物は好きに持って帰らせると決めた。侯爵の最大の財産である銀山から始まり、領地。この邸宅や別邸の建つ土地。といった、動かせない大きな物に関しては、ことごとく価値を計算し、自身が買い取るという形で金に換えて補償に充てている。

「私のすべてを奪って、あんな奴らに分けるだと？　きさま、それでも人間かっ！　やめろ、やめないかーーっ！」

ラッセル侯爵は半狂乱になって暴れるも、そんな声は誰も聞かず、何もやむこともなかった。

「あなたはこれまで、そうしてやめろと叫ぶ人間の声を、いったいどれだけの数、無視して己の欲のために死なせてきた？　死ぬ前に、いくら泣き叫ぼうとも何も聞いてもらえない苦しみ、助けなど来ない虚しさを味わうといい」

「いやだっ！　私が集めた美しい物に、金に、蛆虫《うじむし》どもが触るなーーーーっ！」

ラッセル侯爵にとっては屋敷の蹂躙《じゅうりん》が延々と続く。人々が美しい屋敷の壁まで剥ぎ、ついには窓枠まで持ち出し始めたのを見て、泡を吹いて卒倒した。

翌日、斬首となり……デニス・ラッセル侯爵の人生は終わった。

彼の一人娘であるオリヴィア・ラッセルは、どんなに捜しても見つからなかった。

「彼女には……彼女を神の如く崇《あが》める護衛が常に傍にいてね。相当に腕が立つと私は見ていた。きっと、ブルーノが私たちの暗殺に失敗したのを見て、その段階で彼女を外国に逃がしたのだろう」

セインが苦笑交じりに教えてくれるのを聞きながら、アナベルは目を閉じる。オリヴィアの気配を捜してみるも、何も掴めなかった。

アナベルの感知範囲を超える場所まで逃亡したのか。あるいは、すでにこの世にいないのか……。判断はつかなかった。

純白のドレスに身を包み、王都の大聖堂にて最愛の人と手を取り合う。

神に誓いを立てる前に、アナベルは自分の姿を見て喜んでくれるセインへ、そっと囁いた。

「私、婚約破棄の次に、偽装婚約をしました。その後、本当に求婚されて、自分のことなのにどうしようと思うばかりでした」

「私はどうしても君を手離したくなくて、急ぎ足の余裕無しだったからね。戸惑うばかりだっただろう。すまなかった」

申し訳なさそうにこちらを見たセインに、アナベルは花咲くようににっこりと笑う。

「お相手がセインでしたから、戸惑いも楽しく……偽装婚約の次は、真実の愛を見つけることができました」

「アナベル」

「光の強さも優しさも、それだけでなく弱さも抱いたあなたを、誰よりも愛しています。この先、私たちに降る喜びも悲しみも、すべてを分かち合い、生涯、幸せに過ごしましょう！」

この言葉を生きてセインに伝えられるのが、アナベルは何より嬉しかった。

「喜んで！　至上の君に真実の愛をもらえる私は、この世で一番の幸せ者だ」

感激したセインに、思い切り抱きしめられる。アナベルも満面の笑みで抱き返したところで……。

「幸せなのは充分わかりますが、二人の世界を作るのは、もう少し後になさっていただきたいものです」

大司教にたしなめられた。

続けてジャンが『二人とも、こんな時まで花園作りをするのか』と、大笑いしている声も聞こえてきた。その傍では、プリシラも堪えきれない様子で笑っていた。

大聖堂中に静寂ではなく、微笑ましいざわめきが広がってしまうも、無事に結婚式は終わった。

アナベルはセインと共に、屋敷に戻るため大聖堂の外に出る。

仰ぎ見る天は澄み渡る青。地に注がれるは、まるで神からの贈り物であるかの、美しい陽光……。

アナベルは、世界が自分たちのよき日を祝ってくれている心地になる。抱えきれない無限の幸せを胸に、この先もずっと手を繋いで生きるセインを見つめた。

『全属性よ、我が許に集え！　誰よりも愛しき人に、喜びと希望に満ち溢れた生涯をお約束っ！

最高の祝福を与え、永遠の繁栄もつけてちょうだ～い！』

アナベルから全属性の光が、セインに注がれ浸透していく。

「アナベル、その魔法は……」

「はい。セインにしかかけられない魔法です」

光は花ともなり、固く抱き合う二人の周囲を華やかに舞う。

【婚約破棄の次は偽装婚約。その次は、とこしえの幸せなんて……いいわあ。おめでとう～】

きゅきゅが朗らかに二人の前途を祝し、青空に唄った。

番外編　生涯恋する公爵夫妻

結婚式の翌日。

セインがアナベルを案内したのは、墓所だった。屋敷から馬車にて一時間ほどの、緑豊かな地で、静謐な空気に包まれていた。

「初代からずっと……公爵家の当主とその妻たる人が眠る場所だよ」

銀色に近い灰色の、艶めく石。アナベルが初めて見る石で組まれた大きなお墓の前に、護衛をすべて断り、二人だけで立った。

セインが一礼して祖先の霊に祈るのを見て、アナベルも同じく目を閉じて礼をする。セインのご両親様、ご先祖様に結婚のあいさつをした。

「私と同じものを見て生涯を歩んでくれる君に……。これが、私の知る王太后様の秘密だよ」

セインから、白銀の台座に紫水晶があしらわれた指輪を差し出される。

「この紫水晶に、真実の眼の魔法がかかっているのですね」

受け取って両手で包み込む。再生を命じたアナベルに、紫水晶はすぐに反応した。記録されている映像を、脳裏に伝えてくる。

「……やはり、陛下は王太后様の産まれたお方ではないのですね。先王様が地方の民に、密かに産ませたお子……」

王の治療をしようと、その魂を見た時に感じたものは正しかったのだ。

小さく語るアナベルの手をセインが握ってくれる。あったかい手に触れて、とてもほっとした。

「陛下の本当の母君は、難産で亡くなり……産まれたお子も、王太后様の攻撃を危惧《きぐ》され、死んだこととして先王様は隠された」

ちょうどその頃、王太后も懐妊している。発育がよくない、と医官や王宮魔法使いたちが気を揉んでいる姿も、水晶に記録されていた。

「……王太后様は夜半、突如流産され、半狂乱となって先王様の許に走った。それまでに三度流産し、もう後はないと医官に言われていた懐妊だった。それが流れたのだ。離宮で産ませた子は生きているのだろうと泣き叫び、その子が欲しいとの懇願に、先王様は哀れに思い折れた。偽りなく自身の子として育てるならば、と子を渡した」

セインが語る言葉に、アナベルは目蓋を伏せるようにして頷いた。

「王太后様は、先王様のお言葉通りアルフレッド陛下をご自身のお子として愛し……私の見る限り、今では本当に自身が産んだお子と思っているようです。でも、セインはこの事実を記録する水晶を、一体どうやって手に入れたのですか？」

紫水晶の指輪を返しながら、問いかける。

王太后がこの秘密の流出を許すとは、アナベルにはとても思えない。それに、王太后はこの秘密を誰にも知られていないと思っている。

もし、マーヴェリット家が知っているとわかっていれば、悠長に薔薇など眺めていないだろう。

「この真実の眼を残した魔法使いは、先王様の傍に侍る魔法使いだった。ただ、無類の酒好きでね……飲み過ぎが高じて、自身の魔法で癒す前に、心の臓が止まってしまったのだよ」

「え？　お酒の飲み過ぎ……」

セインが苦笑しながら教えてくれたあまりな内容に、アナベルは目を丸くする。

「そんな死に方をしても、上級魔法使いともなれば、魂をこの世に残せるようでね……」

「黄泉の国に渡る前に、真実の眼を渡しに来たのですか？」

生きた証として、王家の秘密を伝えた……ということだろうか。それにしても、いくら好きでも酒量は考えたほうがいいと思う。

「父の許に……持っていれば何かに使えるだろう、と言ってね。突然現れたそうだよ。実は、その魔法使いと父は、身分を隠して町で酒を飲むのを好む同士で……先王様や王太后様の知らないところで、友人だったのだよ」

「セインは父君様からこの秘密を受け継ぎ、今日まで口を閉ざしてこられたのですね」

現王の実母が違う方で……それを現王自身は知らない。

いくら実母が亡くなり先王が託したとはいえ、その事実を現王に秘密にしたまま、王太后は国母として堂々と暮らしてきたのだ。

これは、小さな秘密では済まない。

王の妃の一人と、次代の王の母たる妃では、持てる権威がまったく違うからだ。

この秘密が公のものとなれば、先王の他の妃たちは、では自分が現王の母となり王太后を名乗ってもいいではないか、となるだろう。結果、王太后の権威は一気に失墜《しっつい》する……。

一人の人間が抱えるには、王家の重い、重すぎる秘密だ。

「公になれば、不幸になる人間のほうが多い秘密だ。王太后様が我が家に牙を剥かない限り、陛下にも、次の代の公爵にも、きっと伝えることはない。でも、君には知ってもらいたいと思った。どのような闇であろうと、私と同じものを見て歩むと誓ってくれた君には……」

「私に秘密を分けてくださり、ありがとうございます。どんなに重いものでも、二人で抱えられるのが嬉しいです」

本当に、どれほど重く苦しいものであっても、セインと同じものを見られるほうが幸せに決まっている。その気持ちを胸に、満開の笑みを浮かべるアナベルを、セインの両腕がそっと抱きしめてくれた。

「君には、もう一つ誓ってほしい」

「もう一つ、ですか？」

思わぬ真率な声に囁かれ、何を約束するのだろう、とアナベルは少し首を傾げた。

「この先、何があろうとも私を庇わず、自分の命を大切にする。絶対に、私より先に死なないと誓ってほしい」

「……私にその誓いを立てさせるのは、何よりの意地悪ですよ」

たとえ、どんなに誓ってほしいと懇願されても、それを誓うのだけは無理である。アナベルは思わず、セインを睨んでしまった。

「何が意地悪なのだ？　私を庇って身を犠牲にするな、と言っているだけではないか。敵のいない、安全な場所に素早く移動して、生きていてほしい」

心から意地悪を言っている自覚の無さそうなセインに、アナベルは困り顔になった。

「セインの命が危ない状況で、見捨てて自分の命を守るなんて、死ねと言われるよりも、い、や、で、す！」

「アナベル……」

「聞き分けのない、困った子供を見る目で見ないでください！　では、もし私が、あなたに一人で逃げてと言ったら、セインは素直に私を見捨てて、安全な場所まで逃げてくださいますか？」

ぐぐっと顔を、互いの鼻が触れるほどに近づけて問うと、彼はきっぱりと首を横に振った。

「逃げない。どうして君を、見捨てるなどできるものか」

「でしょう！　私も同じです。絶対に、一人で逃げるなどしません。自分の命は大切にします。それ以上に、セインの命を大切に想います。それで納得してください」

セインの返答に満足して目を輝かせるアナベルに、彼は額に優しいキスをくれた。

「では私も……君の命を、自分よりも大切に想う。生きるも死ぬも共に……」

「はい。共に在りましょう」

胸に宿る想いのすべてを込めて、アナベルは愛しい人に口づけをした。

幸せな結婚式から半月が経ち……。

マーヴェリット公爵夫人となったアナベルには、異変が起きていた。

「ぷ、プリシラ……どうして、こんなことをするの?」

先代公爵夫人の薔薇温室にて。

庭用の椅子に座ったアナベルに、プリシラが幅広のリボンをせっせと巻いている。赤くてとても長いそれは、背凭《せもた》れも共に巻き込んでいて、アナベルは椅子に縛りつけられる格好となった。

「聖獣様とジャン様に頼まれたのです。アナベルがここに来たら、こうしてほしいと。余ったリボンは私に……」

浮かれた様子で手際よく巻いているプリシラに、アナベルは胸がもやっとした。

「リボンで……隊長とジャンに買収されたのね」

「リボンだけではありません。ジャン様、私に隣国のとっても貴重な……」

三種類の薔薇の苗木を用意すると約束してくれたのだ、とそれはそれは嬉しそうにプリシラは語った。

罪悪感をまったく抱いていないその姿に、親友よりもリボンと薔薇が優先されるのね……と、アナベルはがっくりした。思わず、肩が落ちそうになる。

最終的に、きゅ、とリボンは蝶結びにて綺麗に結ばれた。

「魔法使いをこんなことで捕まえるなんて、甘いわ」

溜息交じりに移動魔法を使おうとすると、ポン、と両肩にプリシラの手が置かれた。

「お二人に協力したのは、リボンと苗木目的だけではありません。余計なお世話とも思いましたが、私も心配なのです」

自分を案じているのがひしひしと伝わってくる目に、見つめられる。

「プリシラ……」

「結婚式のお二人はとても幸せそうで、見ているこちらまで幸せな気持ちにさせていただきました。そのお二人が壊れるなどいやです。聖獣様もジャン様もアナベルを責めたりしない、とおっしゃっています。悩みがあるなら相談してほしいだけだ、と……」

今にも泣き出しそうなプリシラを前にして、アナベルは、彼女を放ったまま移動魔法は使えなかった。

【副隊長。今日こそ、きちんと話してもらうわよ】

「！」

しかし、いざ背後に凄味の利いた声を聞くと、どくんと大きく心臓が跳ねた。

眉も下がり、頬に冷や汗も伝う。首だけでぎこちなく振り向くと、そこにはジャンもいた。

きゅきゅは彼の肩に乗って、こちらを睨んでいる。

「ずいぶん、ジャンと仲良くなったのね。隊長……」

セインと自分の肩にしか乗らないと思っていたきゅきゅは、アナベルが知らない間にジャンの肩にも乗るようになっていた。しかも、女好き、と罵っていたのが嘘のように、今では深い友好関係を結んでいる。

その二人が自分に何を言いたいのか、アナベルはわかっていても答えにくいのだ。だからこの半月……いろいろな理由を作っては、二人の前から逃げ回っていた。

「昨日は王宮の陛下の許……その前はソフィア妃……その前は魔法屋……その前はそこのプリシラ嬢の家、その前はどこぞの家の茶会……君は誘いがたくさんで、逃げ回るのに都合がいいのだろうが、いい加減にしてくれないとセインが上の空すぎて、仕事にならない」

腕を組んでこちらを見るジャンの気配が、冷えに冷えている。表情にはあまり現れていないが、かなりお冠《かんむり》であるのは間違いない。

「す、すみません」

アナベルは身を窄《すぼ》めるばかりだった。

「そんなに、セインと昼間に話をするのがいやかい？　仲良く結婚式を挙げたことは、もう君の中では消えてしまったのか？　昼間は可能な限り距離を取り、夕食と寝室を共にするのは仕方なくとは……一体、どうしてそうなったのだ？」

「消えてませんし、仕方なくなんかじゃありません！　でも、ですね……昼間は、二人揃って皆の前に出なければいけない時以外は、別々に過ごしても……」

セインは公爵家の執務に国政にと、とても忙しい人なのだから……と、畳みかけるように問うてきたジャンに、もごもごとアナベルは反論する。

苦しい言い訳と思うも、これで許してほしい。

アナベルは、ジャンときゅきゅを拝むように見つめた。が、目の当たりにしたのは、怒りの気配が猛烈に強まった二人だった。

【何を言っているの。それは新婚じゃない、離婚間際の冷え切った夫婦の毎日よ！ ジャンの言うとおり、どうしちゃったのよ副隊長。いきなりセインのことがきらいになったの？】

怒った後は涙目で、きゅきゅはアナベルを苦しそうに見つめた。その姿に、アナバルは思い切り胸が痛んだ。

「きらいになんてならないわ！ セインはずっと、私の一番大切な人よ」

だから、アナベルとしても困っている。でも、いくら考えても解決方法を見いだせないのだ。

魔法ではどうにもならないことで……アナベルはこの半月、毎日熱が出そうなほど悩んでいた。

【では、あなたが毒呪に倒れた時、セインは泣くばかりの役立たずで、あなたの命を諦めようとしたことを誰かから聞いたの？ それで怒っているなら……でも、ちゃんと立ち上がって解呪方法を探したのよ！】

きゅきゅの訴えを聞いて、アナベルはとても嬉しい気持ちになった。頬が緩む。

「そんなに泣いてくれたの？ それは、見られるものなら見たかったわ。初めて聞く話だけど、怒ったりなんてしないわよ。私自身も、諦めていたくらいですもの」

【それ、本当？】

疑わしげな目を向けられて、アナベルは真心が伝わるように大きく頷く。

「役立たずなんてとんでもないわ。私が、ぎりぎりで黄泉の扉をくぐらなかったのは、セインと隊長が魂の力を使って、懸命に私をこちらの世界に引っ張ってくれていたからなのよ。感謝するばかりで、怒るなど罰当たりなことは絶対にしないわ」

【だったらどうしてセインを避けるの？　私たちが話を聞こうとしても、近づけば素早く逃げる逃げる。魔法使いを捕まえるのは、物凄く大変だと思い知ったわ！　そこのプリシラちゃんに足止めを頼んで、ようやく捕まえられたのよ！】

がんがん容赦なくきゅきゅきゅに怒鳴られる。

「そ、それは……」

この温室に長居すれば、きゅきゅたちに見つかる危険度が高い。

だから、温室を訪れたプリシラと少しだけ話をして、アナベルは別の場所に行こうとした。ところが、今日はずっと一緒に薔薇を眺めたいと、驚くほど強く引き止められてしまったのだ。

その結果が、現在のリボン巻きである……。

セインはプリシラとレイン男爵に、快くこの温室に入る許可をくれた。許可を得た二人は感激し、今では温室の管理者たちと共に、薔薇の手入れまでしてくれるようになっていた。

「どんな内容であっても真面目に聞くと約束する。秘密事項があれば必ず守る。だから口を閉ざさず、君が心に思うことを話してくれないか？」

ジャンの真剣な目に見つめられて、アナベルはどうしようと唸るも、いつまでも逃げ続けていい問題でないこともわかっている……。

「……訳のわからないことを言うな、と怒るのだけはなしでお願いします」

三人にじいっと見下ろされるアナベルは、ここで観念した。


「……セインが、かっこよすぎて落ち着かない？」

アナベルの前には青銅製の丸テーブルがあり、それを挟んでもう一脚椅子がある。そこに腰かけたジャンは、アナベルが正直に伝えた言葉に、怒りはしなかったがぽかんとしていた。

「夜、一緒に眠ると……もう、ぽよふわさんではなくなったことを実感するばかりで、寂しく……」

「そんなに太っているほうがいいのか？」

呆然とこちらを見るジャンに、苦笑する。

「高貴すぎるクッション……ぽよふわを求めてしまう気持ちを、私の中から消すのは難しいと思います。ですが、本来のお身体に包んでいただけるのも、幸せです。ただ、問題はここからなのです」

「問題」

ジャンが、唾を飲み込む。少し身を乗り出すようにして、その肩にいるきゅきゅと共に、アナベルを凝視した。

「朝起きると……夜のことを思い出してしまって困るのです。セインは、昼間ももちろん、とっても優しい方ですが、夜は倍、いえ、十倍は優しくて甘い人になります。ですから、朝になるとどうしても、その夜のことが頭によぎってしまい……」

「…………」

正面のジャンときゅきゅは無言となり、隣に立つプリシラは、赤く染まった頬を両手で押さえると、後ろを向いてしまった。

誰からも言葉が返ってこない状況に、アナベルは困惑する。

自分は極めてまずいことを話しているのか、と思うも、ここまで話したのだからと開き直った。

「セインの顔を見ると、妙にそわそわしてまともに動けなくなるのです。本当は、夕食や寝室を一緒にする時もそわそわしています。でも、夜に私が不在というのは、セインに心配をかけてしまいますので、姿を隠すわけにもいかず……だからと、仕方なく一緒にいるのではありません。セインと一緒にいるのは、いつでもとっても嬉しいのです。この、そわそわさえなければ……」

【今になってそわそわなんて……以前のセインは、本当にぬいぐるみ扱いだったのね。副隊長のときめき成分は、やっと増加したと……】

きゅきゅが溜息交じりにぼやくのを聞いて、アナベルはきょとんとした。

「ときめき成分増加？　それはよくわからないけど、昼間より夜のほうが、そわそわどきどきするばかりで、訳がわからなくなる時間が多くて困るの。せめて、隊長がいてくれればいいのに……」

【新婚夫婦の邪魔をするほど、私は野暮《やぼ》じゃないわ】

助けを求めてきゅきゅを見つめるも、なんとも素っ気ない声が返ってきた。

以前と同じく三人で一緒に眠ることの何が野暮なのだろう。アナベルは首を傾げながら、どこか固まって見えるジャンに視線を戻した。

「そんな感じで……朝になると、つい……」

セインの前から逃げてしまう、と最後は小さな声で話を終えた。

「あ、あはははははは！　まさか、そんな盛大な惚気《のろけ》を聞かされるとは思わなかった」

アナベルに返って来たのは、期待する効果的な助言ではなく、大爆笑だった。

「……私、これでも真剣に悩みを打ち明けているのですが……」

怒られるのもいやだが、笑いものにされるのも胸がもやもやする。

「ああ、すまない。十倍優しくなる、ね……まあ、唯一の女性との夜だ。それはそうなるだろう。はあ、安心した。セインが、てっきり押さえがきかずに無茶をして、君を怒らせているのではないかと案じていたからな」

「無茶とは？」

何のことかわからず、アナベルはジャンを怪訝な目で見る。

「それは、その内……何かでわかるのではないかな……」

ジャンの目はアナベルから逸らされて、明後日《あさって》のほうを向いてしまった。

「とにかく、朝起きるたびにセインのかっこよさが増していて、まともに目が合わせられないのです。どうすれば、そわそわせずに話をすることができますか？　私だって、逃げたくないのです！」

【セインに一日休みを取らせて、傍にずっと張りついて眺めていれば、そのそわそわも楽しいものとなるわよ。まったく、心配して損した！　おなかすいたから、お肉を食べに出かけて来るわ！】

きゅきゅは呆れきった様子でアナベルを薄眼で眺める。そのままジャンの肩から飛び、温室を出て行った。

「本当に、ずっと眺めていれば、落ち着いてセインの顔を見られるようになるのでしょうか？」

きゅきゅの助言らしきものをジャンに問うと、彼は複雑な顔をするも頷いた。

「別に、無理して落ち着かなくとも構わないと思うが、これから半日セインは休みだ。きゅきゅの言ったことを試してみるといい」

「お休みなのですか？」

そんな予定は聞いていなかった。アナベルが驚いて瞬きすると、背後にその人の気配を感じた。

「自分はアナベルにきらわれているのだろうか、とぐずぐずぼやくばかりで使い物にならないから、休みにした。ぼけぼけで、あんな無茶苦茶な申請書に許可のサインを入れられては、こちらはたまったものではない」

ジャンが不平を零したと同時に、アナベルは背凭れごとやんわりと抱きしめられた。

「きらわれてないようで……よかった」

安堵の声が耳元にかかり、その手がリボンの蝶結びをほどいてくれる。

「セインをきらったりなどしません。自分のことなのに、上手く処理できなくてすみません」

「謝らなくていい。君の気持ちを聞くことができて、嬉しかった。この先も変わらず、私にどきどきそわそわしていておくれ。私も、いつも君にそわそわどきどきしているよ」

セインがアナベルの手を取る。椅子から立つようにと促され、その通りにしたアナベルは、耳にした言葉にびっくりして目をぱちぱちさせた。

「セインも、そわそわしているのですか？」

「しているよ。たぶんこの先一生、ずっと君にそわそわし続けるだろうね」

温室を出て行こうとするセインの足取りに、アナベルもつられて動きながらプリシラとジャンを見る。笑顔で手を振ってくれる二人に小さく会釈して、そのまま温室を離れた。


「アナベル。偉大な魔法使い様なのに、心がかわいすぎます！」

プリシラが、解かれたリボンを丁寧に畳みながら上機嫌で笑う。その傍で、二人を見送ったジャンも深く同意した。

「最強なのに、心は純情真っ白。あれでは、セインは生涯虜だろうな……」


「どきどきそわそわしていてもいい、と言っていただけましたので……これからは、安心して昼間もセインを見ていられます。私の挙動がおかしくなっても、呆れず見守ってくださいね」

急遽、セインと手を繋いで庭を散歩することになったアナベルは、お願いをする。

「嬉しいばかりで……呆れるなど絶対にしない。夜には、私のおなかを撫でたくなる魔法をかけてもいいよ。君だけのクッションになるのも悪くない。ぽよふわを我慢する必要はないよ」

セインが、にっこり笑ってアナベルの心を猛烈にくすぐった。

「これ以上、私をどきどきそわそわさせないでください。セインが好きすぎて、困ります」

全身が熱くてじたばたして、おかしな踊りでも踊ってしまいそうだ。

「君こそ、私を喜ばせすぎだ。私は、かわいい君に愛されて……こんなに幸せでいいのだろうかと思うくらいだよ」

照れているように見えるセインが、アナベルに、とても気持ちが上向きとなる言葉をくれた。

アナベルは、セインが幸せでいてくれることに、最も心が満たされるのだ。

「そう思っていただけるのが、何よりです」

「ここに、百本ほど……いろいろな種類のリンゴの木だけを植えた、リンゴ園を造ろうと思う」

園丁たちの手により整地が進んでいる、随分と広い場所をセインは示した。

「百本のリンゴ……」

庭に、リンゴ園。さすがはマーヴェリット公爵と言おうか……その発想が、最初からアナベルにはまったくないものだ。しかも、百本も植えるというのに庭全面を使わず、ほんの一角で作れてしまうのだから、本当にとんでもない。

「君が、世界のリンゴ……という本を読んでいるとモリーから聞いたのだよ。最近、寝言でも甘いリンゴ、酸っぱいリンゴ、とよく言っているから、いろいろ食べたいのかと思ってね。庭で育てれば、美味しく実った時にその場で食べられるよ」

「……セインは、私には本当に勿体《もったい》ない……上等すぎる旦那様です」

きゅ、と少し強くアナベルは、繋いだセインの手を握る。

そわそわするからと、逃げ回ってばかりいたアナベルに呆れて怒ることもない。それどころか、美味しい物を食べさせようと心を砕いてくれる。そんなセインと一緒にいられることが幸せすぎて、目頭が熱くなるばかりだった。

「君も、私には勿体ない妻だよ。……でも、すまないね。リンゴはきゅきゅも好きだから、二人で仲良く分け合っておくれ」

面白そうに笑ったセインに、もちろんです、と笑い返しかけて、アナベルはふと気になった。

「隊長……きゅきゅの名前は、どうしてきゅきゅと名づけたのですか？　彼女に合うとてもいい名前だと思いますが、セインと出会うまで、名前はなかったのでしょうか？」

「それは……教えてくれたのだが、人間には正確に理解できない音でね。私は発音できなかったのだよ。それで、好きなように呼ぶといいと言われ、きゅ、きゅ、と鳴いていたから……」

別の場所に移動しながら、苦笑交じりに答えてくれたセインに、アナベルは少しぽかんとした。

「鳴き声を、そのまま名前に？」

まさか、そんな単純に決めていたとは……。

「出会った当初は、今のようにきゅうきゅう、ではなく、きゅ、きゅ、と短く鳴いていたのでね。かわいくていい声だったから、そのまま名前にね」

「そうだったのですか……」

命名理由に驚きはしたものの、本名の次に、彼女に最も相応しい名前と思う気持ちに変わりはない。命名のいきさつを知りたかったアナベルとしては、知ることができて大満足だ。

手を繋ぐだけでなく、互いの指を絡めるようにしてセインに笑いかけると、前方の大きな木の下に、光る物が見えた。攻撃的な気配はなく、逆に神聖な気配を纏う物だった。

「これは……」

歩み寄り、地から拾い上げるとはっきりと認識できた。二度もお世話になった創造神の恵み、月の欠片であると……。

「ずいぶん大きいな。王家の物も大きいとは思ったが、これはそれよりも大きい」

片手では収まらない大きさに、セインが目を丸くする。

「セインのお傍に置きたいと思います。でも、王家にもお返ししたい……」

まさか、自分が見つけることになるとは夢にも思わなかった。アナベルは手にした神の恵みに、困惑する。

月の欠片が家の繁栄を左右するとは今ではあまり思っていないが、何かの役には立っていると思う。だから、両家に持っていてもらいたいが、神の恵みをここで自分が割るのも、気が咎める。

「君が自分の物にしないと言うなら、私の傍ではなく、王家にお返ししたので構わないよ」

笑顔で提案してくれたセインに感謝したその時。アナベルの手の中で、欠片が自然と二つに割れた。

「これはきっと神様が……両家が持つようにと、見守ってくださるお言葉ですね！」

最高の心地で笑ったアナベルに、セインが同意して抱きしめてくれる。

幸せに包まれて口づけを交わす二人のもとに、そっと風が吹く。それはまるで、そうしなさいと囁く神の声のような、優しく清々しいものだった。


賢王と、清廉《せいれん》であるが甘くはない宰相の守るベリル王国は、繁栄の一途を辿った。

健康体となったアルフレッド王には無事に王子が生まれ、その第一妃にはマーヴェリット宰相公爵の長女、アナベル公爵夫人によく似た、明朗で優しい魔法使いが選ばれる。

月の欠片を分け合った王家と七公爵筆頭家の深い信頼関係の証ともなる婚約式は、王と王太后、そして妃たち、マーヴェリット公爵夫妻に見守られ、ベリル中で祝われるとても華やかで盛大なものとなった。


アルフレッド王の快癒を成し遂げたことにより、マーヴェリット公爵夫人アナベルは、ベリルで最も有名な魔法使いとなる。

とはいえ、大きな騒動が起こることはなかった。

王の快癒魔法に力を使い果たし、魔法力は大きく低下した。彼女は下級魔法使いとなった、と王と夫の公爵がそのように喧伝《けんでん》させたことで、アナベル夫人は貴族たちからしつこく魔法を求められることはなかった。

彼女の平穏な暮らしは守られたのである。

真実は下級魔法使いになるようなことはなく、アナベル夫人は時折祖母の魔法屋に訪れては、市《し》井《せい》の人々を助けるのを楽しみとした。

つい、お人好しが（アナベル夫人はこれだけは終生認めなかった）高じ、手助けしすぎて大きな評判となりかけるたび、夫の公爵が苦笑しながら手を回して誤魔化すのも、一部では有名な話となる。


造園ではなくお菓子作りを好むアナベル夫人は、自身の手で薔薇の育種を楽しむことはなかったものの、夫の母たる人の遺志を継ぎ、大切に保護した。

稀代の薔薇の育種家、ジョシュア・リーゼルを凌《しの》ぐ才能と評されし女性、親友のプリシラ・レインを、多くの者の垂涎《すいぜん》の的である薔薇温室の最高責任者として管理を任せた。

その隣に、公爵が内緒でお菓子の館を建ててアナベル夫人を驚かせたのは、微笑ましい話である。

アナベル夫人とプリシラ嬢、二人の固く結ばれた友情は終生変わることはなかった。

アナベル夫人が見守るプリシラ嬢は、新種の薔薇を数多く世に送り出し、世界にその名を馳せた。

アナベル夫人の夫、肥満体型を脱却したセイン・マーヴェリット公爵は、以前にも増して女性の目を惹く存在となるも、夫人を一途に溺愛する人だった。

どのような誘いがあろうと、終生その心が揺れることはなかったという。

時折、夫人が魔法使いであるから気を遣っているのだ、と揶揄する声が上がることもあった。

だが、そのようなものは、マーヴェリット公爵夫妻を少しでも間近で見る機会さえ得れば、誰でもすぐに偽りであると理解した。

それほどに、二人は常に仲睦まじく互いを深く慈《いつく》しむ夫婦だった。

多くの子どもにも恵まれ、聖獣飛竜と共に長き寿命を存分に楽しみ、生きた。

やがて、ベリルの歴史書にアナベル夫人の何よりの幸せが記される。

ベリルに最大の繁栄をもたらした功労者、セイン・マーヴェリット宰相公爵は、生涯幸せに笑顔で暮らしました、と……。

あとがき

こんにちは。最終巻の終盤までヒーローをぽよよんふわふわのまま書ききった、瑞本千紗《みずもとちさ》です。

これにて『婚約破棄の次は偽装婚約。さて、その次は……。』の物語は完結となります。ここまでおつきあい下さった読者の皆様、本当にありがとうございました。

この話は、WEB の投稿サイトに投稿させていただいています。暢気に、自分好みの話を考えて書いていたのですが、まさか、それに書籍化のお話をいただくとは、夢にも思っておりませんでした。

ヒーローは痩身の美男子ではなく、呪いにかかったぽよよんさんなのに良いのだろうか、と何度も首を傾げたものです。

ですので、やはりと申しますか……一、二巻の表紙は、大人の事情でございました（笑）。

時折メール等で『表紙の男性は誰ですか？　セインがいないので違う本かと思いました……。』といただくことがあり、『未来のセインです！　未来の！』と、一人パソコンの前で悶えたものです。

それも、良き思い出となる日が来ました。この最終巻表紙は、物語通りでございます（喜！）。

アナベルとセインは永遠に幸せに……明るく締めることができたと思います。アナベルは、ぽよふわがなくなってちょっと残念物足りない、せめて二人きりの場所では……などと考えて、魔法をかけたくてうずうずしているかもしれませんが……。（笑）

これもすべて、二人の行く末を応援してくださった読者の皆様のおかげです。心より感謝しております。

イラストは全巻に渡り、阿久田ミチ様に担当していただきました。いろいろ我が儘を言ってしまったのですが、そのすべてに素晴らしいイラストで応えていただき、大変感謝しております。

アナベルは明るくかわいく、かっこよく。セインは、ぽよふわさんなのにきりっとしていて凛々《りり》しいという……仕上がりを見せていただくたびに、頭が下がりっぱなしでした。

そして担当者さまにもご迷惑をかけ続け……本当に、申し訳ないことをしてしまったと思います。

それでも丁寧に面倒を見てくださり、ありがとうございました。この場を借りてお礼を申し上げます。

最後になりましたが、本作をお手に取ってくださったあなた様へ。この出会いをとてもうれしく思います。

読了後、少しでも、ほんわかしてあったかい心地になった、と思っていただけましたなら、物語を綴った身として何より幸せです。

家の周りにて、鳥たちが元気に麗しい声で合唱するのを聞きながら……。

アナベルのウエディングドレス姿を描けて幸せです。
完結までお付き合い頂きありがとうございました！

婚約破棄の次は偽装婚約。さて、その次は……。 3

*本作は「小説家になろう」（http://syosetu.com/）に掲載されていた作品を、大幅に加筆修正したものとなります。
*この作品はフィクションです。実在の人物・団体・事件・地名・名称等とは一切関係ありません。

2017年12月20日　第一刷発行

著者 …………………………………………… 瑞本 千紗
©MIZUMOTO CHISA 2017
イラスト …………………………………………… 阿久田 ミチ
発行者 …………………………………………… 辻 政英
発行所 …………………………… 株式会社フロンティアワークス
〒170-0013　東京都豊島区東池袋 3-22-17
東池袋セントラルプレイス 5F
営業　TEL 03-5957-1030　FAX 03-5957-1533
アリアンローズ編集部公式サイト　http://arianrose.jp
編集 …………………………………………… 中村吉論・福島瑠衣子
フォーマットデザイン ……………………… ウエダデザイン室
装丁デザイン ……………………………… 高木紗耶（RedRooster）
印刷所 ……………………………………… シナノ書籍印刷株式会社